гей-пісьменства

Мальцы выходзяць з-пад кантролю

анталёгія беларускага гей-пісьменства
фрагмэнты

Укладальнік
Уладзіслаў Гарбацкі

СКАРЫНА

Uładzisłaŭ Harbacki (ed.)
Guys Are Breaking Away: The Anthology of the Belarusian Gay Writings.
Fragments.

Skaryna Press
London, UK
2023

ISBN 978-1-915601-25-4 (papeback)
ISBN 978-1-915601-26-1 (epub)

Укладальнік: Уладзіслаў Гарбацкі
Рэдактарка: Арына Астроўская
Тэхнічны рэдактар: Ігар Іваноў
Дызайн вокладкі: Уладзіслаў Рахуба

На вокладцы выкарыстаная рэпрадукцыя карціны Messenger. 2019 Уладзіміра Кандрусевіча.

ЗЬМЕСТ

Раней грамадзтва ставіла пад сумнеў гома-
сэксуальнасьць, цяпер жа гомасэксуаль-
насьць ставіць пад сумнеў функцыянаваньне-
не ўсяго грамадзтва.

Эрык Фасэн, францускі сацыёляг

Калі я — малады квір — падрастаў у 1980-я,
я быў патаемным агентам у варожай дзяр-
жаве: мая ідэнтычнасьць — схаваная пад
старанна сфабрыкаванай асобай, акуратнае
вымаўленьне на чужой мове, чаканьне на
знак з роднай зямлі, зусім ня ўпэўнены,
што вайна калі-небудзь скончыцца. Адзінае
месца, дзе я мог адшукаць зашыфраваны
сыгнал супраціву, былі старонкі кнігаў.

Марк Рэвэнхіл, брытанскі драматург

ПРАДМОВА

Зьяўленьне ў канцы XIX стагодзьдзя ў заходнім сьвеце гей- і лесьбі-культуры стала пачаткам пэўных істотных зьменаў у заходняй культуры і выклікала рэзананс ва ўсім сьвеце. З дадзенасьцю гэтых пераменаў шмат дзе змагаюцца, у тым ліку ў Беларусі. У зьяўленьні гей- і лесьбі-культуры літаратура займала і працягвае займаць важнае месца. Варта прыгадаць тут Жоржа Экгаўта, Андрэ Жыда, Оскара Ўайлда, Марсэля Пруста, Вірджынію Ўулф, Эдварда Морган Форстэра, Штэфана Цвайга, Калет, Клаўса Мана, Місіма, Кавабату Ясунары, Федэрыка Гарсія-Лёрку, Маргарыту Юрсэнар, Ўільяма Бэроўза, Гора Відала, Тэнэсі Ўільямза, Жана Жэнэ, Ярэслава Івашкевіча, Караля Шыманоўскага, Трумэна Капотэ, Віялету Лед'юк, Мішэля Трамбле, Майкла Канінгема і многіх іншых, хто ня проста сталі клясыкамі і клясыкінямі нацыянальнай і сусьветнай літаратуры, але і спрычыніліся да фармаваньня гей- і лесьбі-ідэнтычнасьці, паўплывалі на гей- і лесьбі-рух. Літаратура стварыла новыя ідэнтычнасьці і садзейнічала эмансыпацыі маргіналізаваных групаў людзей. Мастацкая літаратура стала прытулкам і форумам для гей- і лесьбі-культуры, для дэбатаў і апісаньня маргінальнага досьведу, сфэрай, якая адной зь першых пачала легітымаваць гомасэксуальнасьць.

Анталёгія "Мальцы выходзяць з-пад кантролю" прысьвечаная гей-пытаньню і гей-эмансыпацыі, апісаным у беларускай мастацкай літаратуры. Што адбывалася і адбываецца на скрыжаваньні літаратуры і гомасэксуальнасьці? Што адбываецца, калі літаратура апісвае досьвед "іншых": антычнага гомасэксуальнага каханьня, "садамітаў", "ураністаў", “упаднікаў”, “блакітных”, “інвэртаў”, “гамагенных”? Чаму беларуская літаратура моцная ў апісаньні вайны і прыроды, а хутчэй бездапаможная і стэрыльная ў апісаньні цялеснасьці, сэксуальнасьці і інтымнасьці? Ці існуе беларуская гей-літаратура ці квір-літаратура? Анталёгія намацвае адказы на гэтыя ды іншыя пытаньні.

Як вынікае з назвы анталёгіі, — стваральнікі абмежаваліся артыкуляваньнем мужчынскай гомасэксуальнасьці. Гэта адбылося не таму, што мы ігнаруем жаночую гомасэксуальнасьць, і не таму, што не прымаем больш унівэрсальных і пашыраных цяпер паняткаў квір-літаратуры ці ЛГБТК-літаратуры. Першы канкрэтны крок да беларускай квір-літаратуры мусіў быць недзе зроблены, і ён мусіў быць практычна асягальны. Так сталася гістарычна ў нашым выпадку, што ён датычыў артыкуляваньня мужчынскага досьведу.

У кожным выпадку, выклікі і спэцыфіка беларускіх геяў заслугоўваюць асобнага разгляду. Гэты пласт грамадзтва і культуры ніколі не праяўляўся паўнавартасна і публічна як суб’ект. Упершыню беларускае чытацтва мае анталёгію, якая прапануе погляд на літаратуру знутры гей-досьведу. Яна апісвае тое, што самі геі вызначаюць як гей-культура і гей-літаратура. Дасюль гэты пласт культуры або замоўчваўся, або ставіўся пад сумнеў, або аналізаваўся няхай і гей-прыязнымі, але ўсё ж літаратарамі і літаратаркамі, якія больш ці менш пасьпяхова балянсавалі свой аналіз з уласнай гетэраідэнтычнасьцю.

Збор тэкстаў для анталёгіі выразна засьведчыў праблему аб’ектнасьці геяў: многія тэксты друкуюцца пад псэўданімамі, некаторыя тэксты былі адклінканыя на розных этапах падрыхтоўкі, а вельмі многія аўтары проста не рызыкнулі даслаць свае творы. Пра існаваньне некаторых гэтых твораў нам вядома. Мы можам толькі спадзявацца, што наступным выданьням анталёгіі пашанцуе адбывацца ў больш спрыяльнай сытуацыі, каб ахапіць неахопленае сёньня. Адчуваньне небясьпекі, страх і саманяўпэўненасьць застаюцца вызначальнымі для многіх беларусаў і беларусак, а асабліва — для ЛГБТК-супольнасьці. Дадзеная анталёгія пераводзіць беларускіх геяў у плашчыню суб'ектнасьці, ператварае іх у актыўных актараў, а ня толькі аб'ектаў дасьледаваньня, назіраньня ці апісаньня.

Анталёгія атрымалася досыць разнастайнай і багатай на розныя тэмы і акцэнты. Беларуская гей-культура, здавалася б, не праяўлялася і заставалася невядомай, немагчымай, табуяванай тэмай у літаратуры. Невялікая частка аўтараў і аўтарак цягам некалькіх дзесяцігодзьдзяў, аднак, сьмела ўводзілі ў беларускае пісьмо гей-тэму, чым правакавалі зьбянтэжанасьць, а часам — і гамафобію ў афіцыйных літаратурных структураў. Яны крытыкавалі аднабаковасьць і гетэрацэнтрычнасьць беларускай мастацкай літаратуры.

Асобна трэба зьвярнуць увагу на нашае азначэньне "гей-пісьменства": мастацкія тэксты, якія апісваюць гей-досьвед, напісаныя людзьмі розных полаў, ідэнтычнасьцяў і арыентацый. Нашай мэтай не было вызначаць ідэнтычнасьць аўтараў і аўтарак, нас перадусім цікавілі творы.

Многіх, мабыць, зацікавіць ужываньне слова мальцы у назьве анталёгіі. Апрача таго, што гэта размоўнае, дыялектнае слова — ці ня самае вядомае віцебскае слоўка, — яно, да ўсяго, мае схаванае сэксуальнае і гей-адценьне. Слова мальцы сугучнае францускаму адпаведніку garçons — моцна наэлектрызаванаму і так часта ўжыванаму Марсэлем Прустам ва "У пошуках страчанага часу". Ці яшчэ аднаму францускаму адпаведніку — voyous, які часта сустракаем у творах бэльгійца Жоржа Экгаўта, які ў 1899 годзе напісаў першы франкамоўны гей-раман "Эскаль-Вігор". І нашыя мальцы літаральна зьліваюцца зь яшчэ адным насычаным, гэтым разам — італійскім, адпаведнікам ragazzi з твораў П'ера Пазаліні.

Тэксты зьбіраліся з 2019 году, калі быў абвешчаны першы анонс анталёгіі. Дзякуючы падтрымцы газэты "Новы час" і супольнасьці MAKEOUT удалося сабраць першы блёк тэкстаў. Потым кавід і падзеі ў Беларусі 2020 году часова прыпынілі праект. Але ў 2022 годзе, дзякуючы маладому выдавецтву "Скарына", збор тэкстаў аднавіўся і справа была даведзеная да канца.

Жанрава анталёгія ахоплівае прозу, паэзію і драматургію, а гістарычна — XIX, XX і XXI стагодзьдзі. Першыя беларускія тэксты, якія напрасіліся ў анталёгію — верш Тамаша Зана

(1796-1855) і эпісталярная спадчына філяматаў, у тым ліку ліставаньне Адама Міцкевіча (1798-1855) і Яна Чачота (1796-1847). Гомаэратычнасьць мужчынскіх унівэрсытэцкіх і таварыскіх колаў — зьява вядомая, і Віленскі ўнівэрсытэт пачатку XIX ст. зь ягонай бурлівай дзейнасьцю таварыства філяматаў ня быў выключэньнем. Кансэрватызм польскай і беларускай культураў не дазволіў у свой час пабачыць і артыкуляваць гомаэратычнасьць сяброўства некаторых філяматаў. Тым ня менш, у кнізе "Ліставаньні філяматаў", што пабачыла сьвет у 1913 годзе, свабодна даступныя нам сьмелыя і шчырыя лісты Тамаша Зана і Адама Міцкевіча. Слынныя паэты, філяматы, рэвалюцыянэры XIX стагодзьдзя выйшлі з-пад кантролю імпэрыі. У нашым XXI стагодзьдзі мы бачым, што яны таксама выходзілі з-пад кантролю гендарнага, маральнага і сымбалічнага. Спачатку польская квір-анталёгія "Dezorientacje" уключыла выбраныя тэксты філяматаў. Цяпер і нашая анталёгія ўводзіць у беларускі дыскурс дагэтуль непрамоўленыя аспэкты жыцьця філяматаў, у прыватнасьці — Тамаша Зана і Адама Міцкевіча. Мы не сьцьвярджаем, што яны, кажучы сучаснай мовай, былі геямі. У іх быў, аднак, негетэрасэксуальны досьвед, апісаны ў тэкстах. Гэты гомаэратычны досьвед падаўся нам вартым быць зафіксаваным.

Далей больш за стагодзьдзе ў беларускай літаратуры мы ня знойдзем тэкстаў, якія можна было б азначыць як гей-пісьмо. Мажліва, некаторыя беларускія аўтары XIX стагодзьдзя проста ўдала хаваліся ў сьпіжарні, і гісторыкаў літаратуры і гендару яшчэ чакаюць цікавыя адкрыцьці.

Наступны важны для нас арыентыр — 1928 год, калі ў віленскай газэце "Сьцяг Працы", якую выдавалі беларускія левыя, было надрукаванае апавяданьне "Дзіўное вясельле" пад псэўданімам П. Асака. Пад ім выступаў Пётра Мятла (1890—1936), які меў яшчэ адзін псэўданім — П. Чабор. У кароткім аповедзе беларускі аўтар уявіў, "як мужчына з мужчынам жэніцца", а ўрэшце, і дзіцё заводзяць. Так пісьменьнік высьмейваў палянафільскіх беларусаў-перакіньчыкаў і палохаў тагачасную Вільню першым гей-шлюбам — "дзіўным вясельлем". Тэкст пісьменьніка-гетэрасэксуала цікавы сьмелай фантазмай і праявай калектыўнага страху перад гомасэксуальнасьцю. Вядома, пісьменьнік выкарыстаў гамафобскі трук, кажучы сучаснай мовай, але гэта адзіны сьмелы тэкст, які ўяўляе гомасэксуальны досьвед у тагачасных беларускіх рэаліях.

У БССР падчас кароткага пэрыяду беларусізацыі літаратура выбухнула сьмелымі экспэрымэнтамі, але гомасэксуальнай тэмы ў тагачасных тэкстах мы, бадай, не знаходзім. Праўда, сьмелая і чульлівая паэзія пра мужчынскае сяброўства на мяжы любові некаторых аўтараў прыцягвае ўвагу і зачароўвае. Напрыклад, вершы Юлія Таўбіна (1911-1937) заслугоўваюць увагі і новага прачытаньня.

Асноўны выбух гей-пісьменства прыпадае на незалежнасьць Беларусі з 1990-х гадоў па цяперашні час. З канца 1980-ых гадоў за саветамі пачала праяўляцца моўная, культурніцкая, незалежніцкая, а таксама, ў пэўнай ступені, гендарная і сэксуальная эмансыпацыя беларусаў. Ейнай сымбалічнай вяршыняй стала дэкрыміналізацыя гомасэксуальнасьці ў 1994 годзе. У 1990-ыя гады у Менску зьявіліся гей-выданьні, у якіх друкаваліся ў тым ліку мастацкія тэксты. Таксама ў пісьменьнікаў-гетэрасэксуалаў спарадычна зьяўляліся тэксты, у якіх або асноўнымі пратаганістамі былі геі (Адам Глёбус), або прысутнічалі развагі пра гомасэксуальнасьць (Альгерд Бахарэвіч). У XXI стагодзьдзі новыя пакаленьні беларусаў працягваюць яшчэ сьмялей пісаць пра гомасэксуальны досьвед.

У мінулым мы знайшлі пэўныя арыентыры прысутнасьці тэмы гомасэксуальнасьці ў беларускім кантэксьце, але на тле іншых эўрапейскіх культураў і літаратураў у гістарычнай пэрспэктыве беларускае гей-пісьменства выглядае сьціпла. Такая выразная запозьненасьць можа тлумачыцца затрымкай нацыятворчага і дзяржаўнага разьвіцьця, існаваньнем беларускай культуры ў неспрыяльных умовах, што часьцяком праяўлялася і працягвае праяўляцца ў адмове існаваньня геяў і лесьбіек і да адмовы факту існаваньня ўласнай квір-літаратуры. Цяжар траўмы аўтарытарна-таталітарнага жыцьця дасюль адбіваецца на нас у страху перад разнастайнасьцю і непавазе да адрознасьці, бо мы ня ведалі і не жылі ў дэмакратыі.

Аднак і знакі прагрэсу навідавоку: разьвіваецца беларуская літаратура, зьявіліся мясцовыя аўтары і аўтаркі, якія дзеляцца сваім досьведам і разьвіваюць альтэрнатыўнае бачаньне іншасьці і сапраўднай талерантнасьці.

Дадзеная анталёгія — першая спроба сабраць пад адной вокладкай беларускае гей-пісьменства. Вядома, анталёгія хоць і разнастайная, але не прэтэндуе на паўнату з-за неспрыяльных сацыяльна-палітычных варункаў.

У XXI стагодзьдзі мы ўжо не аднойчы назіралі, як беларусы і беларускі выходзілі з-пад кантролю. Беларуская ЛГБТК-супольнасьць сваім існаваньнем сілкуе гэтае жаданьне выйсьці з-пад кантролю, дэманструе нязгоду з дыктатурай і часта выказвае знакі непадпарадкаванасьці падчас гей-прайдаў, публічных пратэстаў, калі пішуцца і публікуюцца ўласныя сьведчаньні жыцьця, прыгнёту і выйсьця зь яго празь літаратуру, якая часам застаецца адзінай даступнай плятформай вольніцы. Аўтарам і аўтаркам анталёгіі ёсць што сказаць і адкрыць грамадзтву.

Толькі раскрыўшы ўсе аспэкты жыцьця і пачуўшы дасюль маргінальныя і нячутыя галасы, нашая літаратура зможа называцца ўнівэрсальнай і дэмакратычнай. Бяз гэтага яна не да канца выконвае сваю гуманістычную місію. Анталёгія беларускага гей-пісьменства — яшчэ адна нагода для беларускай літаратуры пазбавіцца ідэалягічных і маралізатарскіх устано́вак, успадчынных ад часоў імпэрыяў. Выхад мальцаў з-пад кантролю будзе на карысьць усёй беларускай справе, бо падобныя выхады разбураюць дыктат аднолькадум'я.

Мы таксама спадзяемся, што першая анталёгія гей-пісьменства стане крокам для далейшай эмансыпацыі квір-супольнасьці, а таксама ўзрушыць дасюль скептычных беларусак і беларусаў, і проста стане цікавым і прыемным чытаньнем.

Уладзіслаў Гарбацкі

ПРОЗА

Тамаш Зан

Беларуска-польскі паэт (1796–1855), удзельнік вызвольнага руху, палітычны дзяяч, дасьледнік прыроды. Адзін з стваральнікаў таварыства філяматаў, стваральнік таварыства прамяністых, рэарганізаванага пазьней у таварыства філярэтаў; сябра Адама Міцкевіча і Яна Чачота. Кіраўнік першых рэвалюцыйных арганізацый у Беларусі і Літве. Адыграў значную ролю ў разьвіцьці новага літаратурнага кірунку — рэвалюцыйнага рамантызму. Першым з кола віленскіх паэтаў прыняў беларускую народную творчасьць за адзін з найгалоўнейшых разьдзелаў свае паэтычнае праграмы. Аўтар сатырычных твораў, трыялетаў, балядаў і элегіі.

ЛІСТ
ЛЕАНАРДУ ХОДЗЬКУ

Мой найкаханейшы Леанардку!

Суровай фартуны лёс і мудрага Неба
Разлука нашых сэрцаў жорсткая
Прыйшла тады, калі мне было больш патрэбна
Зьяднацца — ах, сумная разлука...

Якія ж галасы і якое пяро
Маёй душы пакуты выкажуць
І вар'яцтва, што яшчэ дасюль
У маіх думках бясьпечна жыве ...

І вось у пакутах
Што хціва накінуліся на маю душу,
Мяне ахапіла падазрэньне,
Што тваё сэрца зьмяняецца...

Цяпер з болем прыгадваю момант,
Калі той непрыстойны кляты плод ува мне
Спарадзіў бездань сьлёзаў у тваіх смутных вачах...
За гэта мяне жорстка карае сьвятое сяброўства...

Бо твая звычайная дабрыня, шчасьце для мяне,
І яна вынясе свой прысуд прабачэньня,
Супакоюся... бо мне балюча
Засмучаць цябе...

Ужо даводзіцца бачыць з глыбокім сумам
Наступствы таго злачынства, падобнага на маё,
Але нават пагарды ня вартыя тыя,
У каго нараджаецца вялікая нявернасьць.

Палегчыць абяцаў мой смутак
Лістом да мяне... Што ж сталася
З тваім абяцаньнем?
Мусіць, забыў мяне...

Можа ты грэбуеш мною... Сэрца наскрозь працяла
Жудасная думка, а мо пакрыўдзіў чым.
Гледзячы на твой незьнікаючы сум, падумаў,
Што магчыма вагонь пачуцьцяў зьнік.

Я чакаў твайго прыезду.
Ня раз выходзіў на шлях;
Але зноў вяртаўся дадому сумны...
І цяпер не магу схаваць свайго шкадаваньня.

І як згаладнелае птушанё
Стогне, пакуль ня прыйдзе матка...
Так і мне безь цябе паўсюдна
Пастаяннага задавальненьня не дачакацца.

Так, насамрэч, безь цябе, мой найкаханейшы, усё няміла
мне, гой, колькі разоў узгадваю нашыя прыемныя і нявінныя
забавы, колькі разоў уяўляю сабе той слодыч, які пры дотыку
да тваіх вуснаў каштаваў я, колькі разоў усплываюць у памя-
ці тыя ўзаемныя з найвялікшай дбайнасьцю клопаты ў ласках,
колькі разоў адчуваецца цяпер ува мне ўзрасталы смутак

і жаль па мінулых уцехах… Пасьля тужлівага нашага расстаньня ў шалёным стане ехаў дадому, абвінавачваючы сябе ў зацятасьці і нявернасьці, што я праявіў да цябе перад самым ад’ездам, мой найкаханейшы. Моцна цяпер шкадую аб гэтым і ласкава прашу прабачэньня, бо я вельмі ўпэўнены ў табе, мой найкаханейшы; аднак каб мне больш супакоіцца, што праз гэта не перастанеш кахаць мяне, калі ласка, напішы што-кольвек аб гэтым, а таксама аб сваім жыцьці з часу нашага расстаньня і якое на цябе зрабіла ўражаньне мая злая і, так мовіць, грубая нявернасьць… пішы. Не паверыш, але я і сам не магу апісаць майго смутку, у якім заставаўся ў Выверах, аддаленым ад цябе месцы. Нічога больш не жадаў, як атрымаць ад цябе вестачкі або пабачыць твой шчасьлівы для мяне твар; але ні першага, апрача твайго абяцаньня, ні другога атрымаць ня мог… Ня ведаю, у чым прычына… Але і аб тым, што кахаеш мяне, напішы. Сёньня, 22 жніўня, ад’яджджаю ў Вільню; адтуль як мага хутчэй напішу табе, але хацеў бы, каб і ты ў найкарацейшыя тэрміны не забыў пра мяне… Дзе я спынюся, ты даведаешся… Калі табе што спатрэбіцца, сьмела пішы мне, а я заўсёды пастараюся выканаць гэта, як найвярнейшы сябра.

Тамаш бедны Зан.

22 жніўня 1815 г., Выверы

NB: Нічога так не шкадую, як таго, што перад ад’ездам не пабачыў цябе… але ты вінаваты ў гэтым сам.

Пераклад з польскай Уладзіслава Гарбацкага і Арыны Астроўскай
паводле: Korespondencya Filomatów 1815-1823. Т. 1: 1815-1820,
Jan Czubek, Kraków, 1913, с. 1-3.

Адам Міцкевіч

Беларуска-польскі паэт (1798–1855), палітычны публіцыст і дзяяч нацыянальна-вызвольнага польскага руху, сябра Таварыства філяматаў. Вядомы перадусім сваімі балядамі і паэтычнымі апавяданьнямі: драмай "Дзяды" і паэтычнай эпапэяй "Пан Тадэвуш" — апошнім вялікім эпасам шляхецкай культуры. Сярод іншых уплывовых твораў Міцкевіча вылучаюцца паэмы "Конрад Валенрод" і "Гражына". За сваю антыўрадавую палітычную дзейнасьць А. Міцкевіч правёў у высылцы ў цэнтральнай Расеі пяць гадоў, пакінуў Расейскую імпэрыю ў 1829 годзе і пражыў рэшту свайго жыцьця ў выгнаньні, першапачаткова ў Рыме, потым — у Парыжы, дзе стаў прафэсарам славянскай літаратуры ў "Калеж дэ Франс".

"ТРЭБА БЫЛО Б АСОБНА СТВАРЫЦЬ ПОЛ ДЛЯ СЯБРОЎ, ЯК ГЭТА ЁСЬЦЬ ДЛЯ КАХАНЬНЯ"

Урывак зь лісту Яну Чачоту, 25 кастрычніка 1819 году

Што да сяброўства, то прызнаю ягонае сьвятое імя і тое, што яно было і ёсць для мяне самым дарагім, бо ў мяне ёсьць такі сябра, якога толькі можна мець; не хачу і не магу мець большага, ніколі нікога я так не любіў і не кахаў.

Табе, ці мне так падаецца, было б лягчэй знайсьці каханку, чым сябра. Бо хто мае і каханку, і сябра, пачуваўся б як на нябёсах, але ж мы жывямо на зямлі. Шмат у каго была Ляўра, шмат у каго — Пілад, але хто меў іх разам? Падаецца, трэба было б асобна стварыць пол для сяброў, як гэта ёсць для каханьня, і тады можна б знайсьці тры чалавекі: каханка, каханку і сябра, але штораз супрацьлеглага полу. Можа такі шлюб існуе ў нябёсах. Аднак ня думаю, што ты знайшоў ува мне найлепшага, якога можна мець [сябра]; але, магчыма, і я ў нечым не найлепшы, як належыць, для цябе сябра, па ўласнай віне, бо ня буду і не магу быць ідэалам, магу толькі да яго наблізіцца. А таму, калі што бачыш ува мне менш адпаведным твайму пачуцьцю, што найбольш перашкаджае нашаму сяброўству, адразу ж мне аб гэтым паведамляй. Падаецца мне, мы найбольш падобныя ў тым, што не злуем на праўду. Якім ты толькі дасюль ня бачыў мяне і ня ўсё казаў, прашу цяпер аб усім пішы мне: "Вось гэта ў табе мне не даспадобы! А вось тут ты дзейнічаў супраць сяброўства! Аб усім мусіш казаць мне". Я зьмянюся і табе ўзаемна буду казаць, што думаю. Спалі ліст, а што ёсьць у гэтым лісьце, захавай ў сакрэце, і не будзеш ні перад кім апраўдвацца.

Пераклад з польскай Уладзіслава Гарбацкага паводле:
Korespondencya Filomatów 1815-1823. T. 1: 1815-1820,
Jan Czubek, Kraków, 1913, с. 213-214.

Пятро Мятла

Грамадзка-палітычны дзяяч (1890–1938), літаратар, выдавец. Пасол польскага сойму ў 1922–1927 гадох. Сябра Камуністычнай партыі Заходняй Беларусі з 1926 году. Адзін з стваральнікаў Беларускай сялянска-работніцкай грамады. Аўтар артыкулаў, апавяданьняў, фэльетонаў. Пісаў пад псэўданімамі П. Асака і П. Чабор. Рукапіс апавяданьняў захоўваецца ў Бібліятэцы Акадэмі навук Літвы імя Ўрублеўскіх у Вільні. Арыштаваны 1 верасьня 1933 году па справе так званага Беларускага нацыянальнага цэнтру (БНЦ). 9 студзеня 1934 году "як кіраўнік і арганізатар БНЦ" прыгавораны да расстрэлу. Сьмяротнае пакараньне было заменена на дзесяць гадоў лягеру. Накіраваны на будаўніцтва Беламорска-балтыйскага каналу, дзе памёр 12 жніўня 1938 году.

ДЗІЎНОЕ ВЯСЕЛЬЛЕ

Ці чулі навіну? Вясельле ж у Вільні хутка будзе!

Вось, падумаеце, зьдзівіў! Вільня-ж табе ня вёска якая, там кожны дзень можа іх з дзесяць бывае.

А вы думаеце якое вясельле, такое звычайнае — хлапец з дзяўчынкай?

Га, калі гэта дык я і пальцам ня крануў-бы, а ня то яшчэ чарніла дармо псаваць! Вось у тым тут і справа, што яно гэтае вясельле, нейкае дзіўнае, нябывалае!

Тодар жа-ж з Прануком жэняцца!

Мужчына з мужчынам?!

Але, выпадае гэтак!

Хлусьня — скажэце, гэта-ж ня чуваная рэч! — Ня дзівецеся, браткі, цяперача такія часы, што якраз тое аб чым чалавек і не падумае, і навет у-ва сне ня ўбачыць — раптам маеш ёсьць! Ці мы думалі, што седзячы на вёсцы будзем калісь чуць, як іграюць, пяюць або танцуюць у Бэрліне, Маскве, Варшаве? А вось цяпер праз гэтае радыё слухай, колькі ўлезе!

А газы, якімі тысячы людзей зараз можна вытруціць, ля-такі нейкія ракетавыя, што 500 кілямэтраў у гадзіну прэцца, электрычныя гарматы — ці мы аб гэтым маглі калісь падумаць? А як для нас, беларусаў, дык асабліва часта здараецца гэта ня чуванае, не спадзеванае! Кладзешся, напрыклад, спаць, нічога за сабой ня чуеш: ня ўкраў, не зарэзаў, думаеш, ну ведама, як прад сном, аб якіх небудзь "мігдалах", ажно раптам, як гром з яснага неба, паліцыя, ловяць цябе на "горонцым учынку" і... на Лукішкі, а пасьля добра калі восем гадкоў, а ня і ўсе дванац-цаць прышыюць!

Дык што пасьля гэтага дзівіцца, што мужчына з мужчынам жэніцца?!

Жылі — жылі, відзяць што расход вялікі: дзьве чарнільніцы трэба, высыхае, марнуецца (маладыя яго-такі шмат ужываюць) і пашто калі можна з аднэй макаць! Ды і рада-перарада, усё-ж дзьве галавы, хоць і ня надта таго, а хітрэй за адну.

Ведаю, што ў вас тут зьявіцца няскромная думка. — Гм... як жа гэта так?...

А вось і так! Ці-ж дзеля гэтага парадачныя людзі жэняцца? Ці чулі-ж вы, каб хоць адзін пан ажаніўся маладым? Ды і самі-ж казалі, што Вільня табе не якая небудзь вёска, каб дзеля гэтага яшчэ жаніцца!

Яны можа самі да гэтага і не дадумаліся-б, але, бачыце, дзядзька, іхны апякун, налягае.

А што яны — спытаеце — радня, што аднаго дзядзьку маюць? — Не радня, але вось людзям Бог шчасьце пасылае! Знайшоўся, браткі, такі добры чалавечак і да таго вельмі багаты, пакахаў, як сваіх родных дзетак Пранука з Тодарам, прытуліў пад свае крылочка, дае грошы.

Слухайце — толькі — кажа — мяне "лайдакі" — жыць будзеце! — А чаму-ж ня слухаюць? Працы амаль ніякай — брахнуць пара разоў у месяц на радыкалаў з віленскай па шаблёну — за бальшавіцкія чырвонцы — гатуюць паўстаньні (з ложку), справаджаюць (з Марса) вінтоўкі, кулямёты. Калі што, — паводле патрэбы, напішуць пра бальшавікоў, што там з голаду ўсе перамёрлі, адныя камуністыя засталіся — і гуляй, сколькі душа захоча! Да Штраля, туды-сюды, у сьветла-каляровую зрэжуцца — вядома ў месьце ёсьць гдзе часок правясьці, абы грошы!

Пранук раней "пасаду" добрую меў, дык што вы думаеце адрокся, распусьнік!

Што мне кажа, акцыз, калі я цяпер дзеяч "бялорускі"!

Гульнуць — гульнуць — да і зноў да дабрадзея. — Дай, дзядзечка, — скончыліся!

Даваў, даваў гэны дзядзька і відзіць дзела дрэнь — сам можа без парток застацца.

Гады мокрыя, воўна на авечках расьце слаба (ён, бачыце, у фірме па стрыжцы авечак, нейкае высокае становішча займае), даход не вялікі, а пляменьнічкі, што далей, то болей патрабуюць! Вось ён і падумаў. — Жаніцеся, кажа, чэрці, мо' тагды менш расходу ды і бадзяцца ня так будзеце? — Пасагу дае абодвым, дык чаму-ж думаюць не пажаніцца.

Добры чалавечак, дай яму Бог здароўя, гэты дзядзька, толькі вось нeяк… не для ўсіх! Напрыклад, страшэнна ня любіць і злуецца на маю каханую Зорачку. Не падумайце, што жыдовачка, не, наша тутэйшая дзяўчынка! Як-жа яна кшчоная? Гм… вось каб цябе ліха — забыўся! А я яе ўжо ўсяляк называў — Галасочак, Званочак, Справачка, Зорачка, вядома, як чалавек закаханы, дык хочацца як мага дэлікатней.

Чаго злуецца?

Дык як-жа тут не злавацца!

Дзяўчынка шустрая, прыгожая, ёй-бы толькі з Пранукамі ды панамі кумпанію вадзіць, а яна-ж, і ў той бок не глядзіць! Зьвязалася з вясковымі хамамі, мястовымі галадранцамі — проста сорам! Чуць гдзе пачуе, што каторы застогне ад цяжкай працы, або заенчыць ад голаду — зараз яна туды! Крычыць!

Такія-сякія, нашто да гэтага даводзіце, так быць, каж, не павінна, што адзін ажно аб'ядаецца, а другі вось дохне з голаду! — Зьбіраецца народ, наробяць шуму, крыку! Дык вось за гэта і ня любіць яе і дзядзька, і Пранук, і іншыя падобныя. Перашкаджае, знача, ім супакойна бавіцца!

Але-ж і дастаецца ёй за тое бедненькай! Папрасілі паліцыю, дык тая цяпер праходу не дае, так і ходзіць па пятах! Убачыць ідучы па Нямецкай вуліцы — ідзе сабе спакойненька, нікога не чапае. Да чаго тут, здаецца, прычапіцца? Знойдуць кручок!

Здрадзаш, — кажуць — маральнасьць — спадніца кароткая!

Тая, бедная, у голас — што вы, паночкі!? Ці-ж вы ня бачыце, што ў іншых на цэлую чвэрць карацей?! Хачаце, каб я, як у 17-м веку, хадзіла — роўна пят?

Нічога не дапамагае — пратакол, штраф, арышт!…А на вечарыны хоць не паказвайся! Запяе што небудзь — а, — кажуць, — комуністычнэ!..

Міргнець катораму хлапцу, усьміхнецца — зараз — змова, здрада, шпіёнства і яшчэ чаго не прыдумаюць і зараз... арышт, турма!... Проста хоць ты галасі! І ня гэта яшчэ было-б, саўсім як прыкакошылі-б, але трохі баяцца хлапцоў, што тыя не папусьцяць сваю ў абіду.

Рэдка прыходзіцца і відзець, а самі падумайце, як гэта лёгка пераносіць закаханаму чалавеку!

Але, што гэта я, рад што зайшла гутарка аб любой, дык гаварыў-бы і гаварыў-бы, а пра вясельле і забыўся!

Даруйце! Прадаўжаю!

Дык вось гэта яшчэ ня дзіва, што жэняцца, але чыстае чуда-юда — дзяцёнка-ж будуць мець!!

Дзяцёнка?! —

Але, але — будуць! Гульнем, што знаем, на хрэсьбінах! Толькі вось, ня ведаю яшчэ, як ахрысьцяць яго. Я радзіў-бы наваць — "Беларуская санацыя", "Той самы воўк у другой скуры", "Напрасныя турботы" — але думаеце паслухаюць? Гдзе там! Назавуць як небудзь "ідэйна" — Доля, Воля — каб, знача пыл людзям у вочы пусьціць!

Падумаеце, што гэта хлусьня нейкая, не дасьцё веры?

Як сабе хочаце — ня верце!

Пераканаецеся самі потым, як прышлюць вам гэта чуда на паказ, дык як запяе яно "Ешчэ Польска не згінэла" дык як забядуе над цяжкай доляй сялян (не падумайце тутэйшых, не) у Радавай Расеі — вось тады ўспомніце, што праўду чалавек казаў.

П. Асака, "Сьцяг Працы", с. 2,
Вільня, 4 ліпеня 1928 году

Адам Глёбус

Беларускі пісьменьнік (нар. 1958), мастак, выдавец, удзельнік таварыства "Тутэйшыя" (1986–1990). У друку выступае зь вершамі з 1981 году. Аўтар звыш дваццаці кнігаў прозы і паэзіі.

ГОМІК

Юнак апынуўся ў травеньскім парку, дзе і знайшлася незанятая лаўка. Ён збіраўся рыхтавацца да ўступных іспытаў у педагагічную вучэльню. Трэба было вывучыць больш за дзесяць вершаў. Юнак старанна перапісаў хрэстаматыйныя творы ў нататнічак і кожныя заняткі пачынаў з паўтарэнняў. Вось і ў свежым парку, сеўшы на лаўку, ён замармытаў наступныя радкі Петруся Броўкі:

"Хіба ж на вечар той можна забыцца? / Сонца за борам жар-птушкай садзіцца... / Дзеўчына ў светлай іскрыстай спадніцы, / Быццам аблітая промнямі, промнямі..."

З-за дзябёлай скульптуры жалезабетоннага аленя выйшаў пуцаценькі чалавечак у масіўных акулярах на глянцавым твары. Гладкі твар упрыгожвалі выгінастыя вусны. Чалавечак зацокаў высокімі абцасамі ў бок юнака.

"... промнямі зор / Пахне чабор. Пахне чабор..." — пра сябе паўтарыў будучы педагог.

Тым часам гладкатвары прыцокаў да юнаковае лаўкі:

— Выдатнае надвор'е, малады чалавек. Не часта бывае цёплая вясна. Трэба цаніць, калі пасярод траўня пачынаецца лета. Пагадзіцеся.

"Пахне чабор", — паўтарылася ў юначай свядомасці.

— Згодны, лета лепей за зіму.

— Бачу, Вас хвалююць вершы. Маладыя гады, маладое дыханне. Я таксама люблю паэзію, асабліва гішпанцаў. Ёсць у іх вершах агонь. "Бязмежна-пякучая, / лютая настальгія / па тым, / што ёсць!" Вось такі верш "Поўдзень" караля паэзіі Хуана Рамона Хіменаса. Як Вам, малады чалавек?

— А я паэзію зусім не люблю. Проста рыхтуюся да іспытаў у педагагічную вучэльню, вось і даводзіцца запамінаць розную дурноту: "Сонца за борам жар-птушкай садзіцца!" Лепей жа сказаць "за плотам" ці "за заборам" і не "садзіцца", а "сядае" і не "жар-птушкай", а "грыль-барам "Жар-птушка", дарэчы, ён тут побач.

— А Вы з'едлівы, малады чалавек. І ўсе ж, маё імя — Артур, — да юнака працягнулася пухнатая, ці то жаночая, ці то дзіцячая, ручка, — звычайнае каралеўскае імя — Артур.

— Лёнік, — юнак паціснуў ватную канечнасць.

— Можа, мая прапанова Вас здзівіць, але да справы... Вы спадабаліся мне. Я закахаўся! Травень, шаты, промні, прахалодны цень. І тут юнак чытае вершы. Відовішча ўразіла, і я не змог не падысці, не загаварыць, не прызнацца.

Юнак паглядзеў на ідэальна паголены твар гомасексуаліста, пачырванеў і схаваў у кішэнь нататнік з экзаменацыйнымі вершамі.

— Няёмка не толькі Вам, але і мне неверагодна цяжка. Не бойцеся, больш за ўсё на свеце я ненавіджу гвалт. Ну пагадзіцеся, з маімі фізічнымі данымі ні на якое насілле разлічваць не даводзіцца. — Гомік цяжка ўздыхнуў. — Жыву я з мамаю. Цяпер яна на працы. І мы маглі б завітаць да мяне. Ёсць цудоўныя парначасопісы. Шчыра-сумленна скажу, яны такія яскравыя, з самымі неверагоднымі здымкамі. Вы калі-небудзь бачылі аголенага гермафрадыта — жаночы твар, жаночыя грудзі, а паміж нагамі самы сапраўдны мужчынскі чэлес? Толькі невялічкі, сантыметраў пяць. Ці, да прыкладу, у мяне ёсць плакат — адна жанчына адначасна спрабуе задаволіць пяцёх мужчын: першы ляжыць на спіне, уставіўшы сцябліну ў похву; жанчына сядзіць на ім, выгнуўшыся так, што другі мужчына змог увагнаць стамбур у жаночую дупу; трэці кліент атрымлівае задавальненне праз мінет; а чацвёрты з пятым даверыліся пяшчотным рукам.

"Трэба ўцякаць ад глянцатварай гнюснасці", — вырашыў юнак.

— Ну дык пойдзем у госці?

— Добра, толькі па дарозе зойдзем на хвілінку ў педага-
гічную вучэльню, трэба ўдакладніць расклад іспытаў.

— Мая інтуіцыя не падвяла мяне!

Гомік з юнаком выйшлі з парку праз цэнтральную браму,
упрыгожаную белай каланадай.

— Не турбуйцеся, я нядоўга, — кінуў юнак перад тым, як
адчыніць дзверы вучэльні.

Самазадаволены Гомік застаўся чакаць каля срэбнабо-
кай вазы, у якой красавалі жоўтыя нарцысы. Ён жа не ведаў,
з якім намерам юнак завітаў у вучэльню. А прычына была не
ў раскладзе іспытаў. Стрыечны брат юнака выкладаў там фі-
зічную культуру, гэта ён і ўгаварыў хлопца сысці са школы
ў вучэльню і паабяцаў усялякую падтрымку.

Свайго брата, карчакаватага стрыжанага пад нуль ма-
ладзёна, юнак знайшоў у спартовай зале, дзе той судзіў гульню
ў баскетбол.

— Спадар Кружаль, можна Вас на хвілінку, — паклікаў
юнак старэйшага брата.

Вісклівы свісток спыніў гульню.

— Ты што, не бачыш, я заняты? Нешта здарылася? — на
калідоры спытаўся фізкультурнік.

— Да мяне прычапіўся Гомік.

— Дзе? — фізкультурнік, відавочна, зацікавіўся прыго-
даю малодшага брата.

— У парку Чалюскінцаў.

— А цяпер ён дзе?

— Чакае каля вучэльні, круціцца каля вазы з нарцысамі.

— Што мяркуеш зрабіць?

— Я ў цябе, мой настаўнік, прыйшоў папытаць.

Старэйшы з братоў надзьмуў шчокі так, нібыта хацеў ска-
заць слова ды забыўся адчыніць рот, потым ён, каўтануўшы
нясказанае, прамовіў наступнае:

— Біць такіх трэба! Згодны? Смяротным боем біць і забі-
ваць! Ідзі прызнач Гоміку спатканне ў парку Чалюскінцаў гад-
зіне а восьмай, калі шарэць пачне.

Узбуджаны юнак падбег да Гоміка:

— Прабачце, Артур, тут якраз пачынаецца кансультацыя па літаратуры, і я мушу застацца, але калі Вы не супраць, дык давайце сустрэнемся ўвечары, у парку, каля скульптурнага аленя.

— А ў колькі? — На Гомікавым твары праявілася астуджанасць. — Ты ж ведаеш, я жыву з матуляю, а яна не любіць, калі позна затрымліваюся.

— Гадзіне а восьмай, я буду чакаць Вас, Артур, — юнак, знарок не слухаючы адказу, вярнуўся ў будучую alma mater.

Расчараваны Гомік падышоў да вазы і сарваў колькі нарцысаў, мусіць, для любай мамы.

У цёплым вечаровым парку людзей было наўздзіў шмат: шпацыравалі парачкі каханкаў, на лаўках вуркаталі пенсіянеры, бацькі гулялі з вазочкамі. Цяпло, робячы будзённую справу, між іншым зруйнавала жорсткі план стрыечных братоў.

— Усё ўскладняецца, — канстатаваў фізкультурнік.

— Ясна, не будзем жа мачыць на вачах у мамачак, дачушак і бабулек. Але чакай, ёсць варыянт. За аглядальным колам стаіць двухпавярховы дамок.

— Прыбіральня, — паспрабаваў удакладніць фізкультурнік.

— Ды не, я кажу двухпавярховы. Дзе ты бачыў у парках двухпавярховыя прыбіральні? Не перарывай. Гэты дамок — школа фігурнага катання, пры ім ёсць агароджаны плотам пляц. Узімку ён робіцца катком, а ўлетку ляжыць звычайная пустка. З трох бакоў яна мяжуе з паркам Чалюскінцаў, а з чацвёртага боку...

— З заводам імя Вавілава?

— Ізноў перарываеш, — юнак удаў на рабацяністым твары грымасу крыўды, — не з заводам, а з батанічным садам. Сягоння сад не працуе, наведнікаў няма. Я правяду Гоміка ў батанічны сад, і там, каля азярца з лебедзямі, мы яго адмудохаем і адмяцелім, казла дранага.

— Слухай, а батсад ахоўваецца мянтамі?

— Мусіць, ахоўваецца, адзін мент на дзесяць тысяч дрэўцаў.

Старэйшы з братоў накіраваўся да аглядальнага кола, а малодшы — да скульптурнага аленя, дзе яго ўжо добра-ткі зачакаўся добразычлівы Гомік.

— А я захваляваўся, што не прыйдзеш, — Гомікавы вусны заўсміхаліся адасоблена ад вачэй.

— Прабач, кансультацыі зацягнуліся, абітурыенты за адзін вечар вырашылі даведацца пра ўсё, што не вывучылі за год. Але забудзем будзённае. Куды ідзём, Артур?

— Куды-небудзь найдалей ад пенсіянераў з унукамі.

— Я ведаю зацішнае месца: вербы, стаў, лебедзі плаваюць…

— Як у Пікасо: лебедзь з адлюстраваннем у вадзе нагадвае скарпіёна…

Гомік з юнаком абмінулі доўгі стол, за якім атабарыліся шахматысты-аматары, і пайшлі тапалёвымі прысадамі да пляцоўкі з атракцыёнамі. Грукат, ляскат і віскат — музычныя карцінкі народнай весялосці.

“Пахне чабор, пахне чабор… А вось арэлі ствараліся дзеля таго, каб хлопец мог усё ж зазірнуць пад дзявочую спадніцу”, — падумаў юнак, калі выводзіў Гоміка на пустку.

— Тут ёсць патаемныя весніцы для прыбіральшчыц, — юнак падвёў Гоміка да жалезнай брамкі, зачыненай на калок.

Па прысадах, абсаджаных маньчжурскімі гарэхамі, юнак завёў новага знаёмага да штучна выкапанага стаўка, пасярод якога плавала лебядзіная хатка. Побач з хаткаю плавалі і лебедзі.

— Ну як табе, Артур, лебедзі?

— Хатка прыгожая, райскі востраў, а самі птушкі закажанелыя, відаць, што паланёныя, — Гомік прысеў на лаўку, пастаўленую спецыяльна для любавання лебядзіным стаўком.

Юнак убачыў, як з-за кустоў шыпшыны выходзіць фізкультурнік, і стаў так, каб засланіць Гоміку птушыны дамок, і завішчаў гнюсным голасам:

— Што, падла, згвалціць мяне надумаў, асла ў парку знайшоў, я табе зараз кокі абарву, яечню падсмажу і з’есці загадаю.

Юнак верашчаў так гідка, што любы нармальны чалавек як мінімум адхіснуўся б ад слоўнага бруду. Але Гомік зрабіў іншы жэст, ён хітнуў галавою так, быццам уласным ілбом ламаў чужое пераноссе. Гомік прыўстаў з лаўкі і развёў рукі так, нібыта збіраўся зрабіць вертыкальны ўзлёт. Юнак адскочыў, бо ўбачыў у варожай руцэ вастрадзюбы шып сталёвага стылета.

— У яго швайка! — аселым голасам юнак папярэдзіў брата фізкультурніка, які ўжо пачаў раскручваць над галавою роварны ланцуг.

Гомік зрабіў рывок да юнака, паспрабаваў зачапіць стылетам ускінутую руку, але ўспароў адно паветра. Затое змяя ланцуга хвостка абвіла свой хвост на запясці, стылет праляцеў метраў з пяць і слізгануў у траву. Вольнай, не схопленай ланцугом, рукою Гомік зрабіў трапны ўдар па кадыку фізкультурніка. Той захапаў ротам паветра, не раўнуючы люстраны карп, нават вочы ў выкладчыка фізічных практыкаванняў пабялелі, як у дохлай рыбіны.

І тут здарылася непапраўнае, юнак, знайшоўшы ў траве зброю, падляцеў да байцоў і, укленчыўшы, увагнаў шып стылета ў Гомікава пахавінне.

— Ну як я яго трахнуў? — спытаўся атупелы юнак у пераляканага фізкультурніка.

— Гоміку ўсё адно... А што з намі будзе?

— Будзем жыць, як і раней жылі, — юнак выцягнуў з нябожчыка доўгі стылет.

Зборнік “Дамавікамерон” (1994)

РЭКТАР

Рэктар ікнуў. Зморшчыўся, пахістаў галавою, пачырванеў і зноў скалануўся ад ікаўкі.

Дактары казалі, што ікаўка напала ад ператомы. У адных вока торгаецца, другія чхаюць, а яму дасталася ікаўка.

Адпачываць не выпадала. Рэктар душыў спазмы затрымкаю дыханьня.

Ён набраў поўныя грудзі паветра, павольна з шумам выдыхнуў і замёр. Пратрымаўся ў сьцятым стане амаль хвіліну. Ціхенька ўздыхнуў — выдыхнуў. Ікаўка адпусьціла.

У прасторным, арэхавым, лякіраваным кабінэце ён быў адзін. І мог не хвалявацца, што нехта бачыць ягоныя пакуты. Рэктар перажываў за іншае.

Пад вокнамі ўнівэрсытэту, на плошчы, перад Домам Ураду разгортваўся несанкцыяваны мітынг.

Рэктар наблізіўся да акна. Асьцярожна адвёў бардовую штору й зірнуў на пляц.

Унізе хваляваўся вялізны, у тысячаў пяцьдзесят натоўп са сьцягамі й трапспарантамі. Паміж урадавым гмахам і дэманстрантамі вышнураваўся ланцуг зь міліцыянтаў. На помнік пралетарскаму правадыру ўзьлез юнак і замацаваў сьцяг.

"Мой, ябі яго маць! Пэўна ж, мой студэнт. Не, каб займацца навукаю зь бібліятэцы, не, каб ябсьціся ў інтэрнаце, а ён — падла неспакойная — на помнік лезе, у рэвалюцыю гуляецца".

Кіраўнік унівэрсытэту зноў расхваляваўся і ледзь зноў не пачаў ікаць. Каб супакоіцца ён дастаў з шафы крыштальны штоф. Наліў чарку армянскага каньяку, каўтнуў і ня зморшчыўся. Цяпло разьлілося ў грудзях, даплыло да страўніка, суцешыла цела. Рэктар палагаднеў і вярнуўся на назіральны пункт. Ён якраз пасьпеў убачыць той момант, калі з натоўпу выляцела пляшка гарэлкі і разьбілася аб чорную галаву помніку.

Натоўп скалануўся, захваляваўся і вось-вось мусіў ірвануцца на штурм Дома Ўраду. Але на трыбуну пад помнікам ускараскаўся лысы, худы як жэрдка актывіст і залямантаваў у мэгафон.

Падвоеныя рамы не далі Рэктару разабраць словы актывіста, які супыніў хвалю абурэньня. Як не разабраў ён і словы сівога кіраўніка, што наступным узяўся гарлаць у мэгафон. Зрэшты, ягоных словаў не разабраў ніхто, бо натоўп засьвістаў і запляскаў.

Мітынганты зганялі з трыбуны сьпікера камуністычнага парлямэнту. Яго Рэктар ведаў добра. Не раз і не два даводзілася засядаць за адным сталом у Доме Ўраду.

"Пізьдзец. Будзе куламеса. Паб'юцца, памалоцяцца, падушацца. І хуй зь імі. Хай ляцяць на злом галавы. Унівэрсытэт ён заўсёды ўнівэрсытэт, — рэктар усеўся ў скураны цёмна-вішнёвы фатэль і адкінуў сівую галаву на сьпінку. — Чырвоныя, зялёныя, белыя, бел-чырвона-белыя — бяз розьніцы. І пры Сталіне і пры Гітлеры вышэйшая навучальная ўстанова дзяржавы не зьнікала. Пад камуністамі, пад кэдэбістамі, пад нацыяналістамі ўнівэрсытэт захаваецца. І пад жыда-фак-срак-масонамі вугал падзеньня будзе роўны вуглу адлюстраваньня. І бяз рэктара не бывае ўнівэрсытэту. Але ці буду рэктарам я? Вось дзе загвоздка. Зрэшты, ну й ня буду. Папрацаваў. Хопіць. Каб яны ўсе здохлі на гэтым пляцы. Каб іх танкамі падушылі. Быў бы я..."

Агрэсыўную плынь рэктаравых думак перарваў грукат у дзьверы. Ён спалохана заазіраўся, нібыта шукаў запасное выйсьце. Устаў, сьцяўся, сагнуўся, умомант састарэў і падаўся да дзьвярэй. На парозе ўсьміхаўся ружоватвары белавалосы блакітнавокі хлопчык.

— Што з Вамі, Вы ўвесь зьбялелі? — хлопчык заплыў у кабінэт і зачыніў дзьверы на ключ.

— Зьбялеў! Зьсінеў! Тут счарнееш з гэтымі ябанымі мітынгамі. Ты толькі глянь у вакно. Зараз пачнуць Дом Ураду штурмаваць. А далей што? Скажы, ты з гэтымі нацыяналістамі знаешся? Што яны будуць рабіць?

— Не хвалюйцеся Вы так, а то зноў ікаўка нападзе. Ня будуць яны штурмаваць Ваш Дом Ураду, — хлопчык сьцягнуў праз галаву чорны швэдар і застаўся ў блакітнай саколцы.

— А я думаю, будуць штурмаваць, — Рэктар распусьціў пятлю шаўкавістага гальштуку.

— Ня будуць, — хлопчык вызваліў на сьвятло сунічныя смочкі.

— Будуць, — Рэктар расшморгнуў маланку ў нагавіцах.

— Не, — вузкія школьныя нагавіцы паехалі долу.

Сінія майткі шаўкавіста заільсьніліся на хлапечых клубах.

Рэктарскія нагавіцы павісьлі на сьпінцы крэсла.

— Давайце паспрачаемся, — блакітнавокае хлапчанё засталося адно ў гольфах.

— Давай, — на Рэктару была толькі афіцыйна-белая кашуля з залатымі запінкамі.

— Калі Вы прайграеце, дык прызначыце мяне загадчыкам кафэдры філязофіі, — гольф паляцеў у Рэктара.

— Не змагу. Ты толькі звычайны школьнік, і раптам я падпісваю загад з прызначэньнем цябе на пасаду загадчыка. Не змагу, — залатыя запінкі склаліся на падваконьне.

— Якраз цяпер Вы й зможаце гэта зрабіць, мой прыгожы, мой любы, мой разумны Рэктар, — другі гольф павіс на Рэктарскім плячы.

— А ты? Што ты, мой белацелы, мой малочны, мой салодкі, зробіш, калі прайграеш? — голы Рэктар сеў на стол.

— Я вазьму Вас выкладаць на кафэдру, дарагі прафэсар, калі Вас выпруць з рэктараў, — хлапечая рука пачала пяшчотна бавіцца з рэктаравым зрэагаваным чэлесам.

— Усё робіцца праз чэлес, — сказаў той.

— Праз дупу, — удакладніў хлопчык і пацалаваў сумны мужчынскі твар.

Зароў заваконны натоўп. Каханкі ірвануліся да шыбы і прыляпілі насы да шкла. Людзі прарвалі ланцуг міліцыі й беглі да ўрадавага гмаху. Ім на пярэймы ляцелі народнафронтаўскія дружыньнікі з бел-чырвона-белымі павязкамі на рукавах. На ганку ўсчалася мітусьня.

— Ты прайграў, — Рэктар па-бацькоўску паклаў руку на хлапечае плячо.

— Чакайце, — той сьцепануў плечуком і скінуў рэктараву далонь.

Узяўшыся за рукі, дружыньнікі пачалі адціскаць штурмавальнікаў. Тыя разьвярнуліся і ўліліся ў натоўп. Цяпер замест міліцыі паміж Домам Ураду і мітынгам стала дружына.

— Бачыце, Вы прайгралі, — хлопчык звонка чмокнуў вуснамі ў паголеную шчаку.

Пад унівэрсытэцкімі вокнамі ўзнавіўся лямант. Каханкам было цудоўна відаць, як у кола юнакоў патрапіў галоўны пракурор рэспублікі, як падлеткі плявалі яму ў твар. Той закрыў галаву рукамі і пабег у бок унівэрсытэцкага ганку.

— Да Вас госьць ідзе, — малады каханак уздыхнуў.

— А мяне няма, — Рэктар праверыў ці надзейна зачыненыя дзьверы й вярнуўся на назіральны пункт.

— Я ведаю, што Вас няма. Бачыце, яны сядаюць у аўтобусы і едуць штурмаваць цэнтральны камітэт камуністаў. А штурмаваць і там ня трэба. Камуністы паўцякалі.

— Рэктар пачуў стукат у дзьверы і гучна ікнуў.

— Супакойцеся, — хлопчык пацалаваў мужчыну ў вусны й пацягнуў да стала. — Вы напішаце загад пра мае прызначэньне. Вы прагоніце цяперашняга загадчыка на пэнсію. І мы будзем трахацца, як і трахаліся — раз на тыдзень.

Хлопчык лёг сьпінаю на арэхавы стол і пальцамі рассунуў клубы. Маціцовая ружовасьць анусу ўзбудзіла мужчынскі пачатак у рэктара.

— Рэвалюцыйныя падзеі Вас натхняюць. Трэба, каб часьцей ладзіліся штурмы, — хлопчык заклаў рукі за галаву й заплюшчыў вочы.

Forum Lambda, №20, 2001, с. 28-29

Вячаслаў Бортнік

Беларуска-амэрыканскі грамадзкі дзяяч (нар. 1974), праваабаронца, публіцыст. Кіраўнік Беларускай філіі Amnesty International (2002—2006), Сакратар Рады Беларускай Народнай Рэспублікі (2016—2019). Выступае ў беларускіх СМІ, у тым ліку з заявамі і камэнтарамі ў падтрымку правоў ЛГБТК+. Аўтар артыкулаў, замалёвак.

МІНІЯТУРЫ
З СТАРОГА ДЗЁНЬНІКА

Імгненьні, калі словы нешта значаць

Воўку Вераб'ю

Як, зрэшты, значыць тое, што я пішу шарыкавай ручкай, а не пстрыкаю кнопкамі кампутарнай панэлі, на А4, а не на аголеным целе.

Не магу забыць ягоны чэлес, хоць абстрактна ад цэлага Ільвёнка я яго ні разу ня сьніў.

Сьніў самога Ільвянятку, ды й то ў вобразе аднакурсьніцы.

Мы нават ня скончылі ў сьне.

У рэальнасьці ж я сканчаў зь ім пяць разоў, амаль усе разы сынхронна.

Дзьве эякуляцыі праз тэлефонны кабель і куча фантазіяў. Лета 1997. Ах, лета...

Акорды Never, Never Gonna Give You Up, пальцы маёй нагі на тваім лабку і кухонная сякерка ў руках Аўлукова; мурзатая, у Баскін-Робінс, мордачка, якая паліць з акна сёмага паверху а шостай гадзіне раніцы, цёплы дрымотны чэлес у мяккіх брыджах, сіняя рыбка на грудзях, "усьмешачка", шчанюк пад касухай, дзённая рука на маім плячы ў цэнтры места, фантазіі пра адрыну, Johnny з хітрым пацалункам, твой торс у маім акне і ляцелыя з вокнаў дому насупраць шпіёны.

Ты ўваходзіш у мяне без дапаможных сродкаў, ня мыю руку ўвесь дзень — на ёй пах, твой і мой; ты цалуеш мяне ў "Лайце": "Я ўсё-ткі цябе кахаю"; у чужой спэрме адчыняеш нам дзьверы; табе здаецца, што я падфарбоўваю вейкі; кажаш мне: “Якое ж ты ўсё-ткі гадзянё”; ад цябе дзьме сытэтыкай.

У твайго чэлеса толькі адзін супернік, а з Ільвянём не па-сапернічае ніхто.

Мой сон у нагах твайго сну. Твой здымак скрадзены; праз гэта ты мне яшчэ бліжэйшы.

Ты тэлефануеш з “Маямі” а чацьвёртай раніцы: “Я ўсё-ткі цябе кахаю...” Усё-ткі... Два імгненьні Сапраўднага.

26.2.1998

Цудоўнае зьліцьцё

Эдзіку Тарлецкаму

Я зацягваюся цыгаркай і ўспамінаю... успамінаю цябе... Рэстаранчык ва Ўсходнім Індакітаі. Пусты прыцемак залі. У цьмяным сьвятле самотнага каганца мая ўзбуджаная рука выводзіць у цябе на грудзях францускае слова *mélange*. Літары мерна рухаюцца ў тахт твайму дыханьню.

Патанаю ў густой сіні тваіх ашклянелых вачэй, і з маіх вуснаў зрываюцца такія дурныя і бессэнсоўныя словы: “Чаму ты ня хочаш займацца са мной каханьнем?”

Праз цэлую вечнасьць адказ твайго вільготнага рота: “...Таму што я кахаю цябе...”

Дзесьці ў глыбіні залі ціхая музыка і асьляпляльнай пры-гажосьці хлопчык, які чытае Рэмбо:

Ён належаў свайму жыцьцю. Чарга дабрыні наступіла б праз столькі часу, што пасьпела б нарадзіцца новая зорка. І хоць я пра гэта нават і ня марыў, любімы прыходзіў, не вяр-нуўся і больш ніколі ня вернецца.

Я засынаю на тваіх шырокіх грудзях.

21.12.1998

Жывот, чэлес і зімовая шапка

Сашу Томсану

Я спрабую ўвайсьці ў эйфарычны стан. Перашкаджаюць галасы за дзьвярыма, але я спрабую...

Вось і зноў твой напорысты гык урываецца ў маё горла. Так блізка перад вачыма твой валасаты жывот, які плаўна пераходзіць у лабок, калыхаюцца яйкі. Часьцей за чый-небудзь твой пругкі малышок бываў ува мне. Менавіта ён навучыў мяне анальным асалодам.

Шчасьлівей, чым з кім-небудзь, я быў у сэксе з табой. Мацней, чым каго-небудзь, хацеў цябе, даўжэй, чым каго-небудзь...

Не забудуся, як ты тараніў мяне стоячы, прыбіваючы сваім мудзьдзём да белай сьцяны, у пад'ездзе, узлезшы на прыступку вышэй за мяне, пад душам, паліваючы аліўкавым алеем, у сутарэньні, паставіўшы рачком ва ўпор, дома перад люстэркам, праз ірваныя дзіркі джынсаў, у тэлефоннай кабіне паштамту...

Ты — апошні, з-за каго я калі-небудзь плакаў. Ты, каго я доўга кахаў і ненавідзеў пасьля расстаньня, чые жывот, чэлес, джынсы, пах і зімовую шапку назаўжды захаваю ў памяці.

26.6.1998

Грудзі, якія спараджаюць юр

Такім кароткім і салодкім было тваё зьяўленьне ў маім жыцьці. (Дзякуй Мішэлю).

Як па́лка цябе я хацеў і як па́лка атрымаў!

Твае грудзі, плечы, рукі — пульсаваньне налітага цягліцамі цела, твае салодкія вусны.

Які галодны я быў!

Закідваю табе ногі вышэй галавы, там яшчэ адзін рот, ня менш юрлівы.

Праводжу вуснамі па вуснах, уваходжу ў цябе гарачым языком.

Твае паўстогны падрываюць мой чэлес, выпырскваючы думкі і пачуцьці ў Нірвану.

Ці адчуваў я калі-небудзь нешта падобнае?

А раніцай ты зноў бярэш мяне.

Мае ногі на тваіх плячах.

Калыханьне тваіх грудзей запаляе мяне мацней ад сотняў вуснаў і рук.

Мае рукі на тваіх грудзях, плячах, чэлесе абдымаюць цябе ўсяго, заглынаюць цалкам.

Яшчэ імгненьне — і твае ядры ўварвуцца ў мяне...

Я сплываю...

А ты ўжо бяжыш на працу,

Каб зьнікнуць з майго жыцьця назаўжды.

26.6.1998

Пераклад з расейскай Уладзіслава Гарбацкага

Альгерд Бахарэвіч

Пісьменьнік і перакладнік (нар. 1975). Пісаць
пачаў яшчэ школьнікам. Першыя тэксты апублі-
каваў у 1993 годзе. Творчасьць пэрыяду 1990-х
гадоў збольшага адлюстраваная ў бумбамлі-
таўскім зборніку "Тазік беларускі" (1995). З 1993
па 2000 год быў вакалістам і аўтарам тэкстаў
панк-гурту "Правакацыя". Адзін з найбольш пе-
ракладаных на замежныя мовы сучасных бела-
рускіх літаратараў.

ПРА БЛАТНЫХ, "БЛАКІТНЫХ" І ПУСТЫЯ БУТЭЛЬКІ

Выгляд у мяне заўжды быў дзіўны — і ў аўтобусах са мной часта загаворвалі, асабліва п'яныя, а п'яных навокал была процьма, больш за ўсё раніцай і ўвечары. Але я ўсё ж быў шабаноўскі хлопец і панк, таму навучыўся пасылаць прама на тры літары асабліва навязьлівых. Пасьля гэтага варыянтаў было два: або ад мяне адчапляліся, або лезьлі ў бойку, часьцей усё ж першае, бо аўтобус лічыўся не найлепшым месцам для высьвятленьня стасункаў. "Выйдзем на следушчай?" — "Пайшоў ты!"

Найгорш было, калі ў размову лез нейкі "блатны", як мы іх называлі: пачынаў расказваць пра зону, потым неўпрыкмет пра "баб" — і вось гэта было самае брыдкае: слухаць пра тое, хто каму адсмоктваў, у каго якія цыцкі, і адбівацца ад прапановаў расказаць пра сваю "бабу". Адмова падзяліцца падрабязнасьцямі іх адазу ж дзіка крыўдзіла — даводзілася проста тупа маўчаць і глядзець у акно. Рамантык ува мне страшэнна пакутваў, ён быў гатовы да забойства, але што я мог зрабіць? Ваяваць зь імі было бессэнсоўна — і я прымаў сьвет такім, як ёсьць.

Але зрэдку чапляліся і іншыя аматары пагаварыць — прадстаўнікі таго сьвету, ненавідзець які мяне прывучыла грамадзтва. Вядома, у 90-ыя я быў страшэнным гамафобам, як і ўсе навокал, — што насамрэч значыць гнюснае слоўца "підар", мне патлумачылі яшчэ ў школе, і мяне ледзь не званітавала, калі я ўявіў, чым яны займаюцца. Памятаю, перад заканчэньнем школы адзін мой аднаклясьнік расказаў, шэптам, у пад'езьдзе, што ён шоў нядаўна па парку 50-годзьдзя Кастрычніка, сярод белага дня, і да яго прычапіўся дзядзька, які папрасіў даць яму

адсмактаць. Дарэмна ён мне гэта расказаў — з таго часу я ня
мог на яго глядзець інакш, чым уяўляючы брыдкую карцінку.
Як і ўсе "правільныя", я цудоўна пачуваўся ў сваёй гетэрасэк-
суальнасьці і шчыра пагараджаў тымі, хто быў іншым, лічыў
гэта хваробай, якую можна вылечыць добрым сэксам. І, як усіх
"правільных" мужыкоў, мяне хвалявалі лесьбіянкі — порна зь
імі разглядваць было цікава. І калі я пішу "порна", я маю на
ўвазе выключна часопісы і відэакасэты, бо час усякіх пахабных
порнхабаў прыйдзе значна, значна пазьней...

    І вось у сярэдзіне 90-ых я ехаў у сваёй бязбожнай "дзявят-
цы" дамоў, аўтобус быў перапоўнены — і тут я адчуў, як нехта,
карыстаючыся таўханінай, гладзіць мяне па азадку. Спачатку
я не паверыў, думаў, гэта выпадковасьць, дотыкі былі гнюс-
ныя, я нават думкі не дапускаў, што гэта можа быць жанчына,
— я павярнуўся і пабачыў мужыка, які адразу ж апусьціў вочы.
Дзьверы адчыніліся, народ выйшаў, і тады я ўдарыў яго локцем
пад дых, як мяне вучылі ў Шабанах, а потым яшчэ і каленам
па яйцах, ён пасьпеў выскачыць, а я быў настолькі абураны,
што яшчэ больш узьненавідзіў геяў. Не, я заўжды разумеў, што
яны таксама людзі, мне ніколі не хацелася забараняць іх, забі-
ваць, пазбаўляць правоў, я проста адчуваў да іх фізычную агі-
ду, у якой не было ідэалёгіі. Мне проста хацелася, каб яны ня
лезлі у наша цудоўнае жыцьцё, — вось і ўсё. Жывіце і нікому
не кажыце, думаў я, і ўсё будзе добра. Знаёма, праўда?

    Толькі гадоў праз дваццаць, вярнуўшыся зь Нямеччыны
ў Менск, я змог, не без нутранай барацьбы, пераадолець сваю
гамафобію. Такую "натуральную" — і такую дурную, ірацыя-
нальную і ганебную для вольнага чалавека.

    Фрык, дзівак, панк, літаратар-пачатковец, гамафоб, фрон-
тмэн, рамантык, наіўны малады Алежка...І да ўсяго яшчэ мізан-
троп.

Мае дзевяностыя, Мінск, Янушкевіч, 2018, с. 238-241

Зьміцер Александровіч
101 ГОД АДЗІНОТЫ

(замест жыццяпісу)

Нарадзіўся ў 1901 годзе ў заштатным беларускім мястэчку ў неадназначна працоўна-сялянскай сям'і. Розум і прыгажосць паперлі адразу, з генаў габрэйскай бабулі. Так, з гэтай радавой траўмы, і пачаліся сто гадоў адзіноты Александровіча. Жыццё ягонае, дарэчы, паслужыла малавядомаму ў гей-колах пісьменніку Маркесу фабулай для аднайменнага твора.

Цяжкае дзяцінства цягнулася да бясконцасці доўга. Спачатку пасвіў свінні на бязмежных прасторах радзімы, затым лавіў зайцоў у гушчарах Белавескай пушчы. Пакуль не аддалі ў сярэднюю агульнаадукацыйную ешыву, адкуль неўзабаве вышпурнулі за брудныя прыставанні да асоб духоўнага звання (з рознымі пытаннямі) і з адзіным уменнем адрозніваць абразаных ад неабразаных. Тады ж задумаў апісаць жыццё ешывы ў аповядзе пра хранопаў і фамаў, але малавядомы ў гей-супольнасці пісьменнік Картасар прысабечыў ідэю. З гора заняўся самаадукацыяй і мастурбацыяй, і, закапаўшыся ў кніжках, перажыў тры рэвалюцыі, грамадзянскую, дзве сусветныя вайны і шмат аргазмаў. Актыўна (часам і пасіўна) меў зносіны з Леніным, Сталіным, Гітлерам (у акупацыі), а таксама з адным поцам з суседняга двара (у сутарэнні).

Адчуўшы завяршэнне працэсу палавога паспявання і панічна баючыся арміі (катастрафічна не ўмеў хадзіць шыхтом), паступіў без габрэйскага блата ў інстытут высакародных дзяўчат імя Замежных Моваў. Бабуля ўхваліла. Там, хаваючыся пяць гадоў ад антысемітаў, няўмела пісаў вершы на беларускай мове з моцным акцэнтам. Ледзь не вышпурнулі за прыставанне да выкладчыка навуковага камунізму (з рознымі пытаннямі), але здаўна падгнілы педкалектыў, на дзіва, заступіўся як адзін. Эх, быў там адзін...

Дыплом выдалі толькі пад падпіску аб выездзе (далей ад ідэалагічна стэрыльнага Мінска), але прахвост Александровіч паслаў Ізраіль далей да арабаў і эміграв_аў у Маскву, у выніку чаго там адразу ж завіравала перабудова. На каламутнай перабудоўнай хвалі ён пару разоў ажаніўся, але сынка знайшоў сабе ў інтэрнэце. Да гэтага часу бацькоўствуе і не грэбуе інцэстам. Ад нуды атрымаў другую верхнеэканамічную адукацыю, нягледзячы на брудныя прыставанні да аднаго чыстага рыначніка (з рознымі пытаннямі). З таго часу не шануе старых габрэяў і новых рускіх.

У 1992 г. уступіў адной нагой у гей-рух, дзе інспіраваў некалькі адкрытых лістоў і артыкулаў у цэнтральнай і замежнай прэсе з мэтай адмены брыдаснага артыкула. Але, агледзеўшыся ў коле прафесійных гамапедэрастаў, якія б'юцца за буржуазныя гранты і робяць свой маленькі гешэфт, неўзабаве ўцёк і знюхаўся з часопісамі "АРГО" і "РИСК". На іхную замову і былі яшчэ ў 93 годзе напісаныя першыя апавяданні. Журналісціў і перакладаў таксама ў іншых выданнях. Але паколькі акрамя эратычных карцінак нашай публіцы ўсё аказалася да аднаго месца, часопісы камерцыйнага поспеху не займелі. Да літаратурнага жыцця Александровіча выпадкова вярнуў інтэрнэт, дзе нейкія звар'яцелыя яго сталі чытаць і хацець. За што ён з удзячнасці паабяцаў ім нянудную літаратуру, але, зразумела, падмануў.

Пераклад з расейскай Уладзіслава Гарбацкага

ЛЯВОНІХА НАГІЛА

На сцэне актор заўсёды павінен іграць,
адчуваючы ўзрост, пол і нацыянальнасць,

— *як казаў Міхоэлс.*

Мой сябар памірае. Самы блізкі.

Брыда засцілае вочы. Левае залівае каламутна-зялёная кіслявая жыжка ўперамешку з тоўчаным шклом. Правае рэжа чырвоны калючы пясок. Агіда точыць нутро: не змог зберагчы.

Ён паклаў мне галаву на руку і языком, як звычайна, спрабуе дастаць да вуха. Я трымаю яго за лапу і нахіляюся, тыцкаючыся носам у шэрую макаўку. Потым сваім чырвоным раскіслым носам я прытуляюся да сухога носа любага сабакі, з натуральнае скуры, як любіў я шаптаць, выціраючы яму бараду пасля вячэры.

Язык не варочаецца паўтарыць дыягназ за прафесаркай з акадэміі Скрабіна. Я доўга не хацеў даваць веры, завёз на рэнтген. Аперацыю рабіць ужо нельга, дый балючая яна, як і кароткае жыццё па ёй.

Адзін з ягоных метастазаў у маім сэрцы. Шчэміць нязносна. Брыда сціскае судзіны, тромбы ўжо і ў бронхах, і ў самлелых руках, і ў няцвёрдых нагах.

Дзесяць год для сабакі — паважны век. Але ж я быў не гатовы. Зусім.

Як магло стацца, што за дзесяць гадоў гэты брахлівы камячок зрабіўся для мяне родным чалавечкам? Праўда-праўда, маленькім, кашлатым чалавечкам. Не перастану паўтараць, што сабака — хоць і не чалавек, але ўжо і не жывёла. Колькі запалу, наіўнае хітрасці, шчодрых эмоцый, нарэшце, гумару. І шчырасці, і адданасці. Якіх я шукаў у людзей, як сабака валачашчы гаспадара шукае. Выявілася, што два гараскопныя ільвы ў адной клетцы могуць жыць у згодзе і лагодзе. Але чаму ж так нядоўга?

Я ўзяў яго амаль месячным, калі яшчэ трэба было прыкормліваць малаком. Яшчэ жывоцік не зарос поўсцю. Затое характар выявіўся адразу. Дзе толькі я не масціў яго спаць, якіх толькі посцілак і дамкоў не рабіў, — не, енк разлягаўся неадкладна і няўхільна. Яшчэ няўпэўнена стоячы на лапках, ён цягнуўся па ножцы ложка, бубніў кіпцюркамі і пісклява прасіў, упрошваў свайго бога ўзяць яго на Алімп, хаця б на ноч. І толькі калі я ў паўсне зграбаў яго ў жменю і падымаў на пасцель, ён увішна пыхцеў, віў з прасціны гняздо, скручваўся абаранкам і ўмомант засынаў. І шчасліва соп мне ў вуха. Рознае бывала за гэтыя гады, але каб гадзіць у ёй — ніколі. Так, дзесяць гадоў у адной пасцелі.

Калі ў ложку з’яўляўся хтось трэці, ён нерваваўся — ён абараняў. Спачатку не пушчаў, ажно рычэў. Але як пераконваўся, што на гэта мая божая воля, панура даваў месца. Швабская дысцыпліна і тактоўнасць — у генах, дарма што шнаўцэр. Франц фон Міттэльшнаўцэр.

Бяда не ідзе адна. У іншым горадзе памірае мой бацька. Дыягназ такі ж самы. Ужо былі і аперацыя, і апраменьванне, і хіміятэрапія. І доўгія размовы па тэлефоне. І рытуальна развітальнае “мацуйся, папраўляйся”. І аніводнае слязінкі. І шторазу трэба намаганне, каб патэлефанаваць. Хоць усе мяркуюць, што ў нас нармальныя адносіны. Дый мы з бацькам ужо самі прызвычаіліся гэтак думаць. Ён цікавіцца маёй працай, я — ягоным здароўем. Раз ці два на год я прыязджаю. Цэлы вечар апавядаю пра работу, пасля слухаю пра здароўе. А тады іду прагуляцца з Францам і на ўсё забываюся.

Ён не есць ужо трэці дзень. Толькі п’е ваду. Яму цяжка хадзіць. Недзе ўсярэдзіне баліць. Але не стогне, толькі цяжка, па-старэчы, уздыхае. Калі падыходжу, ён паволі падымае галаву і адварочваецца. Хавае вочы. А я баюся ў іх зазірнуць. Баюся да болю, баюся болю. Відаць, ён гэта разумее. Я прыношу

вараную курыную грудку. Ён удзячна ліжа мне руку, ды мяса
нават не нюхае. Але на шпацыр мы ходзім, як і раней. Да сабак
не падыходзім. Ціхенька і нядоўга пасвімся на газоне. На сходах я на ўсялякі выпадак бяру яго на рукі. У ліфце ён просіцца
на падлогу, нібы апраўдваючыся, што не такі ўжо й благі. І ўсьцяж адводзіць вочы. Яму сорамна, што ён болей не вартавы, не
ахоўнік, не анёл-апякун мой. Вось ізноў найшло, і суседзі зараз
заўважаць вільгаць у вачох. Крый божа, запытаюць. Добра, што
ліфт адчыніўся.

У апошняй размове бацька пытаўся, як Франц́ішак.
З ветлівасці. З жыдоўскае сямейнае ветлівасці. Я нетактоўна
перавёў размову на іншае. Не з гойскага хамства. Чырвоных
вачэй па тэлефоне не ўбачыць, маю права маўчаць.

Наогул, я мала сказаў яму ў гэтым жыцці. І гаварыць не
збіраюся. Мы — чужыя. Пасля недарэчнай мамінай смерці мы
з сястрой удаем сям'ю. А цяпер удаем клопат пра бацьку. Які
памірае.

Калі я нарадзіўся, яму было дзевятнаццаць, ён тады быў
у войску, і, ведама ж, было не да загсу. І не да выпадковага дзіцяці. Але ў канцы службы крэўныя з абодвух бакоў угаварылі
распісацца. Гэтак я зрабіўся законным сынам, і ў мяне з'явіўся
тата. Праўда, гадоў да сямёх бачыў яго я рэдка, адно тады, як
яны з мамаю прыязджалі з вялікага казачнага гораду, прывозячы чарговы жалезны "ЗіМ" ці канструктар.

А жыў я далей з любымі бабуляй і прабабуляй — гадаваўся ў бабак, як казалі ў нашым мястэчку. Маладая бабуля Алена
рабіла дырэктаркай малаказаводу, і я сікаўся з радасці — і даслоўна таксама — калі яна брала мяне з сабою на працу. Па-першае, тамака быў цэх марозіва, куды сцежку дырэктарчын унук
знайшоў хутка, і, калі бабуліну ўвагу забіралі важныя справы, я
ціха вышмыгваў да добрых ліслівых цётачак, якія заўжды часта-
валі... Я падстаўляў вафельныя кубачкі то пад малочна-белыя,
то пад крэмава-смятанкавыя, то пад сунічныя, то пад шакаладныя струмяні з аўтамату, і спачатку прагна, а пасля цераз
сілу кусаў, лізаў, глытаў гэты забаронены дома ласунак. Пакуль
мяне не насцігала строгая баба Алена і не вырывала з ліпкіх
ручак рэшту расталай асалоды. І я ўжо разумеў, што адплатай

будзе катаванне ўвечары мікстурай і даўкім малаком з мёдам. З вінавата-пакрыўджаным выглядам я цішком выціраў рукі і пыску аб ейную сукенку і бег на "хоздвор", дзе мяне чакала "па-другое". Там жыла гайня бязродных касмапалітычных сабак, якія за акрайчык бракаванага сыру бясспрэчна прынялі мяне ў зграю, і з якімі я мог запамятала лётаць да канца бабаленінага працоўнага дня...

Францішак, дружа, скібачку сыру. Доўга нюхае, адкусвае, трохі жуе і выплёўвае. Заплюшчвае вочы, калі лашчу яму шыю і чухаю за вухам.

Прабабка Марыся лячыла мяне з імпэтам фельчаркі на пенсіі. Як конік у яблыках, скакаў я пасля ейнае баначнае тэрапіі. Нават улетку, колькі сябе памятаю, шыя была заматаная хусткаю або шалікам. А яшчэ яна часта брала мяне з сабой у грыбы. Мы доўга і да стомы ішлі лесам, я — з парай нязменных лісічак ў рукох, яна — з зашмальцаваным кошыкам, пакуль не выходзілі на ўзлессе, дзе раптам на небакраю з'яўлялася мроя — сляпуча белыя высокія дамы.

— Баб Марысю, гэта Мінск, га?

— Не, зайка, Мінск далёка, але хутка ты паляціш самалётам у Мінск, да мамы і таты, тамака і ў школу пойдзеш...

А па дарозе дахаты яна заводзіла мяне ў касцёл, дзе я звыкла-панура сядаў на апошнюю лаву і паўтараў за ёю на паўзразумелай шляхецкай:

— Ojcze nasz, któryś jest w niebie, Święć się imię Twoje, Przyjdz królewstwo Twoje, Bądź wola Twoja, Jako w niebie, tak i na ziemi...

— Баб Марысю, а цяпер да мамы і таты няможна?

— Не, няможна-а-а, у Мінск бяруць адно тых дзяцей, што ўмеюць размаўляць па-руску.

Зімой, увечары, запаліўшы ў печы, баба Алена садзіла мяне з вечна завязанай шыяй за лемантар. Удзень жа, калі яна кіравала безадкіднай малочнай вытворчасцю, а баба Марыся завіхалася на кухні, я гартаў напалову спарахнелы, з жоўтымі падцёкамі, атлас, і шукаў па літарах, шукаў па складох, шукаў... І першае ў жыцці слова, якое я прачытаў уголас — не, пераможна пракрычаў — было "Мінск!" Я кулём зляцеў з печы, чапляючыся шалікам за засаўку, і лётаў па хаце, тыцкаючы пальцам перад чатырма здзіўлена-сумнымі бабінымі вачыма ў адарваную старонку.

Назаўтра мне падаравалі новы атлас свету, які неўзабаве замяніў лемантар, а бабе Алене заставалася толькі папраўляць мяне ў націсках. З гэтай зялёнай кніжкай у дэрматыне я ўставаў і клаўся спаць, зіхаценне дзівосных ліній, рознакаляровых плямаў і рознай велічыні пунктаў было маім Кандынскім. І нават тады, як строгая баба Алена забірала ад мяне атлас і гвалтам усаджвала есці драпікі або заціркy, вочы мае знаходзілі плюшавы дыванок на сцяне і чыталі на ім плямкі і лініі, уяўляючы казачныя краіны, белакаменныя гарады, пятлістыя рэкі і заакіянскія моры. А калі баба Алена, уздыхаючы, апавядала аб лушпінах, што елі ў эвакуацыі, аб згінулым без весткі мужу, аб дзеду, якога я ніколі не бачыў, і трох сваіх цудоўных дочках, я, паклаўшы галаву ёй на калені, шукаў у парваных шпалерах крывыя лініі разрыву і бачыў у іх абрысы, твары родных. І якімі ж нуднымі мне ўжо тады падаваліся дваровыя дзеці з іхнымі квачамі, класікамі, штандарамі, выбіваламі і хаванкамі. Ну, хіба што гульня ў больніцу выклікала нейкую цікавасць...

Неяк улетку на мае шэсць гадоў прыехалі бацькі, і тата, шырока ўсміхаючыся і пазіраючы на бабуляў, пачаў развязваць стужачку на зыркай пляскатай скрынцы. Ізноў канструктар, абыякава падумаў я. Але ў скрынцы былі карычневыя кубікі і шарыкі, кожны ў асобнай чорнай нібы пакамечанай паперцы. Не можа ж увесь пластылін быць карычневы, пачаў разважаць я абыякава.

— Што гэта?

— Цукеркі, — мама ласкава паклала рукі мне на бялявую галаву.

— Не мані, — сказаў я пераканана.

У нас у мястэчку была цукерня і вырабляла яна толькі "Кароўку" — мой улюбёны ласунак. Гэта і называлі цукеркамі. Але калі я пакаштаваў гэты шакалад з рознымі начынкамі, то зразумеў, што шэсць гадоў жыцця пражыў дарэмна. З якой жа шчырай удзячнасцю я тады зірнуў на тату. Я ўжо амаль палюбіў яго.

Шчаслівае імгненне спаткання з Мінскам сталася налета, перад школай. Мы з мамай бясконца доўга ляцелі "кукурузнікам", а я адрываўся ад круглага вакенца, адно каб прыпасці да зялёнага мяшэчка са шчыльнае паперы ў яе руках, але амаль не заўважаў гэтага. Я бачыў у вакне вялізарны жывы атлас, адно што вялікага маштабу: коўдры лясоў з латкамі палёў, цацачныя вёскі і хутары, маленькія машынкі і цягнік з дзіцячае чыгункі, як у суседскага задавакі. Я тузаў маму:

— А той цягнік таксама едзе ў Мінск? А шаша з машынкамі таксама вядзе ў Мінск?

Усе дарогі вялі ў Мінск.

З аэрапорту мы ехалі — не, вы не дасцё веры, — сапраўдным сінім тралейбусам, з двума рожкамі! А калі я ўбачыў вялікі шэры дом з чырвоным сцягам, і налічыў дзесяць (дзе-сяць!) паверхаў, то, ледзь не зваліўшыся з сядзення, асцярожна запытаў у мамы:

— А... у школе колькі паверхаў?.. А ў вашым доме?..

Бацькі здымалі катушок на паддашку ў прыватным доме на завадской ускраіне. Уначы я баяўся спускацца да прыбіральні на двор па стромкіх цёмных сходах. І ў цемнаватым калідоры з пыльна-цьмянай лямпачкай мне стаўлялі старое эмаляванае вядро. Аднаго разу я зачапіў яго нагою, і яно з грукатам машыны, што разлівае марозіва, і кіслым плескатам сыроваткі, подскакам паляцела па драўляных прыступках. Першым выбег бацька з крывой заспанай мінай і даў мне балючую поўху. Гэта была першая ў жыцці аплявуха, а ў мяне не было яшчэ нават рэфлексу засланіцца рукамі, ці адвярнуцца або ўцячы. Я прысеў на брудную падлогу, спалоханы і збянтэжаны, і сухімі вачыма глядзеў на мамчыны слёзы. Потым яна мяне абдымала і гладзіла па ўскудлачаных валасох, пасля мыла сходы. Ма–ма мы–ла ра–му.

Штонядзелі мы хадзілі ў госці да татавай сястры. Перад домам цёткі Лізы тата чамусьці заўсёды браў мяне за руку і ўсміхаўся, пазіраючы на балкон. Цётка Ліза і яе дзеці часта за сталом устаўлялі незразумелыя словы, сэнс каторых я зразумеў пазней: аід, гой, шлемазл, вейзмір, поц. Каб не фаршаваная рыба і бісквітны торт з арэхамі і шакаладам, навошта было б туды хадзіць. Бо дзеці былі старэйшыя за мяне і гулялі ў нецікавае лато. А вось атласу і энцыклапедыі ў іхнай хаце не было.

У сем гадоў мяне ўжо ставілі на табурэтку пры гасцёх.

— А скажы, вундар, колькі штатаў у Амэрыцы? — пытаўся бухгалтар у акулярах, занюхваючы латаным нарукаўнікам чарговы кілішак.

І хітравата бліскалі зялёныя вачаняты, ледзьве стрымліваючы ганарліва-грэблівую радасць ад лёгкасці пытання:

— З Аляскаю і Гаваямі — пяцьдзесят, — і, не даючы ачомацца падпітым цёткам і дзядзькам, я пачынаў загінаць пальчыкі, — Фларыда, Луізіяна, Місіпісі...

А калі стараватая пані ў капелюшы з кветкаю, што завяла яшчэ за жыцьця Пілсудскага, з цяжкасцю згадвала туманную буржуазную маладосць і манерна пытала мяне, дзе ёсць Штэттын, я строга папраўляў гуллівую пані, падкрэсліваючы свой польскі акцэнт:

— Шчэцынам он тэраз ше называ, дый Померанія юж не та, а так, адно Памор'е...

Захаплёныя ўсхліпы гасцей былі маёй законнай узнагородай і першай спробай самасцвярджэння ў незразумелым свеце дарослых.

Не, пацягнуліся такі рукі па альбом. Пазнаю: пыльная шурпатая вокладка, размаляваная каравымі кветачкамі малой сястры ў далікатным веку. І нялёгкі, як маленства. Спарахнелыя праз даўнасць папяровыя ражкі не могуць утрымаць сямейнага багацця. Поўзаю па падлозе, збіраючы і складаючы ў стосы фатакарткі. Вось, вось яна: вундэркінд на табурэце! Які ж задаволены з сябе!

У першым класе мяне лічылі за "деревню": гаварыў я з выразным беларускім акцэнтам і быў апрануты ў пацёртыя на каленях шараварыкі, белую сарочку з абшарпанымі манжэтамі і караткаватую камізэльку хатняе вязкі. Дома, з лесвіцы, я падслухаў татаў крык у пакоі:

— Які яшчэ касцюм?! А ты ведаеш, што першы ў жыцці касцюм я апрануў толькі ў семнаццаць!

Мама ўгаворвала, паўтараючы парады настаўніцы. Праз колькі дзён мне купілі школьную форму. Вось гэтую, шэрую, з акцябрацкай зорачкай. Колькі ж на твары шчасця.

Ён гадаваўся ў беднай жыдоўскай сям'і. Ягоны бацька, ці то бундавец, ці то трацкіст, не вярнуўся з лагераў. Маці, напалову полька, часамі беспрацоўная настаўніца матэматыкі, выцягнула на гарбу траіх дзяцей, большы сын загінуў на вайне. Ашчаднасць была сямейнай рысай, комплекс барацьбы за жыццё сядзеў і ў бацьку, і ў цётцы Лізе. Калі мяне пасылалі ў краму, ён заўжды пералічваў рэшту. Грошай у мамы я звычайна прасіў не пры ім. Я наогул хутка стаў яго раздражняць, адчуў сябе цяжарам, лішнімі выдаткамі. Я перастаў прасіцца ў кіно, адмаўляўся ад прысмакаў. Нават калі купілі тэлевізар, я не ўключаў яго сам. Памятаючы татавы словы, што ён бярэ зашмат электрычнасці. Я даведаўся ад яго новае слова: "лепта". І калі мама пачынала мыць посуд, я кідаў урокі і бег з ручніком дапамагаць ёй выціраць талеркі.

Мама часта сварылася з ім за мяне. Калі яна была ў сваім тэхнікуме, то ён, калі і гаварыў са мной, дык урыўкамі і раздражнёна. Тады я занурваўся ў кніжкі і атласы альбо бег на двор. Там суседскія дзеці навучылі мяне розных слоў, напрыклад, "жыд". Не даў Генік ровара — жыд! І я, як папугайка, паўтараў: Генік — жыд!

Аднаго разу, калі мама цішком звадзіла мяне ў цырк, бацька зрабіў скандал; столькі гучных і брыдкіх упіканняў я пачуў упершыню. Мама плакала. Тады ж я ўчыніў першую маленькую помсту. Перад ягоным прыходам я пакінуў на стале атлас, разгорнуты на старонцы Блізкага Усходу. А ў горадзе Джыда тоўстым чырвоным алоўкам абвёў тры сярэднія літары. Калі бацькі вярнуліся, я гуляў на двары. Была вясна, цяклі ручаі, і я ўяўляў сябе Пятром Вялікім, з пяску і жвіру гаціў гаці, пасля пушчаў караблікі з абдрапанае аб асфальт сасновае кары. І, курчачыся ад сіверу і трывогі, пазіраў на нашае вакно. Калі змерклася, скандал яшчэ не скончыўся. Падыходзячы да дзвярэй, я пачуў гучны фінал: не-на-ві-джу! І гэтую інтанацыю я запамятаў на ўсё жыццё.

А вось тутака мне восем. Аднаго выпадку ніколі не забудуся. Ва ўніверсаме я скраў шакаладку. Схаваў у рукаво курткі, а на кантролі цётка, відаць, заўважыла абгортку ў напружаных вачох. Калі, збегшыся, прадаўчыхі даставалі "Алёнку", мяне калаціла, як яблыню ў калгасным садзе, калі мы латашылі недаспелыя яблыкі. Але за яблыкі не было сорамна. А тут мяне завялі да дырэктара крамы, і пачаўся суровы допыт. Я машынальна называў нумар школы, адрас і пасля кожнага слова мармытаў "даруйце". Не плакалася, па перасохлых рэчышчах мітусіўся цукровы пясок. Я ўяўляў, як мяне перад усім класам вывядуць да дошкі, як міліцыянт завядзе дахаты... і як зірне на мяне тата. І як дасць аплявуху. Я асунуўся на падлогу і засланіўся рукамі. І ўваччу паплылі караблікі з сасновае кары... А потым у нос шыбанула нашатыром, і смяшлівая цётка ў белым халаце, ці то прадаўчыха, ці то доктарка, пацягнула мяне за локаць і давяла да лаўкі на тралейбусным прыпынку. І толькі падміргнула і пашыбавала прэч. І ніякі міліцыянер не падыйшоў, а пад'ехаў тралейбус. Выйшаўшы на сваім прыпынку, я намацаў у кішэні шакаладку, і, не разважаючы, выкінуў у сметніцу.

Неяк раз мама запытала, каго я хачу, браціка ці сястрычку. Не паспеў я прыдумаць, як у хаце з'явілася спярша пацешнае, але гучна замінаўшае спаць і рабіць урокі стварэнне — Кацька. Дарэчы, я даведаўся, што ў Каці прозвішча такое як у таты, а не як у нас з мамай. А праз колькі месяцаў мы нарэшце перабраліся ў "сваю" двохпакаёвую кватэру ў пяціпавярхоўцы. Калі першага верасня я ішоў у новую школу, мама папярэдзіла, што з гэтага часу ў мяне будзе новае прозвішча, як у таты. Цяпер я разумею, што гэта была яе астатняя роспачная спроба змусіць яго паверыць і прыняць сына. І найбольшая памылка, якая і мне, і ёй каштавала шмат доўгіх бяссоных начэй.

Прозвішча было на "-ман". Калі маладзенькая настаўніца яго перакручвала, дзеці смяяліся. Я сарамліва чырванеў і збянтэжана ўсміхаўся. Аднак калі чысценькая кірпатая дзяўчынка, у якую я быў закаханы, пры чарговым рогаце класу, нахілілася да дзвёх сябровак і, азіраючыся на мяне, захіхікала, нешта ўва мне перавярнулася. А праз колькі дзён у валтузні на перапынку я атрымаў у твар смачны слоўны плявок: жыд! А потым і цішком больш "граматнае": паўжыдак!

На трэці дзень маёй зацятай маўчанкі ў хаце маці пайшла ў школу і доўга гаварыла з настаўніцай. "Мар'іванна" пачала зваць мяне па імені, ад чаго мне зрабілася гідка, але трохі лягчэй.

Яшчэ ў класе была дзіўная замкнёная дзяўчынка Цэйтліна, тоўстая, з маленькімі белымі ручкамі і лупатымі карымі вачыма, якая добра вучылася, але ніхто з ёю не сябраваў. Я папытаў, ці можна да яе перасесці, але яна ветліва адмовіла. І я не зразумеў чаму.

Кацьку, перабраўшыся да нас, гадавала баба Марыся. Але напрадвесні занядужала і легла ў больніцу, адкуль ужо не вярнулася. Гэта былі мае першыя вялікія слёзы. А калі бацькі былі на працы, даглядаць дзіцё мусіў я. Спачатку суседскія хлопцы клікалі мяне на двор, а потым пачалі дражніцца, называючы "нянькай". Уся ўвага ў хаце, нават маміна, даставалася Кацьцы. І, ведама, лепшы кавалачак ад таты. І новы партфель мне не маглі купіць, бо сястрычка хутка вырастала з паўзункоў і пінетак. І калі аднаго разу бацька на мяне накрычаў і даў поўху за мокрыя паўзункі, я сышоў.

Доўга тросся ў аўтобусе, хаваючы затуманеныя вочы, пакуль не давёз салёнай паводкі да свежае магілкі бабы Марысі. Ні пра што не змоўчаў: і пра аплявухі і выспяткі, і пра сваё новае трыклятае прозвішча, і пра мокрыя паўзункі..., і размазваючы соплі ўвэдзганымі ў зямлю рукамі, сказаў, што хачу да яе.

Калі золка пацягнула вечарам, а слёзы застыглі салёнымі крышталікамі на шчоках, я атрэсся і хлебтануў вады з намагільнае вазы з завялымі нарцызамі, і пайшоў блукаць вялікім змрочным горадам. Палічыўшы дробныя грошы, заашчаджаныя на школьных сняданках, я наважыўся. Паехаў дадому, але ў кватэру не пайшоў, а паклаўся спаць на старой ватоўцы ў пограбе, у нашым катушку, дзе ўзімку захоўвалі бульбу. А зрання з'ехаў у роднае мястэчка, дзе па абедзе ўжо кінуўся на шыю роднай дырэктарцы малаказаводу. І ўсё чысценька расказаў, і марозіва наеўся, і сабакі мяне пазналі. І было найшчаслівейшае лета.

А перад самым вераснем баба Алена купіла мне новы партфель, і новы гарнітур, і яшчэ шмат чаго, і сказала, што ўсё цяпер будзе іначай. Па мяне прыехала мама. І плакала, і зусім па-дарослому пыталася: хочаш, развядуся? І я па-дарослому разумеў, што перада мной не толькі мая мама, але і ўсё яшчэ закаханая жанчына, якой цяжка застацца адной з двума дзецьмі на адну маленькую зарплату. І не хапіла духу сказаць "так".

Дома панавала напружаная маўчанка, да якой паступова ўсе прызвычаіліся, і яна ўжо не здавалася цяжкаю. Калі я заставаўся сам-насам з тат..., між іншага, называць яго так я перастаў ужо і ўголас, а сам сабе называў "-манам", дык вось жа, дыялогі з ім, не часцей як раз на месяц, былі накшталт "дзе нажніцы — у шуфлядзе". Ні з якімі просьбамі або наказамі ён не адважваўся звяртацца да мяне. Ігнараванне было ўзаемнае і поўнае. І гэта рабіла мяне дарослым, адказным і незалежным. Нібы стараючыся гэта давесці, я пачаў вучыцца "на выдатна" і займацца спортам.

Гадоў з дзесяці я пачаў весці дзённік. Звычайна запісваў уражанні ад кніжак або выстаўляў адзнакі фільмам. У кіно я бегаў з прыяцелямі, прагульваючы школу, але часта і адзін. Купляў білет на танны дзіцячы сеанс у дзвюхзальным кінатэатры, перачэкваў у прыбіральні да пачатку дарослага, часам дзвюхсерыйнага, фільму, і пасля ў цемры масціўся на вольнае месца. Гэтак за школьныя гады, высунуўшыся з вакна ў Еўропу, я і перагледзеў увесь рэпертуар. Запоем. Дык вось я заўважыў, што нехта рэгулярна совае свой паскудны лісіны нос у мой дзённік, і скеміў, што гэта не гогалеўскі Нос. Яшчэ я агледзеў, што дробязь з правай кішэні паліто час ад часу дзіўным чынам апыналася ў левай. Ну, што ж, я па-дзіцячы скарыстаў магчымасці "зносіцца". У дзённіку я пісаў усё, што пра яго думаю. А ў кішэні я клаў капейкі, загорнутыя ў аркушыкі са сшыткаў з малюнкамі, самым прыстойным з якіх была хвіга. І шалёная радасць калола ў прамежнасці, калі я бачыў надзьмута-змрочны, а часам і задуменны твар.

Ён, мабыць, быў няблагі інжынер, бо выбіўся ў начальнікі аддзела ў сваім кантруктарскім бюро, дарма што пятая графа дазваляла адно пасаду намесніка. Да таго ж багата аўтарскіх пасведчанняў за неўкаранёныя вынаходкі. Чытаннем кніжак ён сябе не абцяжарваў, у вольны час любіў вудзіць рыбу ці нешта рабіць па гаспадарцы. Майстраваў паліцы на кухню, шкліў балкон, напраўляў прас. Як жа ўсё гэта было нецікава і агідна мне, як і ўсе "мужчынскія" занятні! Дапамагаць маці спячы торт было нашмат цікавей. Пры гасцёх за сталом ён каторы раз апавядаў пра вар'яцкую паездку, ледзь не на прыступцы вагона, у Маскву на пахаванне Сталіна. Пры гэтым бровы ягоныя супіліся, лоб ад настальгічных успамінаў моршчыўся, вочы ганарліва-рамантычна блішчэлі. Інтанацыя рабілася надрыўна-элегічнай, паўзы набывалі значнасці. Відаць, гэта быў ягоны самы нерацыянальны ўчынак у жыцці.

Пра сваё жыдоўства ён ніколі не ўспамінаў, нават пры крэўных. Час ад часу пытаўся ў цёткі Лізы, дзе ў Мінску сінагога, і адразу ж забываўся. Па-жыдоўску ўмеў не болей за мяне. Але калі на просьбу гасцей я сыпаў байкамі з жыдоўскае гісторыі, показкамі або анекдотамі, у ягоным позірку бачыліся адчужана-асцярожнае здзіўленне і зайздрасць, можа быць, напалам з гонарам, які раптам прачынаўся.

Вось так паміж няўтульным домам і варожаю школай бегла жыццё падлетка з хуткасцю 365 дзён у год.

Святы здараліся, калі на Новы год або Першамай прыязджала баба Алена і збіралася астатняя маміна радня з іншых гарадоў і мястэчак. У хаце тады панавала "трасянка". І шчыры народны гумар: прыгаворкі, непрыстойныя показкі, песні-скокі. Матуля выпроствалася і напамяць выдавала за сталом чарговую байку Крапівы, нездарма юначкай бегала вечарамі ў тэатральную студыю. Цётка Інка — аматарка брыдкай лаянкі, чырвоная і тоўстая, як бутэлька сунічнае наліўкі перад ёю, раз-пораз з рогатам спрабавала затыкаць мне вушы:

— Ты, шыбздзік, не слухай п'яных баб!

— Абасралася мне твая цэнзура, — набраўшыся шампанскага, адказваў сарамлівы пляменнік, перакрыкваючы застольны гоман.

А потым мы з малодшай за мяне на колькі гадоў стрыечнай сястрычкай Алеськай замыкаліся ў спальні і ператрасалі няхітры мамін гардэроб. Больш за ўсё Алесьцы падабалася выстройваць мяне. У станік напіхвалі ручнікі, зверху — сукенку з люрэксам. Потым доўга дабіралі каралі і кліпсы, саламяны капялюш са сцягнутым са стала вінаградам, і, нарэшце, лакавыя шпількі з падкладзенай газетай... Але найбольшы кайф я знаходзіў каля трумо: дабіраць памаду і туш для веек я Алесьцы не давяраў.

Нарэшце, яна бегла ў залю, дзе цішком ставіла кружэлку з "Лявоніхай"... І вось, трохі хвалюючыся і праз лад гулліва, спатыкаючыся на шпільках і прытрымліваючы гронку на капелюшы, я пад музыку выплываў да гасцей. Рык ды ікаўкі заглушалі "Песняроў", і я амаль не паспяваў выканаць падрыхтаваныя выкрунтасы. Цётка Інка адчайна вывучала носам інгрыдыенты аліўе, ейны шчуплы мужык кашляў, падавіўшыся масляком. Мама, калоцячыся, закрывала твар рукамі. Ужо большая Кацька, скачучы, цягнулася, каб ухапіць вінаград адной рукой, а другой дакучліва чаплялася за грудзі. Астатнія сваякі заходзіліся рогатам і білі па спіне Інчынага мужыка... "-ман" гасцінна кланяўся з застыглай ветлівай усмешкай.

Вось так і прагледзелі сваячкі пачатак...

Вось яны, мілыя фоткі ў сепіі. Асцярожна гартаю стары альбом, вокладкай падобны да атласа свету, лашчачы Франца па спінцы.

Амаль нікога ўжо не засталося з таго жыцця. Баба Алена адыйшла рана, у пяцьдзесят. Памятаю, як перад уваходам у анкалагічнае аддзяленне мы згаварыліся, як будзем ёй маніць. "Бабулі не трэба казаць, што ў яе рак, у яе ж звычайны пляўрыт". Тады я шчэ кепска ўсведамляў страты. Пасля пахавання і хаўтураў я сеў рабіць урокі. А цяпер вось ізноў нешта запарушыла вока...

Мы з мамаю на фоне Крамля. Матуля такая прыгожая, ладная, у паласатай прыталенай сукенцы, а побач дзіва — я ў кароткіх штоніках, гадоў дзесяць, не болей.

Перад больніцай баба Алена паспела ўзнагародзіць нас з мамай за адныя пяцёркі паездкай у Маскву. Яшчэ ў купэ мама распусціла свае пышныя бялявыя валасы і надушылася "Краснай Масквой". Дасталася і мне.

У сталіцы мы спыніліся ў цёткі Броні, сястры "-манаўскага" нябожчыка-бацькі, у камуналцы на Таганцы. Далёкая сваячка ў свае больш як шэсцьдзесят гадоў з хуткасцю сярэднястрэльнае ракеты лётала чаўнаком паміж камунальнай кухняй і сталом ва ўбогім пакойчыку, запыняючыся адно ў вузкім праходзе паміж ампірнай шафай і абшарпаным піяніна. Пры гэтым яна бесперастанку наракала з прычыны прывезеных намі гасцінцаў: гэта ж трэба, такія грошы выкінулі на торт і асабліва кавун, не маглі счакаць два тыдні да пары на іх. За жыдзенькай старэчай гарбаткай яна замарыла маму апавяданнямі і роспытамі пра блізкіх, далёкіх і ўжо нябожчыкаў сваякоў. А мама з апошніх сіл, праз клубы цёткіброшкінага "Беломору" практыкавалася ў пачцівасці, старанна хаваючы свой беларускі акцэнт. Я ж, зухавата плюючы кавуновымі семкамі, неўзабаве саслізнуў з крэсла і, не пытаючы дазволу, адчыніў піяніна. Яшчэ ў цёткі Лізы дзеці навучылі мяне граць "сабачы вальс", і мне вельмі захацелася сыграць яго тутэйшаму тоўстаму пакладанаму кату. Кот пачуў варожы пах гэтае паскуднае музыкі і схаваўся пад жалезны ложак. Сыграўшы акордаў трыццаць і не пачуўшы ўхвалы дарослых, я выцягнуў Бегемота, які сонна ўпіраўся, на божы свет і, лоўка трымаючы за шкірку, прачытаў яму лекцыю пра дыетычнае харчаванне. Мала хто ў свеце добра ўспрымае крытыку, таму я дастаў кіпцюрамі па пысе. Пасля гэтага мая апошняя цярплівасць скончылася, і, бразнуўшы вечкам "фано", я закрычаў з пафасам выцягнутай наперад рукі Кабзона:

— Мам, мы гарбату з беламорынай прыехалі курыць ці Маскву глядзець?!

Перш-наперш, за парадаю цёткі Брошкі, мама павяла мяне ў Крэмль, а потым у маўзалей. Задушлівы жнівень, чарга ад Аляксандраўскага саду. Штопаўгадзіны я стагнаў, як пераспелы кавун на спякотнай астраханскай бахчы: "С-і-і-і-каць". Мама адводзіла мяне "под звезды", пасля чаго мы або гублялі чаргу, або свядомыя грамадзяне казалі, што "нас здесь не стояло". Ім жа ўсё роўна было да Леніна ці па кілбасу. Калі мы ўжо падпаўзлі да трыбунаў, я раптам голасна заявіў, што хачу какаць. На стомлены ўмольны позірк мамы я адказаў так, што скалануліся трыбуны:

— Ды сраць я хацеў на гэтага дзядулю, ты мне басейн "Масква" абяцала!

І весела, подскакам і ўгінаючыся ад плескачоў, я пашыбаваў да метро. А па дарозе супакойваў мамку: усім скажам, што

Леніна мы бачылі ў труне, — я ж яго, роднага, спрасонку пазнаю — па акцябрацкай зорачцы, ну, ніхто не здагадаецца.

Каля касы басейна мама пазнаёмілася з прыгожым высокім дзядзькам Дато. Ён шмат і весела гаварыў са смешным акцэнтам, расказваў пра Тбілісі, частаваў нас шашлыком і марозівам. Але я пільна нагадваў пра сеанс у басейне. Пры ўваходзе мы распрануліся, мама пайшла ў жаночую раздзявальню, а мы з дзядзькам Дато — у мужчынскую. У вадзе з радасцю спаткаліся і завішчалі, як дзеці капітана Гранта. Слізкімі лапкамі я залазіў на грузінскія ваўняныя плечы і з віскам абваранага ката плёхаўся ў блакітную хлорку. Калі я знясільваў, то, адпачываючы, віснуў у Дато на шыі. Вакол паважна плавала мама, паўбрасам, стараючыся не наглытацца, і загадкава ўсміхалася.

Пасля басейну мы доўга шпацыравалі ўтраіх па горадзе, пры гэтым Дато часамі далікатна адной рукой абдымаў маму, на другой вісеў я, чухаючы нос аб ягоныя валасатыя пальцы. Але я быў ужо вялікі хлопчык і не сказаў уголас, як бы я хацеў мець за тату Дато. І, развітваючыся ўвечары, доўга не мог расчапіць рук на ягонай шыі, а мама стаяла, адвярнуўшыся, потым падышла, пацалавала нас абодвух у лоб і сказала: "Дзякуй за ўсё, але… сам разумееш…" І кожны зразумеў сваё. Потым я доўга ўспамінаў дзядзьку Дато, але я быў ужо вялікі хлопчык, і таму — ніколі ўголас. Але-але, гэта ён зрабіў фатаграфіі.

У Пушкінскі музей на Валхонцы мы хадзілі ўжо без яго, таму і фотак няма, адно паштовая картачка з Давідам Мікеланджэло. Шторазу, бываючы ў Пушкінскім, пачынаю з Італьянскага дворыку. Тады, упершыню, я, памятаю, аслупянеў. Спатканне з ідэалам. Дарма што гэта толькі злепак альбо копія. Давід анёла Мішы. Я абыходзіў яго наўкола, сядаў на лаўку, залазіў на бакавыя сходы палаца Барджэло і жэр вачыма майго голага халоднага прынца. У маёй памяці назаўсёды адбіваліся лінія рымскага носу, вольная зграбнасць рук, кожны выгін ягонага дасканалага цела. Покуль мама, ледзь паспяваючы за экскурсаводкай, гасцявала ў Рэнуара, Дэга і Сезана, стараючыся не паблытаць вокны Манэ і Монэ, я марыў дакрануцца да ягонае ступні. Альбо прыцягнуць пад'ёмны кран, узняцца ў люльцы і зазірнуць у твар напышлівага ідала, крануцца гіпсавых кучараў і правесці пальцам па ягонай шыі.

Трымаю ў рукох чорна-белую паштоўку: халодны і вечны эпаліман, прашча, якая так ніколі і не стрэліла.

А вось ад дзённіка захаваліся толькі рэшткі. Некалі, быўшы не ў гуморы, большую частку аркушаў я вырваў дазвання. Некаторыя вершы, дзякуй богу, пашкадаваў. Ацалелі таксама нешматлікія ўрыўкі з "публіцыстыкі".

Мая няміласць да ўсяго жыдоўскага тады была ў самай сіле і неспадзявана прывяла да беларускае мовы і культуры. Нечакана нават для мамы, якая хоць і гаварыла па-беларуску ў хаце, але на працы і ў горадзе звычайна пільнавалася "гарадскіх" правілаў. Па-беларуску маглі гаварыць адно сяляне і недабітая вузкая "прослойка" творчай і гуманітарнай інтэлігенцыі — "пісьменнікі". Пралетары ж, камплексуючы і цураючыся "колхозности", стараліся гаварыць па-расейску, аддаваць дзяцей у рускія школы, а ў выніку — "трасянка" нават ў трэцім пакаленні, не дзвюх-, а паўмоўе. Паніжэнне і самапаніжэнне беларушчыны былі тады модныя. Мяне захапляла гэтая грубавата-сялянская пявучая мова, якая адчайна супраціўлялася афіцыйна-сацыялістычнаму зліццю нацый у абывацельскім моры нацыянальнага нігілізму. Я ненавідзеў крывыя ўсмешкі нібыта-культурных "технарей" і "торгашей" з іхнымі пагардлівымі моўнымі каментарамі. Мяне абуралі жыдоўскія прозвішчы пад газетнымі даносамі на "недобитых националистов". І што, платай за шмат вякоў гасціннасці ў цяжкія для дзяцей Сіёна часы была пагарда моваю і культурай, неахвота ведаць праўдзівую, не менш трагічную за жыдоўскую, гісторыю гэтага народа? І калі кожны жыд, ці з кан'юнктурнае бязглуздасці, ці з партыйнае перакананасці, як мог стараўся прычыніцца русіфікацыі і паспрыяць ёй, я чуўся антысемітам.

Усе навокал паціскалі плячыма, бачачы мяне з кніжкаю Багдановіча альбо Купалы. А неўзабаве пачалі знаходзіць чарнавікі беларускіх вершаў. Да мамы, асабліва пры "—мане", я часта звяртаўся па-беларуску. Гэтак па-дзіцячы я пагарджаў рускай мовай — гэтым бяздонным вірам на беларуска-жыдоўскім памежжы. Яшчэ я недзе пачуў, што ў шаснаццаць гадоў мне можна будзе змяніць прозвішча. І я стаў цярпліва чакаць.

Калі мне было шаснаццаць і на двары былі сцюдзёныя студзеньскія вакацыі, мяне паслалі ў Мазыр, на бацькаўшчыну "-манаў", на вяселле, — ідэйка цёткі Лізы. Маладых я не ведаў, гэта былі далёкія жыдоўскія сваякі. Але на запрашэнне ніхто з Мінску паехаць не здолеў. Я быў нібы дэлегатам.

Раніцай на вакзале мяне сустракала ледзь знаёмая па доме цёткі Лізы сухенькая бабулька Фіра Майсееўна. Прывезшы да сябе, яна смачненька накарміла мяне фаршмакам і выклікала па тэлефоне нейкага Яна.

— Роспіс надвечар, а Ян таксама мае вакацыі, ён — хлопчык з інтэлігентнай сям'і, пакуль пакажа горад, ці ў хаце сядзець? — ейны местачковы акцэнт абуджаў ува мне этнографа і прыступы смеху, які я ледзь стрымліваў.

Я спадзяваўся ўбачыць маленькага тоўстага парха ў вакулярах. Увайшоў мой аднагодак, з шэрымі вачыма, даўгімі, бялявымі, трохі рудаватымі валасамі, на паўгалавы вышэйшы за мяне, з пародзістымі семіцкімі рысамі твару і, саромліва ўсміхаючыся, прамармытаў:

— А я цябе яшчэ ўчора чакаў.

— ?!..

— Чаго ты дзівішся, пра цябе тутака ўсе сваякі гавораць як пра сталічнага вундэркінда і прыгажуна; ледзь не пабіліся за тое, каму ехаць сустракаць. А каб нікому не было крыўдна, паслалі Фіру Майсееўну, дай бог ёй здароўя.

Я падумаў пра хлопца: мама ў яго ці тата..., а тады пачуўся сталічным госцем і, паблажліва ўсміхаючыся, сказаў:

— Тады вядзі.

Пакуль Ян мітусіўся, дапамагаючы мне апрануць паліто, Фіра Майсееўна бесперастанку балбатала, даючы каштоўныя парады, куды ён мусіць мяне адвесці. Ян нецярпліва ківаў, пакуль мы, нарэшце, са смехам не вываліліся ў слотную местачковую адлігу.

Перад вайной Мазыр быў жыдоўскім местам. Ян апавядаў, што шмат хто з ягоных жыхароў іначай як па-жыдоўску і не ўмеў. Тыя, што вярнуліся з эвакуацыі, ужо не складалі большасьці, але і цяперака другой мовай на вуліцах і ў крамах быў ідыш. Па парку паважна шпацыравалі пацешныя "пикейные жилеты" ў зялёных шыракаполых капелюшах, якія, параўняўшыся, усміхаліся зімовым бляскам акуляраў у рагавых аправах. "Ваш Ицко опять не поступил? Проклятые два процента... Сарочка, герц, вот это хохом!"

Горад лез угару па крутых узгорках, што ўздымаліся над правым берагам галоўнай ракі Палесся — Прыпяці. Ян зацягнуў мяне на даўжэзны мост, адкуль відаць былі старыя парослыя вербамі рэчышчы, заціснутыя лёдам катэры і прыстань, падобная да рэстарацыі.

— Эх, каб ты ўлетку да нас прыехаў, — пасля кожнае фразы пра каханы горад паўтараў Янак, — мы б з табой і на рыбу нашай маторкай сплавалі. Ляшчы — во!

Я з недаверам ссунуў ягоныя шырока раскінутыя рукі, як гірку на вагах.

А беленькі пясочак на пляжы драбнейшы за цукар...

Я сумна паглядзеў на бязмежную раку з цёмна-бурымі палонкамі і тужліва-заснежанымі берагамі.

— Мой родны кут, як ты мне мілы! Забыць цябе не маю сілы... — з неспадзяваным натхненнем прадэклямаваў ён з Якуба Коласа, перагнуўшыся цераз білы моста, і, нібы перапрашаючы, дадаў, — дома гэтага не зразумеюць.

Угары пацягнуў халаднаваты ветрык, і я голасна шморгануў носам, корпаючыся ў кішэнях. Ян выцягнуў свежую бела-блакітную насоўку, акуратна адпрасаваную і складзеную ў чатыры столкі. Я прыгледзеўся да вышыўкі і са здзіўленьнем ўгледзеў у ёй літары з іўрыту.

Падарунак ад багаценькіх сваякоў з Тэль-Авіва?

— Я сам выгафтаваў, — зусім бяз гумару і сарамлівасьці адказаў Янак. — Дару.

Я з павагаю выцер нос канцом шаліка, а хустачку асьцярожна паклаў у кішэню. Нешта расстала. Шарон пад нашымі нагамі.

Потым ён засыпаў мяне пытаньнямі пра Мінск, а я з прыемнасьцю апавядаў. Ян марыў паступаць у інстытут, захапляўся гісторыяй Вялікай французскай рэвалюцыі. Я палохаў яго датамі "гістарычных" пленумаў і цытатамі з "класікаў". Пакуль мы не апынуліся на гаманлівым базары.

Мой таварыш падвёў мяне да старога дзядзькі Ізі, які наліў нам з бочкі па шклянцы чырвонага малдаўскага. Потым цётка Песя з Канева нарэзала нам салёнага кавуна. А лепш за паляндвіцу, якую асцярожна разгортваюць з марлі і рэжуць танюсенькімі скрылёчкамі, паўпразрыстую і вясёлкавую, як стронга, закускі ў свеце няма! "Хая, этот шлемазл из Минска не гой, отрежь ему еще", — чулася ад незнаёмае гандляркі. Нібы ўсе тут мяне зналі, і ведалі, адкуль і да каго я прыехаў на вяселле.

Яшчэ па адной-дзве шклянкі, і мы апынуліся ў пустым парку з нерухомымі атракцыёнамі.

— Толькі не кажы, якая шкода, што цяперака не лета, — крыкнуў я, сядаючы ў іржавую люльку чортавага кола.

— Сядай, паедзем!

У адказ зачырванелая ці ад віна, ці ад хвалявання шчака легла мне на каўнер.

"В зимнем парке тополя так грустны..."

І, нязграбна абняўшыся зімнімі паліто, пад якімі грэлі адзін аднаму рукі, мы нерухома "на чёртовом крутились колесе".

На вяселлі мной апекавалася Фіра Майсееўна ў белым карункавым каўнерыку. З перабольшанай свядомасцю адказнасці за прадстаўнічую місію яна дзесяткі разоў шэптамі паўтарала гасцём, якія падыходзілі, чый я сын, унук, пляменнік і далей, слізгаючыся, узлазячы па сучкаватым генеалагічным дрэве, блытаючыся ў разгалінавай вершаліне, пакуль не тузала мяне за штрыфель: пазнаёмся з цёткай Стысяй–Раяй–Голдай–Рахількай, пазнаёмся з дзядзькам Ёсем–Саламонам–Яшам–Борам.

Нарэшце пачаўся гармідар: прыехалі маладыя. Нявеста менш за ўсё была падобнаю да Двойры Крык — шчупленькае мілае дзеўчанё з простымі, чорнымі як смала валасамі пад каралявым капялюшыкам з вэлюмам і ў кароткім еўрапейскім гарнітуры з пунсовага атласу. Потым была чарга з віншаванняў з канвертамі. У патрэбны момант цётка Фіра выштурхнула мяне да маладых, і я ледзьве паспеў дастаць не надта тоўсты, але вельмі пакамечаны канверт са "шчырымі віншаваннямі з Мінска".

На сцэне рэстарацыі прывольна рассеўся квінтэт у чорных камізэльках і кіпах. Кароткая пульхная мадам з перламі ў пяць колцаў на нясціплым дэкальтэ пачала "тамадзіць" у мікрафон. Тосты ішлі ўперамешку з найгрышамі. "Слово имеет Ицхак Шнеерсон из Солнечной Молдавии..." Хав-ва На-гі-ла, Хав-ва На-гі-ла... "Дети мои, счастья вам полною чашей..." Драндэр міндэр шулем ахулем, а хуля...

Мы з Янам, як далёкага радыусу сваякі, апынуліся ў канцы стала, разам з некалькімі неасцярожна пакінутымі непаўналеткамі. Пасля трэцяга кілішку мы ўжо дружна заглушалі тосты жыдоўскімі і палітычнымі анекдотамі. Пакуль педагог Фіра Майсееўна не захапілася налівачкай і плёткачкамі з сяброўкамі маладосці, яна час ад часу цыкала на нас. Але як пайшлі ў скокі — вох, ужо гэтыя запальныя скокі ашкеназім! — пад сталом у нагах пачалася нейкая дробная дрыготка, і я не меў змогі яе суняць. І калі Янак і "кумпанія" пацягнулі мяне ў кола, ногі самі рэфлектыўна затанчылі "Сем сорак", рукі самі сабой скінулі пінжак і зухавата ўпёрліся ў грудзі, дарэмна шукаючы пальцамі берагоў камізэлькі. Няўжо выбухнулі гены? Дзве гадзіны, з перапынкамі на малдаўскае чырвонае.

Глыток свежага паветра на ганку, укрытым вечаровым лядком, і першы нясмелы Янаў пацалунак у бяззорнай цішы пад гоман чужога вяселля, што даносіўся з вакон. "А эта свадьба пела и плясала, и крылья эту свадьбу вдаль несли..." І зноў скокі да знямогі, і чырвонае да млосці. І першае прызнанне дрыжэла ад холаду ў снежнай гурбе... А потым ноч сарамлівых збянтэжанасцей і нясмелых перамог на распаленай цеснай канапе ў кухні Фіры Майсееўны.

Паўдня да майго цягніка мы швэндаліся крывымі вулачкамі павятовага цэнтра і не маглі нагаварыцца. Мы зайшлі ў кнігарню з казённаю шыльдаю, з-пад якое па-нэпманаўску тырчэлі выцвілыя незафарбаваныя вушы Цукерманавай бакалеі. Я выбраў найтаўсцейшы атлас свету і падараваў Яну. А потым расказаў, як зарабіў грошы летам у гадавальніку, стрыжучы кусты паўмятровымі нажніцамі і бегаючы з культыватарам за брыклівай кабылай. Ягоны голасны, закатны да ікаўкі, шчыры смех быў найлепшай нагародай. Але маё адкрыццё было ў нейкай гранічнай, не, безгранічнай, не, пазагранічнай шчырасці і даверлівасці гэтага нечаканага сяброўства. Як грэлі суплёты змерзлых рук і бліскі шэрых вачэй!

Першы несвядомы coming out быў на слізкай прыступцы плацкарты — доўгі пацалунак на вачох у разявіўшай рот праваднічкі.

Потым, ведама, былі лісты. З сантыментальна ўкладзенымі павятовымі валошкамі. Апошні прыйшоў з Хайфы, ужо без валошак.

Вось так проста быў зруйнаваны антысеміцкі Карфаген. На маім пісьмовым стале з’явіліся Бабель і Мандэльштам, Ільф з таварышам і Шалом-Алейхем. Аднаго разу я нават зацягнуў маму ў Яму, так называюць гэтае месца тыя нешматлікія, хто яго ведае. Гэта страшны шэры помнік на месцы мінскага гета, абсечаны манумент з шасціканцовай зоркай і жыдоўскімі надпісамі. Стаіць ён не на ўзгорку, не на Кургане Славы, а на дне вялізарнае ямы з брукаваным дном. А навокал дамы на шмат паверхаў, дзеці гуляюць у фашыстаў. Кажуць, гэта не ўлады паставілі, людзі самі грошы збіралі. "Завядзі сюды тату, ну, калі ласка". Я павёў. Ён доўга разглядаў "ерогліфы" на граніце, потым прабаваў якасць дзёрну на схілах, маўчаў. А ў тралейбусе пачаў апавядаць гісторыю пра паездку ў Маскву на пахаванне Сталіна. На паўдарозе я злез з тралейбуса і пайшоў у кінатэатр. Ён яшчэ спрабаваў даць мне грошай на кіно...

Пасля школы я нахабна і неразважна папхнуўся са сваім прозвішчам на самы паважаны факультэт БДУ. Чацвёркі па гісторыі СССР было досыць для шлагбаўма. Адклаўшы набок "Правду", тата сказаў:

— Калі састрыжэш свае бітлоўскія кудлы, вазьму да нас у бюро рысавальнікам.

— А валасы тут пры чым? — замітусілася маці.

— Ты галавою думаеш? У мяне кандыдацкая выходзіць у лістападзе, у партыю прымаць будуць.

Праз тыдзень я цішком уладкаваўся на канвеер абуткавае фабрыкі.

Пад’ём у шэсць трыццаць, соннае снеданне, газавая камера ікаруса, змена а восьмай. Хутка налаўчыўся. На працы я хітраваў: хвілін дваццаць суседка па канвееры скідвала мне сандалікі з тасьмы ў скрынкі, я паспяваў прачытаць раздзельчык з "Краткого курса", а тады ізноў да варштату рэзаць мікрапор. Праз гадзіну наганяў. Пасля працы ляцеў на курсы ангельскае або на падрыхтоўчае аддзяленне. А начамі ўваччу сандалікі, што плылі па канвееры...

Налета я паступіў у маскоўскі інстытут і болей не вярнуўся. Ад таго часу раз-два на год бываю ў Мінску. Пытаюся пра здароўе, апавядаю аб працы. Кацька падаравала тату ўнука. Цяперака ён узорны дзядуля, нават аж занадта сю-сю. На пенсіі, але працуе, каб рабіць унуку гасцінцы. Толькі вось нешта занядужаў.

— Каця, ну як там тата? — вось ашчадная, гадаўка, сама па міжгорадзе не тэлефануе.

— А ведаеш, цьфу-цьфу, нішто сабе. Аперацыя вельмі дапамагла, астатняе лячэнне таксама. Дактары кажуць, што прагноз даволі спрыяльны. Тыдзень, як нічога яму не баліць, учора на працу выйшаў. Ды ён і нас з табою перажыве! — вось любімая бацькава дачушка, хоць бы якая радасць у голасе.

— Як мой любы пляменнік?

Дзядуля павёў яго глядзець нейкую яму. І дзякуй богу, што хаця з хаты пачаў выходзіць, а то енчыць-енчыць, нейкі плаксівы зрабіўся. Часам пачынае вучыць, дзе і як яго хаваць: каб у крэматорыі, а урну пасля побач з мамай закапаць. Гаварыць няма больш пра што! Нават не ведаю, ці можна гэта, на тых могілках даўно ўжо не хаваюць. А ты як думаеш?

— Ну, Каця, ты гэтыя старэчыя размовы перапыняй. А ў астатнім табе там лепей відаць.

— А чаго ты пра Франца маўчыш?

Я зачыніў вакно, каб не чуць лаянкі дваровых сабакаў. Франц ляжыць у кардоннай скрынцы з-пад пыласоса, паміж лапамі любімы мячык. Ветэрынар прапаноўваў забраць цела — ёсць у іх і такая паслуга. Я не здолеў аддаць... А як ён сустрэў ветэрынара... Не забрахаў, толькі прыўзняў галаву, лежачы на дыване, кінуў невідушчы позірк і скорана выцягнуўся на баку, быццам адвярнуўся, каб не бачыць шпрыца. Я выйшаў з пакоя, кроў пайшла раптам носам...

Учора пазычыў у суседа рыдлёўку. Але сесці за руль не рызыкнуў. На ноч піў транквілізатары, на гадзін колькі забыўся сном. Клікаць нікога з сяброў не хочацца. Ні ў воднага з іх не было сабак, яны не зразумеюць. Ды й хочацца пабыць сам-насам, у апошні раз.

Я вырашыў: павязу яго ў Горкі Ленінскія. Мы ездзілі туды некалькі разоў на пікнікі. Франц лётаў па паляне, залазіў па шыю ў рэчку, распужваючы жаб, я ганяў яго, каб не хлябтаў падазроную ваду. Яму перападала ад шашлычнага нашага багацця. Потым вады не мог нахлябтацца з далоні... Ён любіў класціся пад цяністым клёнам воддаль ад вогнішча і, высунуўшы язык, уважліва назіраў, ці не працягнецца чыясь шчодрая рука з чарговым кавалачкам мяса. Пад гэтым клёнам і буду рыць... Добра, што лета, глеба павінна быць мяккай.

Болей за ўсё дакараю сябе за тое, што не паспеў узяць шчанюка пры жыцці Франца. Якой радасцю, пэўна, было б для яго вучыць, гадаваць, гуляць, а не сядзець у чатырох сценах ў стомленым чаканні, пакуль "тата" прыйдзе з працы. А цяпер аб новым сабаку і думаць не магу.

Адчыняю халадзільнік, а там рондаль з ягонай ежай: грэчка, запараная з фаршам індзейкі, без солі, як звычайна. Што з ёй рабіць? Што з ёй рабіць? Што?!... Тармажу. І ем, не адчуваючы смаку, без лыжкі. Мне патрэбныя сілы, каб даехаць, мне патрэбныя сілы...

БЕСАРАБСКІЯ НОЧЫ

Мы сядзелі за столікам на дваіх ва ўтульнай менскай кавярні. Насупраць — Косця. Той самы Косцік. Гэта я знайшоў яго ў Аднакласніках. Прысябрыліся, спісаліся. Будучы ў Менску, патэлефанаваў і запрасіў.

Калі ён увайшоў, я не адразу прыкмеціў сутулага лысаватага чалавека ў старамоднай і моцна пацёртай скураной куртцы. Ён сам падышоў да століка.

— Ну, прывітанне, нарэшце. Не адразу знайшоў гэтую кавярню, не хадок я па грамадскім харчаванні... — усміхнуўся і працягнуў руку.

— Я выбраў гэтае месца, таму што тут можна паліць.

Рука засталася такой самай, хударлявай, з доўгімі пальцамі. А вочы — іншыя. Калісьці ў гэтых бурштынавых вачах бушавала полымя, а цяпер — вуголле, якое цьмее, хіба што з іскрынкамі ветлівасці.

Косціка я ведаю з часоў будатрада. Мы былі студэнтамі трэцяга курса, хоць і розных факультэтаў. Пераадолеўшы агіду да камсамольскай рыторыкі, я запісаўся ў будатрад у Малдову. Хацелася сапраўднага лета, новых уражанняў, ды і дабаўка да стыпендыі была не лішняй.

Косцю я прыкмеціў яшчэ ў цягніку, дзе студэнты амаль двое сутак з энтузіязмам марнатравілі алкаголем і рэзаліся ў карты. Грацыёзны пякучы брунет аказаўся ўкраінцам галіцыйскіх крывей, занесеным невядомым ветрам у наш край вечна зялёных памідораў. Жывыя вочы, тонкі сармацкі твар, вусікі, якія ледзь прабіваюцца, і наіўна-адкрыты позірк. За гульнёй мы нечакана намацалі агульныя інтарэсы — гісторыя і геаграфія. Аддаліўшыся ад карцёжнікаў, сталі гуляць у гарады, і я са здзіўленнем выявіў роўнага суперніка.

— Ну што, згуляем? — пажартаваў я.

— Будзеш смяяцца, але пасля цябе ў гарады ні з кім не гуляў.

Дзіўна, што пасля будатрада мы бачыліся ўсяго пару разоў у інстытуце. Косця заўсёды спяшаўся і, як мне здавалася, не быў схільны працягваць сяброўства.

Прынеслі каву і лёды, у якія Косця схаваў свой сарамлівы погляд.

— Раскажы пра жыццё, дзе пабываў? Памятаеш, як мы марылі свет паглядзець? Как молоды мы были...

— Как искренно любили... — падхапіў я, нечакана для сябе.

Вядома, я не ўтрымаўся і распушыў хвост. Стаў пералічваць краіны, дзе пабываў. Пырскаў захапленнем, важнічаў цікавымі і прэстыжнымі камандзіроўкамі, выхваляўся экзатычнымі падарожжамі. Косця слухаў, не падымаючы вачэй, паліў адну за адной цыгарэты.

Затым настала алаверды, ад якога я прыйшоў у замяшанне. Адразу пасля інстытута Косця ажаніўся і прывёў жонку ў бацькоўскую хату. У першыя пяць гадоў нарадзіліся тры дачкі. Косця працаваў перакладчыкам у навукова-тэхнічнай бібліятэцы, сям’ю дапамагалі ўтрымліваць бацькі. Аб працы за мяжой з такім “грузам” і гаворкі не ішло. У канцы васьмідзесятых пару разоў удалося з’ездзіць у Польшчу, каб пастаяць на варшаўскім рынку, гандлюючы дрылямі і кавай ў зернях.

— Ну, а цяпер ты дзе?

— У нацбібліятэцы, дарос вось да старэйшага бібліятэкара аддзела замежнай літаратуры.

— Куды-небудзь выяздзіш?

— На дачу. Бацькі памерлі, а даглядаць няма каму. Змагаюся з пустазеллем.

— Ну хоць на мора...?

— Аднойчы, на бацькоўскія грошы, з’ездзілі сям’ёй у Крым, — кінуў ён убок, з крывой усмешкай.

— А што жонка, дочкі?

— Жонку пахаваў летась, царства нябеснае. Дочкі павыходзілі замуж, раз'ехаліся. У Менску я адзін.

— Дапамагаюць хоць?

— А чаго мне дапамагаць? Хапае. Калі з інфарктам ляжаў, грошай прапаноўвалі, каб у платную лякарню перавесці, я адмовіўся.

Мяне здзіўляла ягоная лаканічнасць. Калісьці ён быў вельмі гаваркі і жыццярадасны. Відаць, жыццё пакалашмаціла, ды і ў сям'і, мяркуючы па сечаных фразах і адводзе вачэй, не ўсё шчасна. Але ў душу я не лез.

— А памятаеш ракаў? — нечакана спытаў Косця. — Я вось да гэтага часу іх смак узгадваю, такіх больш і не еў.

У абрывістым беразе Днястра было мноства нор, адкуль мы даставалі ракаў, тых што ў Карцава па пяць рублёў. Лавілі "на жыўца". Засоўвалі руку і стараліся ўсёй кісьцю абхапіць гада, пакуль ён не паспеў урэзацца да крыві клюшнёй. Потым здагадаліся абмотваць пальцы бінтам ці анучай. Але рукі ўсё адно былі ў парэзах.

Вараных ракаў мы запівалі белым хатнім віном, па якое плавалі на той бераг у вёску. Знайшлі нейкі стары драўляны паддон, на які ставілі трохлітровы слоік, і ўдвух, змагаючыся з плынню, ладзілі пераправу. Бераг левы, бераг правы — зараз тамака мяжа паміж Малдовай і Прыднястроўем.

У ліпені нас кінулі на ўборку памідораў. Дзяўчаты іх збіралі, а мы вёдрамі цягалі да машыны. Калі сустракаліся паміж градкай і бортам, паспявалі перакінуцца: "Андыжан — Нікаполь — Львоў — Ўэлінгтон", і разыходзіліся, з вёдрамі ў руках. У перапынках зрывалі самыя буйныя і саспелыя таматы, сядалі кружком на зямлю, даставалі хлеб і соль, і здымалі з пладоў скурку — так павялося. Дзіўна, што памідоры не прыядаліся, хоць на абед і на вячэру нам звычайна давалі салату з тых самых таматаў.

У нас хутка склалася кампанія з траіх: Косця, яго аднагрупнік Эдзік і я. Але неўзабаве Эдзік адчуў сябе лішнім сярод двух вар'ятаў, увесь час занятых сваімі гульнямі і мудрагелістымі размовамі, да таго ж цікавасць да жаночага полу яго цягнула відавочна да іншых кампаній.

Нам даручылі рабіць насценгазету, паколькі, як аказалася, абодва былі на сваіх факультэтах рэдактарамі: Косця крыху маляваў, а я паппсваў з маленства. На тэрыторыі лагера былі два спальныя баракі — мужчынскі і жаночы, летняя кухня пад паветкай, а крыху наводдаль — будынак цьмянага прызначэння тыпу вартоўні. Там былі стол, крэслы і шмат пылу. Начальства абазвала вартоўню штабам будатрада, дзе зрэдку шамацела паперкамі і песцілася алкаголем, калі надвор'е не дазваляла гэта рабіць на прыродзе.

Нам выдалі некалькі лістоў ватмана, гуаш і іншую канцыляршчыну. Мы выдраілі вартоўню і прыняліся з гумарам распісваць і размалёўваць "герояў" сацспаборніцтва. А я тым часам усё больш прасякаўся Косцікам. На фоне яго і без таго смуглявай скуры, якая бранзавела з кожным днём у полі, усмешка рабілася ўсё бялейшай, мускулы здаваліся больш рэльефнымі, а погляд цяплейшым.

Мне прыйшла ў галаву нестандартная ідэя спаць ноччу не ў душным пакоі на пятнаццаць чалавек, а перанесці матрацы з пасцелямі ў вартоўню. Косця падтрымаў з энтузіязмам, Эдзік асцярожна адмовіўся. Але нам не спадабалася ў задусе і пыле і Косцік перацягнуў матрацы проста ў кукурузнае поле. Незабыўная ноч пад зорным бесарабскім небам. Аднак турбавалі суседзі-кузуркі. Тады я прапанаваў спаць на даху вартоўні — балазе, яна была амаль пляскатай. Мы сталі яшчэ бліжэй да зорак.

О, як мне хацелася той ноччу ўзяць яго за руку! Я клаў свой локаць як бы незнарок на ягоную руку. Ён не адшморгваў, але і не ішоў насустрач. А я баяўся. Баяўся, што не зразумее. Дакладней, што зразумее, але не адкажа. Што спалохаецца і адхіліцца. Баяўся, што нехта выпадкова заўважыць. Баяўся размоваў у атрадзе.

Мы былі неспрактыкаваныя. У мяне да таго часу было пару выпадковых сустрэч у Менску, сэкс без намёкаў на пачуцці. Яго ж любоўны досвед відавочна імкнуўся да нуля. I, вядома, ён баяўся, бо за сотню метраў быў той самы інстытут з вушамі і вачыма.

А зараз, калі мы сам-насам у кафэ, пад грузам трыццацігадовага досведу, я магу сабе дазволіць пакласці руку на ягоную пяцярню і пільна паглядзець у вочы. Косця не адкінуў, але апусціў галаву і глуха, задыхаючыся, прашаптаў:

— Як жа я марыў пра гэта ў тую ноч...

І я не спытаў, у якую ноч, я дакладна ведаў. Вусны ў яго дрыжалі, а затуманены позірк накіраваўся ў акно. У гэты момант я зразумеў, што перада мною чалавек, які пражыў не сваё жыццё...

— Рахунак, калі ласка.

Пераклад з расейскай Уладзіслава Гарбацкага

ПАЛКОЎНІК КАПЕЙКІН

Суседзі ставіліся да Аляксандра Пятровіча з павагай, яго нават прапанавалі ў старэйшыя па пад'ездзе. Калі ён, у форме палкоўніка, дапамагаў суседцы падняць па лесвіцы вазок, успамінаўся, сама меней, культавы фільм "Афіцэры". І столькі высакароднасці, столькі грунтоўнасці было ў ягонай выпраўцы і збялелых скронях, што нават пад'езная алкашня прыціхала, калі ён, гуляючы з сабакам, кідаў на іх строгі позірк.

У Аляксандра Пятровіча было трое дзяцей і жонка бухгалтарка. Яны мясціліся ў двухпакаёўцы, з года ў год чакаючы новай кватэры.

Тым суботнім вечарам, хаця ўжо было за поўнач, жонка ўкладвала малодшую, старэйшая сядзела на тэлефоне, а сын загуляўся ў кампутары. Як ні прасіў яго бацька выгуляць сабаку, ён узмаліўся і паабяцаў, што заўтра і з раніцы, і ўвечары пойдзе выгульваць яго, толькі дай дагуляць. Аляксандр Пятровіч звыкла нацягнуў спартовыя штаны і ўзяў шворку. Сабака пры гэтым нецярпліва падскочыў ледзь не да столі. Палкоўнік паклаў у кішэню штаноў мініятурны электрашок, які яму нядаўна падарылі сваякі з Менску. На выпадак сабачай бойкі.

Аднойчы ў ягонага колі ўчапіўся слыннай мёртвай хваткай бультэр'ер, дык адарваць ніякай моцы не было, пяць хвілін удвох з мужыком спрабавалі расціснуць зубы. А зараз ёсць шокер — і няма праблем. Толькі вось страшныя сабакі перасталі трапляцца.

Цеплыня ліпеньскай ночы, прыемна ступаць па ходніку, зь якога выпарваецца дзённая спёка, сабака паслухмяна бяжыць побач без шворкі, зрэдку пераключаючыся на слупы і хмызьняк. Замест пары звычайных колаў вакол дому пайшлі па вялікім сабачым коле, уздоўж "ракавінак", за імі — пустынны адхон да чыгункі. Там Пятровіч часам забаўляўся на турніку, раз па дваццаць — і прабежка.

Сабака пачуў цікавыя пахі і пабег да адзінокай цёмнай фігуры, што сядзела на адхоне. Калі Аляксандр Пятровіч падышоў бліжэй, у святле ліхтара ён разгледзеў юнака, які пагладжваў сабаку па галаве, і пачуў ягонае невыразна-нецвярозае мармытанне і чмяканне свайго вечна ненаеднага Лорда.

— Лорд, гэта што такое?! Ану, да мяне! — прыкрыкнуў палкоўнік пастаўленым голасам, хоць і разумеў, што ад дармовых далікатэсаў сабаку і за вушы не адцягнуць. Але дзеля парадку прыкрыкнуў.

— Гэй, мужык, браценік, як наконт выпіць …

— Ты, дзяцюк, прытрымай сабаку за аброжак, зараз я на шворку яго вазьму, а то ад тваёй закускі хутка нічога не застанецца.

— Ды за́кусі навалам, мужык. І водаўкі амаль поўная бутля. Сябрукі ў шмоню звалілі тыпу да дзевак.

— А ты што ж?

— А я ўжо ня тое, што… бля… ня тое, што да дзевак — да хаты ногі не данясуць, — і ён заваліўся на бок.

Палкоўнік злавіў Лорда і прывязаў да бліжэйшага дрэва, потым прысеў да "стала". На газеце стаяла пачатая паўлітроўка, а вакол былі раскіданыя памідоры, хлеб і недагрызеныя сабакам кавалкі таннай каўбасы. Лорд пражаваў здабычу і ўмольна паскугольваў.

Аляксандр Пятровіч тым часам разглядаў хлопца, які, абапёршыся на локаць, ляжаў на баку ў метры ад яго. Стрыжаны пад бокс, няголены дні два, твар правільны, сам каржакаваты, у цёмнай майцы навыпуск і чорных джынсах. Красоўкі валяліся побач, ногі босыя, з высокім уздымам, не стаптаныя. "Страявой падрыхтоўкі не праходзіў, у войску не быў", — адзначыў сам сабе палкоўнік.

Хлопец прыўзняўся, пачаў нешта шукаць у траве, потым падняў пластыкоўку і сказаў:

— Налі, мужык, а то рука ўжо не слухаецца.

Павагаўшыся секунду, Аляксандр Пятровіч наліў.

— А цяпер Лёху налі, толькі канкрэтна, — і хлопец працягнуў другую пластыкоўку.

— Я піць не буду.

— А як яго завуць? Жучка, ідзі, дам каўбаскі!

— Гэта Лорд.

— О, увішна! А, дык мы тут чыста адны мужыкі... А я Лёха. А ты, то бок, вы? — і ён, усміхаючыся, працягнуў пластыкоўку.

— Добра. Я Васіль. Тваё здароўе.

Выпілі. Успомніўшы, што частуе ён, Лёха загаварыў больш упэўнена:

— Вась, а ты ў войску быў? А вось мяне хацелі сукі ў пагонах забраць увесну, дык пасля другой позвы мяне дома не-е-е. У бабкі жыву... Сёння сябрук мой адмазаўся ад войска, адкасіў, бля за кілабакс. Дык, карацей, адзначалі, во! А пепсі скончылася ... А я запіваць прывык, — і ён адкусіў памідорчыну.

— Ведаеш, Лёха, зганяю я дадому, сабаку завяду ды запіўкі прынясу. Можа, з ежы чаго?

— Не-е-е. Жратвы хапае. Ты далёка?

— Ты чакай тут. Праз дзесяць хвілін буду.

Палкоўнік падняўся, абтросся і пайшоў адвязваць сабаку.

— Дык пачакаеш?

— А куды я н-на хуй падзенуся? Ты толькі па-хуткаму, ага. — І зноў заваліўся.

Аляксандр Пятровіч хутка, падганяючы сабаку, пакрочыў дахаты. Увайшоўшы ў кватэру, паклікаў жонку, каб памыла сабаку, а сам палез корпацца ў сцянной шафе.

— Ты што там шукаеш?

— Ды ліхтарык. Шокер згубіў. Шукаць пайду.

Ён узяў не толькі ліхтарык, але і ўпотай сунуў у кішэню рулон скотчу. Затым ціха прайшоў у спальню, дастаў з тумбачкі і схаваў у іншай кішэні пару прэзерватываў і жончын гель для твару. Шнуруючы красоўкі, дакорліва паглядзеў на старэйшую, якая зладзіла ў калідоры тэлефонныя разборкі з сяброўкай, і кіўнуў у бок заснулай малодшанькай. Потым зазірнуў да сына, які загуляўся, і моўчкі тыцнуў у напружанае плячо — маўляў, хутка перамагай або здавайся, і, не ўзнімаючы вачэй на жонку, якая выходзіла з ваннай, ціха выслізнуў за парог.

Па дарозе каторы раз усплыў у памяці твар шарагоўца Грамыкі. Калі Аляксандр Пятровіч, тады яшчэ капітан Капейкін, служыў у пагранатрадзе, быў у яго ў частцы навяк адзін, Грамыка. Прыгажунчык з саламянымі валасамі і брунатнымі вачыма. Калі раніцай выходзілі ўсе на фіззарадку, пагляд капітана маментальна выхопліваў з шэрагу салдатаў голае тулава Грамыкі. Ён быў не буйнейшы і не драбнейшы за астатніх, ён быў — а капітан тады баяўся нават у думках вымавіць гэта — найпрыгажэйшы. Аляксандр Пятровіч ніколі з ім не загаворваў, ён заўсёды баяўся падысці да яго і нават паглядзець у вочы. Але заўсёды, ці ў шыхце, у натоўпе, у сталоўцы, ён крадком шукаў саламяную галаву.

Калі капітана пераводзілі ў частку на іншым канцы краіны, перад ад'ездам яго пацягнула кінуць развітальны позірк. Грамыку ён знайшоў у распранальні лазні, аголенага, які паспешліва мітусіўся з ручніком, і не мог адарваць вачэй ад ягонага цела. Калі Грамыка падняў галаву і са здзіўленнем паглядзеў на капітана, той адвярнуўся і хутка, амаль бегма, пайшоў дадому, каб ліхаманкава дапамагаць жонцы збіраць рэчы.

Месяцы праз два жонка атрымала ліст ад сяброўкі з той самай часткі. У ім было і галоўнае здарэнне ў атрадзе. Аднаго салдата-першагодку ці то згвалтавалі саслужыўцы, ці то спрабавалі, дык ён учыніў у казарме страляніну і паклаў шасцёх, потым стрэліў сабе ў рот. Можа, вы яго і ведалі, Грамыка прозвішча. Капітан Капейкін сказаў жонцы, што такога не памятае.

Але шторазу, калі ў яго, цяпер ужо палкоўніка, рабілася на душы цмяна, або дрыготка трывогі барабаніла ў скронях, або напружанае ўзбуджэнне, якое гноілася гадамі, прарывалася з праклятай падсвядомасці, чамусьці ўсплываў Грамыка, аголены і безабаронны, з шырока расплюшчанымі брунатнымі вачыма.

А вось і светлая прастора за гаражамі. Пятровіч падышоў да турніку, у лёгкім скачку зачапіў перакладзіну, падцягнуўся, уздым пераваротам рабіць не стаў. Колькі разоў назіраў ён тут падлеткаў, спартовых і не вельмі, прыгажуноў і квола-прышчавых. Аднаго астэнічнага дзецюка гадоў сямнаццаці нават на руках падымаў, дапамагаючы дацягнуцца. Рукі на ягонай таліі тады, памятае, дрыжалі, адпускаць гарачае маладое цела гой як не хацелі. Толькі хлопец той з суседняга дому, і з бацькам ягоным, сабачнікам у акулярах, Пятровіч быў знаёмы.

Лёха застыў у той самай позе, у якой палкоўнік яго пакінуў. Аляксандр Пятровіч прысеў на кукішкі, наліў поўную плястыкоўку і выпіў. Потым ададраў край скотчу і падсеў да хлопца. Правёў пальцамі па ягонай шчацэ. Той не прачнуўся. Тады Пятровіч асцярожна выцягнуў з-пад спячага цела левую руку і стаў намотваць скотч на складзеныя за спінай запясці, стужку перагрыз зубамі — атрымаліся кайданкі. Калі палкоўнік тое ж рабіў са шчыкалаткамі, Лёха варухнуўся і прамычэў, паспрабаваў прыўзняцца. Тады палкоўнік даў разрад электрашоку ў шыю — хлопец здушана ўскрыкнуў, і галава зноў упала на траву. Скончыўшы з нагамі, Пятровіч прыўзняў Лёхаву галаву і стаў абмотваць яе, каб шчыльна замкнуць рот. Лёха стаў тузацца. Зноў удар шокерам, ужо даўжэй.

Завяршыўшы аперацыі са скотчам, палкоўнік адкінуўся на спіну і хвіліну адпачываў, затым устаў, узяў цела хлопца пад пахі і працягнуў метры тры да кустоў, дзе святла было нашмат менш. Ён не спяшаўся яго распранаць, ён пачаў гладзіць ягоныя босыя ногі, асабліва высокі звод ступні, а потым усё цела праз вопратку, потым валасы. Цела заставалася нерухомым. А рукі палкоўніка дрыжалі.

Ён не хацеў спяшацца. Брыдота сітуацыі адышла на другі план. Ён прасунуў рукі пад ягоную потную майку і стаў гладзіць безвалосыя грудзі, пашчыкваючы смочкі. Затым задраў майку да плячэй і правёў па смочках языком, потым стаў іх пакусваць.

Упершыню ў жыцці ён адчуў УЛАДУ, не тую, фармальную, што ў войску над падначаленымі, і не тую, што з жонкай, калі ёй гэта было больш патрэбна, чым яму. А сапраўдную ўладу над целам, якое да таго ж так страшна ўзбуджала. Упершыню гэта было МУЖЧЫНСКАЕ ЦЕЛА, прыгожае і юнае, якое столькі разоў з'яўлялася ў сне.

Ён уткнуўся носам хлопцу пад пахі і прагна ўдыхаў водар праспіртаванага поту. Пасля носам вадзіў па шчацінні падбароддзя. Яму хацелася прытуліцца да вуснаў, але размотваць скотч пасцярогся.

Агонь ірваўся вонкі, ён спусьціў сваё трыко і майткі, і праз пару хвілін полымя выплюхнулася. Палкоўнік паспеў прыўзняцца, і ўсё палілося на Лёхаў жывот з задранай майкай. Мякка расціраючы, Пятровіч другой рукой пачаў расшпільваць гузікі на джынсах і сцягваць іх. Ён прытуліўся тварам да пахвіны і расслабіўся. І пах прэлай машонкі здаўся яму болей жаданым за жончын "Дыёр".

Язык ягоны наравіў залезці пад кароткія майткі, але салодкае імгненне дотыку да ЯГО хацелася адцягнуць. Лежачы на баку, ён адной рукой даставаў да пругкіх паўшар'яў, і гладзіў іх, гладзіў, пакуль пальцы не заглыбіліся ў лагчыну. Ён не стаў здымаць гэтыя белыя майточкі. Прыўзняўшы цела, ён разарваў іх па бакавых швах, выцягнуў з джынсаў і схаваў у кішэню. Толькі пасля гэтага ён дазволіў сабе прытуліцца ротам да маленькага чарвячка і ўпершыню пакаштаваць яго на смак...

Лёха, здавалася, ачуняў. Ён стаў варушыцца і мыкаў, спрабуючы перавярнуцца.

— Маўчы і не тузайся, і нічога страшнага не будзе, — прашыпеў палкоўнік яму ў вуха. У адказ бездапаможнае мыканне.

Палкоўнік перавярнуў яго на жывот, пры гэтым сцягваючы джынсы. Дужыя рукі сталі камечыць аксамітныя ягадзіцы. Ён то пакусваў іх, то, як бы просячы прабачэння, цалаваў. Затым вытрусіў з кішэні гель і прэзерватывы, звыкла разарваў зубамі пакет і раскатаў гумку на сваёй немалой добрай рульцы. Доўга і юрліва ўціраў гель у ягоную адтуліну. Лёха выцягнуў звязаныя рукі, спрабуючы яму перашкаджаць.

— Ты ж не хочаш болей шоку? Давай, дзяцюк, расслабляйся. Я паціху.

Пятровіч прыўзняў ягоныя сцёгны і паставіў на калені, адсоўваючы ўгору скутыя скотчам рукі. Лёха амаль не супраціўляўся. І павольна напіраючы, не з першай спробы, але палкоўніку ўсё ж удалося ўвайсці. Хлопец стагнаў, але хутка заціх, толькі гучна соп. Пятровіч паволі набіраў тэмп. Адна рука яго займалася масажам смочак, другая гладзіла ледзь набрынялы гык Лёхі.

Як ні хацеў палкоўнік расцягнуць асалоду, выбух прагрымеў нечакана хутка. Тады ўсёй сваёй немалой цягліцавай масай ён упаў на хлопца і, абняўшы, перавярнуў на бок. Неўзабаве абмяклая руля выслізнула з гумкі, якая, поўная аскепкаў выбуху, так і засталася ўнутры.

Але рукі, якія сышліся ў Лёхавай пахвіне, машынальна працягвалі сваю працу, і неўзабаве яны былі ўзнагароджаныя. Адчуўшы сапраўдны гык, Пятровіч хутка перакаціўся, і рот ягоны нарэшце запоўніўся той жывой плоццю, што шмат гадоў ён маляваў сабе ў марах і ўпотай пажадліва разглядаў у порна. І смак узнагароды не прымусіў сябе чакаць...

Нарэшце ён устаў, апрануўся, і, на секунду задумаўшыся, дастаў ліхтарык і шокер. Накіраваўшы прамень ліхтара Лёху ў твар, нібы спрабуючы яго запомніць, сказаў:

— Скоч ператрэш аб галінкі. А шокер зараз твой, — і кінуў апарат на зямлю. Лёха адвярнуў галаву.

Пагасіўшы ліхтарык, палкоўнік амаль бегма накіраваўся дадому. Перад дзвярыма кватэры ён дастаў падраныя майткі, прыціснуў да носа і глыбока ўдыхнуў. Усе ўжо спалі. Толькі Лорд, прыўзняўшы галаву, ляніва вільнуў хвастом.

Прыняўшы душ, Аляксандр Пятровіч ціхенька паклаў цюбік у тумбачку і залез пад коўдру да жонкі.

— Ці знайшоў свой сраны шокер? — пачуў ён сонны голас.

— Не-а ... Раніцай пабягу на зарадку, яшчэ пашукаю, — і Пятровіч абняў сваю верную жонку з усёй пяшчотай, на якую быў здольны.

Пераклад з расейскай Уладзіслава Гарбацкага

ПИСЬМО
В «СОВЕТСКУЮ БЕЛОРУССИЮ»

Мудрость не всегла приходит с возрастом.
Бывает, что возраст приходит один.

Михаил Жванецкий

Уважаемая редакция моей любимой газеты "Советская Белоруссия"!

Десятки лет являлся я Вашим подписчиком, сейчас, однако, в силу материальных затруднений лишь изредка покупаю газету в киосках.

Пишет Вам Ильин Иван Петрович. Родился я в 1937 году в Тамбовской области, где успешно окончил среднюю школу. После войны мои родители переехали в Минск, по зову Партии, для восстановления разрушенного войной народного хозяйства братской республики. Свою трудовую биографию они достойно завершили на инженерно-технических должностях на Минском автозаводе. Я же закончил местный пединститут и преподавал русский язык и литературу в школе, затем работал завучем, директором и зам. зав. РОНО. С 1997 года на пенсии.

Покойная жена моя Кристина Казимировна родом из Западной Белоруссии, происходит из кулацкой семьи, во время Великой Отечественной войны находилась на оккупированной территории. Несмотря на эти факты ее биографии я в 1960 году зарегистрировал с ней законный брак. У нас родились трое детей.

Старший сын Леонид, 1966 года рождения, в мрачные годы "перестройки" связался с националистическим отребьем и вступил в, как это тогда называлось, неформальное объединение молодежи — какую-то "суполку". Когда я узнал об этом неприглядном факте, позорящем честь и интернациональный характер нашей советской семьи, то предпринял все меры воспитательного характера, включая физическое воздействие, к тому, чтобы вернуть сына на путь пролетарского интернационализма.

Я никогда не считал белорусов самостоятельной нацией, отдельной от великого русского народа, и всегда верил в социалистическое слияние наций. Так называемый белорусский язык — это всего лишь местное наречие племен, отколовшихся в силу ряда исторических причин от Матери-Родины. Леонид же поддался империалистической пропаганде и проискам недобитых националистов и пошел на поводу у кучки безответственных политиканов. Он читал сомнительные книжки по истории и даже стал изъясняться на местном наречии. Будучи студентом, он втайне от меня бегал на сборища так называемого "Белорусского Народного Фронта". Когда же я попытался по-мужски объяснить ему всю ошибочность его заблуждений, он ушел из дому, и с тех пор живет отдельно. Знаю, что скитался по съемным квартирам, но жене я запретил помогать ему материально. Видел я его за последние пятнадцать лет лишь однажды, на похоронах его матери. Знаю, что он женат, и дети его нынче ходят в белорусскую школу. Таких внуков я знать не желаю.

Моя любимая когда-то дочь Светлана подложила свинью еще похлеще, выйдя замуж за азербайджанца. Хоть я в душе и интернационалист, но связывать свою судьбу с лицом кавказской национальности, к тому же мусульманином, пусть даже и кандидатом наук, — этого я ей никогда не прощу. Я не был на свадьбе и даже не пошел навещать ее черного сына, когда он лежал в больнице с перитонитом. У меня больше нет дочери.

Но самую большую душевную травму мне как отцу нанес младший, Андрей. Ведь как мужественно звучит его имя! Так вот, когда ему было девятнадцать, я узнал от соседки, что его видели в подозрительной компании, и он шел в обнимку с лицом своего же пола. Я не мог поверить, что мой сын педераст! Не так я его воспитывал. Это все тлетворное влияние наших идеологических противников. И он еще смел мне доказывать, что таким его создал Бог! Это я его создал, вот чтоб знал! И то, что статью отменили — это временная ошибка. Когда социалистическая законность будет полностью восстановлена, я первым напишу заявление в милицию.

После разъяснительной беседы Андрей попал в больницу, но домой оттуда не вернулся, а пригрел его мой старший сынок, у которого тот, по слухам, проживает и поныне, причем ходят слухи, что со своим дружком. Ноги моей в том доме разврата и национализма не будет!

Покойная жена моя Кристина была слаба характером. Ну да что взять от женщины с таким социальным происхождением. Знаю, что тайно бегала повидаться с детьми. Уж я с ней проводил беседы. Но за несколько лет до смерти и она предала меня и перебежала жить к дочери и нянчиться с ее черным ублюдком.

В настоящее время состояние моего здоровья оставляет желать лучшего. В прошлом году я перенес две операции в онкологическом центре. Кроме того, страдаю язвенной болезнью желудка и хроническим простатитом. Бывшие дети приходили несколько раз в больницу, но я отказался с ними встречаться и возвращал им все передачи — пусть подавятся своими фруктами!

Вы — моя любимая газета, и позвольте обратиться с маленькой просьбой. Я тяжело болен, почти не встаю, и чувствую, что немного уж старику осталось. Но есть у меня последняя радость в жизни — кошечка Машка. Она рыженькая, пушистая, стерилизована, к туалету приученная, очень ласковая и ест немного. Очень прошу, позаботьтесь о ней, отдайте в хорошие руки, желательно настоящему советскому человеку. А может, некоторое время она в редакции у вас поживет?

Искренне Ваш
Иван Петрович Ильин

Уладзіслаў Гарбацкі

Пісьменьнік, перакладнік і навуковец (нар. 1978). Спэцыялізуецца ў галіне гендарных і ЛГБТК+ дасьледаваньняў, адзін зь першых у Беларусі дасьледнікаў і публіцыстаў на тэмы, зьвязаныя з жыцьцём і гісторыяй ЛГБТК-супольнасьці. Сябра рэдакцыйнай калегіі выдавецтва "Скарына" (Лёндан). Аўтар шэрагу дасьледаваньняў па фэмінізацыі беларускай мовы і ўкладальнік кнігі твораў Палуты Бадуновай. Аўтар двух зборнікаў прозы: "Песьні тралейбусных рагуляў" (2016) і "Mercks Graz!" (2022). Укладальнік анталёгіі беларускага гей-пісьменства "Мальцы выходзяць з-пад кантролю" (2023).

ПЕРШЫ РАЗ

Першы раз помніцца выразна, хоць і малец я, хоць вучаць нас помніць адрознае ад жаночых досьведаў. Але помніцца першы раз выразна, з замілаваньнем і калівасумным флёрам, помніцца, як нештачкі важнае, унівэрсальнае, помніцца насупор адукацыі і культурным устаноўкам. Першы раз каханьня, у каханьні…

Кажуць, пішуць, для дзяўчатаў важны гэты самы першы раз, для хлапцоў не. Хлусьня, малец я – і ў такім трымценьні-хваляваньні перажыў я першае фізычнае каханьне. У прадчуваньні яго амаль траціў прытомнасьць. Прыемна траціў. А пасьля яго – першага разу – зь месяц у трымценьні качаўся-жыў. Радасна, але ў сьлязох сустрэў, зьведаў, перажыў першы раз. Смачна, небалесна, так казачна-хотна, але і з каліўкамі суму і разьвітаньня з цнатлівасьцю, чысьцінёю, дзяцінствам адбыўся пераход да даросласьці.

Як забыць гадзіны качаньня ў гарачых разьвітальных з учорашнім сьлязох? А як забыць пра выбух эмоцыяў, спазмы раптам пасталелага, цалкам дарослага цела? Як доўга яшчэ трэба было прызвычайвацца да новага, схаванага, хоць і ўсім дарослым вядомага досьведу… Вусны, аказваецца, павінны ня толькі піць ваду, але і цалаваць, піць іншага, рукі патрэбныя былі ня толькі вітацца, але і мацаць, вандраваць па целе, у целе іншага, нос патрэбны, аказваецца, ня толькі ўдыхаць, але казытаць шыю, грудзі, азадак іншага, а язык быў ня толькі, каб паказваць яго злой і зьвяглівай суседцы, але каб лашчыць смачнае і бясконцу паміралае, на вачох адцьвіталае чалавечае цела…

     І ўсе ведалі гэтую таямніцу, усе дарослыя і не зусім, бы па-змоўніцку, жылі з гэтым страшным і такім смачным сакрэтам пад назовам «першы раз».

У. Гарбацкі, Песьні тралейбусных рагуляў,
Лёндан, Skaryna Press, 2023, с. 39–40.

АДОРНА

Яго звалі так дзівосна і сур'ёзна — Адорна. Зграбнага італійчыка з Палерма а шэрыя вочы і махрыстыя курчы. Так нязвыкла яго назвала маці, палермская настаўніца левых поглядаў. Гэта амаль усё, што я ведаў пра ягоную маці. І крыху лепей я ведаў яго. І Адорна — гэта не мянушка, а сапраўднае, у пашпарце прапісанае імя.

Пазнаёміліся мы так проста і так па-студэнцку — у бібліятэцы. Так, у маю маладосьць у бібліятэках сядзела поўна люду, студэнты чыталі і апрацоўвалі жывыя кнігі, занатоўвалі нешта ў сшыткі, пісалі асадкамі, пэцкаючы пальцы, вусны і паперу атрамантам. Навучаліся і... знаёміліся. Кніжная і маладая атмасфэра чмуціла, стамляла, але і так прываблівала... Ці не таму пасьля заняткаў многія студэнты не сьпяшаліся дамоў, а на гадзіны затрымліваліся ў бібліятэцы. Хаця, канечне, тады толькі-толькі зьяўляўся інтэрнэт, сацыяльныя практыкі дзейнічалі цалкам на стары капыл, нас ніяк яшчэ не сапсавалі і літаральна кінулі адзін да аднаго. У нас усё пачалося з жывога кантакту. Ніякай віртуальшчыны і сюрпрызу, ніякага ката ў мяху. Сьмелыя, а часам ня дужа, а таму прыхаваныя позіркі, раптоўныя стрэчы позіркаў, целаў, няўмелыя дотыкі, хісткія і хапатлівыя рухі, спадзевы, спыненьні і наўмысныя затрымкі, падгляданьні з-за кніжных паліцаў, а потым — вандраваньні вачыма па ўсім целе таго, хто трапіў у абстрэл тваіх інтарэсаў і жаданьняў. Так незаплянавана чарнявая смуглявасьць поўдня і бялявасьць поўначы сышліся, і неяк у студэнцкую будзённасьць завітала такая простая і для студэнцтва чаканая амурнасьць і загадковая, маладасьледаваная, малаадкрытая маладой істотай фізычнасьць. Зірнуўшы на яго, я падумаў, што ён француз, і ён падумаў тое ж пра мяне. Ня дзіва — рэймскі ўнівэрсытэт! Ён думаў, што я — белявы — з поўначы, адкульсьці з-пад Лілю, а мне ён падаўся паўднёвым французам з-пад Манпэлье. Патомнае пакажа, як мы памыліліся на тысячы кілямэтраў. Антрапалёгія нас памылкова падвяла пад такую геаграфію — адначасова такую слушную, але і стэрэатыпную, памылковую. Ягоная смуглявасьць і чорныя валасы слушна ўказвалі мне на поўдзень, а мая белявасьць скуры і шэрыя валасы падказалі яму шлях на поўнач. І нават калі мы загаманілі, вядома па-французуску, то слабыя акцэнты ніяк не зьдзівілі нас — акцэнты ё ўнутры Францыі. На дапамогу прыйшлі, на свае месцы ўсё расставіўшы, нашыя імёны: маё імя — Uladzik — зьбіла яго з панталыку, потым шармавала экзатычнасьцю, выклікаўшы інтарэс і яшчэ большае жаданьне. Ягонае імя — Adorno — адкінула мяне, ня ведаю чаму, у Італію, хоць першая асацыяцыя, канечне, зусім не італійская, а хутчэй нямецкая. І тым ня менш я слушна разгадаў ягоную геаграфічную загадку — мне, канечне, дапамаглі ў гэтым ягоныя вочы, ягоныя міжземнаморскія скура, валасы і італійская прамова французскіх словаў. Я здагадаўся. Безумоўна, геаграфічна ён намучыўся куды больш. Бо, прызнаемся, што заходнія эўрапейцы ў адрозьненьне ад усходніх — кепскія географы, а таму для іх сьвет, які хаваецца за Нямеччынай, — гэта адначасова барбарыя і цуд, невідаль і шэрая пляма. Хаця гэта ўсё тая ж старая Эўропа... Таму ён не здагадаўся. Скандынавія, Расея і чамусьці Эстонія зьбегліся для яго ў адзінае, і ён сказаў: "L'Estonie?" І ён быў недалёка ад праўды, і ён прыемна зьдзівіў мяне, бо раней мяне ідэнтыфікавалі як паляка з-за лёгкага славянскага акцэнту. Пра Беларусь тады французы амаль нічога ня ведалі і ня чулі. Але чуў пра яе Адорна. Ён чуў пра Шагала, Чарнобыль і Алексіевіч. А цяпер да гэтага сьпіса далучыўся рэальны я. Калі мы пазнаёміліся ня толькі вачыма, калі мы ўдакладнілі нашу геаграфію, мы адчулі сябе радней і бліжэй — два чужынцы ў Францыі. Хоць тады чужынцамі не пачуваліся мы — французская мова, студэнцтва, маладосьць, навучаньне былі нашым супольным домам, прытулкам. І нават тое, што побач не было родных, а таксама тое, што пасьля заняткаў мы вярталіся ня ў родныя дамы, як вялікая частка французскіх студэнтаў, а ў клеці ці нават пэналы інтэрнату, нас, маладых, не засмучала. Маладосьць, мусібыць, не хварэе на настальгію. Маладосьць — гэта цэлая радзіма. Маладосьць гатовая на ўсё...

Узгадваю, што знаёмства адбылося празь мінімум словаў — Uladzik, Adorno, le Bélarus, l'Italie. Маладосьці, бялявага і смуглявага целаў хапіла, каб мы сталі каханкамі.

Каб не Адорна, італійскія піцы засталіся б для мяне нясмачнай стравай, засталіся б для мяне простымі сухімі цацнямі, як называла піцы ў віцебскай выгатоўцы мая бабуля. Каб не Адорна, я б не даведаўся, што найсмачнюткай італійскай піцай зьяўляецца сыцылійская піца — сьфінчыні, абавязкова з анчоўсамі! Падаецца, да і пасьля Адорна я ня еў нічога смачнейшага... Каб ня мой Адорна, я б застаўся жудасным скептыкам у дачыненьні да італійскай кухні. Бочачкі к'янці і цеплыня Адорна закахалі мяне ў Італію канчаткова.

Каб ня я, Адорна ніколі б не даведаўся пра Васіля Быкава, якога я адшукаў яму па-італійску, якога ён акуратна прачытаў і закахаўся асабліва ў "Альпійскую баляду" Быкава. "Альпійская баляда" потым зрабіла тур па Сыцыліі — сваякі і сябры Адорна таксама адкрылі для сябе гэты твор. А ягоная маці, італійская камуністка з стажам, прызнала сваю неадукаванасьць, бо датуль нічога ня ведала пра Беларусь. Расповеды майго італійчыка пра тое, як Васіль Быкаў шармаваў ягоных родных, заўсёды цешылі мяне, і я ўяўляў сябе амаль амбасадарам Беларусі ў Італіі. Я ведаў такі лёгкі шлях да зьбліжэньня нашых культураў. Я ведаў, на жаль, таксама, што афіцыйная амбасада Беларусі ў Італіі да такога ніколі не дадумаецца. З скрухаю думаў да ўсяго, што ў афіцыйнікаў няма ніякага ўяўленьня аб амбасадоры. Зрэшты, мы дзіўным чынам перанесьлі амурную лінію аповесьці на нас, і Адорна часта жартаваў: "Бачыш, мы ня першыя беларус і італіец, якія кахаюцца". А сама кніга В. Быкава заўсёды ляжала ў нас то на кухні, то ў хлапчоўні, там, дзе мы бавілі больш усяго часу. І ён так палюбляў імёны герояў аповесьці — Іван ды Джулія.

Ён ня быў маім першым каханкам, але ў памяці першае ягонае імя, таму можна сказаць, што Адорна — першы, бо аб ім я думаю да сяньня...

Студэнцкі год у магістратуры ў Рэймсе стаўся, дадушы, цікавым і насычаным. Я навучаўся на паліталёгіі ў гендарнай магістратуры, а Адорна на праўнай магістратуры. Я палітоляг, ён юрыст. Прыгадваю, калі-нікалі мы кпілі адзін з аднаго — так робяць часта палітолягі і юрысты, якія зьвечна сьмяюцца зь нібыта псэўданавуковасьці дысцыпліны іншага. Такія лёгкія і рэдкія кпіны надараліся тады, калі нам не ставала зёлачак у жыцьці. Часьцей жа італійская кухня, кухоннае майстэрства Адорна і, канечне, плоцевасьць запаўнялі ўвесь наш супольны час.

Каб не Адорна, я б ня так хутка расквітнеў у сваёй гейскасьці. Хоць, прызнаюся, і я надаў яму сьмелу быць адкрытым і публічным геем, бо я ніколі не хаваўся — адкрыта і так, на ягоную думку, правакацыйна жыў. Але і ягоная італійская, а можа, і міжземнаморская наагул культура, натуральная манэра абдымацца, цалавацца на публіцы і шпацыраваць за руку са мною так супакойвала і шармавала, здымала нялоўкасьці і пытаньні. Ён часта казаў, што ў Італіі мяжы паміж гей-абдыманьнямі і сяброўскімі абдыманьнямі няма ці, прынамсі, яе нікому не разабраць. І за год нашага разам мы ніколі ня зьведалі гамафобскай заўвагі ці позірку. Гэта прытым, што абедалі ў сталоўцы мы разам, ня зводзячы вачэй адзін з аднаго, кідалі адзін адному ў бібліятэцы амурныя цыдулькі, падлоўлівалі адзін аднаго ў калідорах і прыбіральнях, каб сарваць новы пацалунак. Гэта прытым, што 2001 год не назавеш у Францыі ідэальным, райскім для геяў. Гэта прытым, што нашае каханьне чыталася па нас ва ўсім непадрыхтаваным, няўзброеным вокам.

За год мы ніколі не пасварыліся, за год мы штодня сумавалі адзін за адным так, мэрам ня бачыліся месяц. За год Адорна патэлефанаваў мне больш за сто разоў на публічны таксафон (сто сямнаццаць, калі дакладна, бо кожны званок я запісваў у дзёньнік), які вісеў на паверсе ў інтэрнаце і якім карысталіся ўсе. Мае суседзі ўжо ведалі Адорна завочна і клікалі мяне штораз без пытаньняў, амаль па-свойску: "C'est pour toi, ton Adorno"[1].

За год я зьеў вагон піцаў і выпіў бочку к'янці. За год я атрымаў акіян камплімэнтаў. За год "Альпіская баляда" пачала рвацца, а некаторыя старонкі нагадвалі старую цырату ў вёсках на могілкавых століках. За год мы накахаліся на стагодзьдзі наперад. За год я пасталеў і падрыхтаваўся да канцоўкі... Так,

---

[1] Гэта цябе, твой Адорна (пер. з фр.).

у адрозьненьне ад Адорна я часта думаў, што будзе па завяршэньні навучаньня, што будзе з намі праз год.

І гэты "праз год" надышоў хутка, хоць залаты год, падавалася тады, цягнуўся вечна, год каханьня стаўся тлустай, памятнай рысай майго ўміручага і штодня зьнікалага жыцьця. У чэрвені мы абодва пасьпяхова абараніліся і адарвана ад калегаў адзначылі атрыманьне дыплёмаў, у чэрвені ж мы рамантычна правялі выходныя ў Бавуаравым Парыжы. Адорна ведаў тэксты дэ Бавуар ад маці, я ведаў іх дзякуючы франкафільскай адукацыі, абодвух нас шармавала пераважна Сымона, а ня Жан-Поль. Мы прайшліся па іхнім Парыжы, узгадаўшы наш уласны, створаны за год маршрут у Рэймсе. Калі-небудзь праз шмат гадоў, думалася мне тады, я абавязкова прайдуся па нашых з Адорна сьлядох, раёнчыках, закутках у дзівосным, адначасова буржуазным і "джоні"[2] Рэймсе. Усю ноч мы танчылі ў парыскіх клюбах Le Marais[3], нікога не заўважаючы, апрача адзін аднаго, не рэагуючы на заляцаньні ці простыя словы чужынцаў. Разам з ачмуцелай публікай крычалі і танчылі пад Фармёраву "Désenchantée", на хвілю даючы веры, што і мы належым да генэрацыі расчараваных. Усю ноч мы цягаліся ўздоўж Сэны, цалаваліся, нічога не абяцаючы, то падкрадня, то адкрыта на тле адусюль бачнага Нотар-Даму. Уранку, зусім уранку, мы селі ў першы цягнік і вярнуліся ў зацішны Рэймс. Насамрэч, усю ноч у чэрвені 2002 мы разьвітваліся з нашым каханьнем, нашым рэймскім раманам...

1 ліпеня 2002 мы бачыліся ў апошні раз, мы разьвітваліся з Адорна ўсю белую ноч. Памятаю, ён папрасіў, каб я ўголас па-беларуску прачытаў канцоўку "Альпійскай баляды". Спачатку ён слухаў так аддана — уважліва і наіўна, а потым ад няспаньня ўсю ноч і кунегі ён проста заснуў. І я не пакрыўдзіўся з-за няўважлівасьці слухача, наадварот, падумаў, што раптам баляда сталася калыханкай. І ўсё адно я не даваў веры ў тое, што назаўтра мы ня будзем у адным ложку, што Рэймс стане чужынскім і халодным. Я не ўяўляў, што нехта іншы будзе скурчана спаць побач яго, мяне...

---

[2] Зьбяднелы, маргінальны (раён). Ад францускага вульгарызму *johny* (вытворнае ад імя *Johnny*), якое азначае "калгасны, вясковы".

[3] Гей-раён Парыжу.

Першым зьехаў ён. Канечне, я правёў яго на вакзал. Канечне, мы сіліліся трымацца і ўяўляць хуткую сустрэчу. Канечне, мы верылі ў гэта. І, канечне, мы зьніклі, падаецца, назаўжды...

***

Насамрэч, мы зьніклі на васямнаццаць з паловай гадоў, бо 2 лістапада 2019 году я раптоўна атрымаў зь невядомай пошты электроннае пасланьне. 2 лістапада, калі я сядзеў перад экранам, мне літаральна заняло, час спыніўся і я зноў апынуўся ў часе маладосьці і студэнцтва, калі ўсё было магчымае і дасягальнае, калі нішто не страшыла і не спыняла, калі будаваліся мэгапляны і чалавецтву яшчэ дараваліся ўсе хібы і слабасьці...

За гэтыя васямнаццаць з паловай гадоў я так і не наведаў Рэймсу і не прайшоўся па нашых закутках. Не адважыўся. За гэтыя васямнаццаць зь нечым гадоў я часта ўздумваў пра італійчыка зь дзівосным імем. За гэты час я шмат разоў перачытваў "Альпійскую баляду" і ўзгадваў Адорнаву заўвагу наконт таго, што мы зь ім ня першыя беларус і італіец, якія пакахаліся. За гэты час я думаў, колькі новых беларусаў і італійцаў пакахаліся пасьля нас і ці кахаліся яны да нас...

А пасланьне ягонае прабівалася да мяне паўтара года. І гэтая гісторыя заслугоўвае асобнай увагі.

***

Мой мілы Ўладзь!

Пішу ў спадзеве знайсьці цябе, у спадзеве вярнуць цябе хаця б віртуальна.

Ведаю, ты памятаеш мяне. Думаю, спадзяюся, і ты шукаў неяк мяне. На жаль, твая скрыня "excite.fr" больш не даступная, мае пасланьні вяртаюцца з пазнакай "error". Хоць ведаю, што ты ды я ніякім "error" не былі, памылка хутчэй у адваротным — што мы не знайшліся раней. Шукаў цябе праз фэйсбук і gmail паўтара года таму, няўжо цябе няма ў сацсетках? Ты ж быў такі сацыяльны і адкрыты, ты ж так палюбляў грамадаваць! Можа, ты зыначыў прозьвішча? А можа, цябе больш зусім няма? Зноў і зноў спрабую знайсьці цябе. Нядаўна ўзгадаў, што ў назву пошты ты дадаваў "vicba" ці "vitsba", спрабаваў пісаць табе, ставіўшы і "vicba", і "vitsba" ўва ўсіх папулярных электронных поштах. Вельмі спадзяюся прабіцца да цябе.

Помню, думаю пра цябе, хоць так цьвяроза ведаю, нічога з нашага студэнцкага Рэймсу не вярнуць. Пішу проста, каб даведацца пра цябе цяперашняга. Ты, уяўляю, такі ж сьмяльчун-гей, ідэаліста і змагар? Што да мяне, то я ўсё ж такі хавалкін, жыву не ў Палерма, а ў Рыме. Жыву, як тыповы італійскі гей: маю сям'ю, жонку, двох сыноў (ты будзеш сьмяяцца: аднаго зь іх зваць Іван, як героя нашай з табой улюбёнай аповесьці). Часам заводжу каханкаў. Вядома, жонка нічога ня ведае пра маё паралельнае жыцьцё, яна нічога ня ведае пра цябе, але ведае і чытала Васіля Быкава. Праўда, нашу "Альпійскую баляду" яна ня дужа зацаніла. Няма сумневу, гэта выключна наш твор, Васіль Быкаў — гэта наш з табою пісьменьнік. Зусім нядаўна і з такім ганебным спазьненьнем прачытаў у Вікіпэдыі, што Быкаў памёр аж у 2003 годзе, праз год, як мы расталіся. Я да нядаўняга часу наіўна думаў, што ён яшчэ жывы. Хаця, канечне, людзі так шмат не жывуць, бо і мы ўжо з табою ня бачыліся амаль дваццаць гадоў!

Ведаеш, я часта ўзгадваў цябе, і часта дзякуючы навінам з тваёй краіны, а яшчэ часьцей — спартовым праграмам, у якіх часта ўсплываюць спартоўцы зь Беларусі. І тады я з гонарам і настальгіяй прыгадваю наш раман, гляджу на русявых атлетаў-прыгажуноў, як ты, з тваёй краіны, і думаю, якія шчасныя мы былі калісьці ў Рэймсе...

Карацей, пішы, калі цудам маё пасланьне дойдзе да цябе.

Абдымаю пяшчотна, як калісьці незьлічоную колькасьць разоў у Рэймсе.

Твой А.

***

Месяц счакаўшы, я так і не адказаў Адорна. Месяц счакаўшы, мне ўсё яшчэ заняло. Пасьля васямнаццаці зь нечым гадоў мне патрэбна яшчэ хаця б крыху, каб патрапіць у машыну часу і вярнуцца да рэчаіснасьці...

Лістапад 2019, Вільня – Менск — Віцебск

Публікуецца ўпершыню

ЗЬБІЦЬЦЁ

(альбо Што ты рабіў, калі я думаў пра цябе?)

Калі мяне зьбівалі, ты хутчэй за ўсё чытаў на пляншэце сваю газэту, а вы, усе астатнія, глядзелі вячэрнія навіны. Калі юшка бегла з вуха і носу, ты ня думаў пра мяне, бо думкі пра мяне цяпер зрэдчас наведваюць тваё запоўненае кавалерскае посткапіталісцкае жыцьцё. Ты думаў, мяркую, пра Тайляндыю ці пра паўсюльдом[1]. А вы, усе астатнія, займаліся справункамі, гатавалі вячэры, клалі дзяцей спаць, жаліліся сямейным на супрацоўнікаў, босаў ці босак, на цяжкі, бясконцы працоўны дзень… Гэта нічога. Мы ж ня можам жыць жыцьці іншых, а толькі ўласныя сумныя жыцьці. Мы ня можам думаць і перабольшана рупіцца пра іншых, адцягнутых, невядомых ці проста далёкіх людзей. Ды і я, мусібыць, у той вечар зьбіцьця наўрад ці думаў пра тысячы, нават мільёны вас, схаваных за вокнамі ў сваіх утульных хатах.

Калі мяне зьбівалі, упершыню ў жыцьці зьбівалі так гвалтоўна, я думаў пра цябе і пра тое, ці думаеш ты пра мяне. Калі мяне качалі па асфальце, а адбівацца стала намарным, я думаў, што ж рабіў ты акурат у гэты злашчасны момант?

Я вяртаўся ад родных. Вячэрні Віцебск часам вабіць сваімі ліхтарамі, скрыгатам рэтра-трамвая, казачнай шэраньню на дрэвах, ляпідарнымі і прыгляднымі сылюэтамі старога места, калі ўдаецца забыцца на ягоную савецкую парнаграфічнасьць. І тады падаецца на нейкі мілы час, што і ты спрычынены да гэтага места, у якім, па сутнасьці і па шчырасьці,

---

[1] Нэалягізм для *Couchsurfing*.

даўно няма чаго рабіць маладым. Але ты прызвычайваесься да гарапашнасьці сытуацыі, неэстэтычнасьці места, жыцьцёвай нявыкруткі. Ты прызвычайваесься да шэрасьці, да залішняй увагі з боку віцяблянаў і віцяблянак. Ты ігнаруеш ці неяк рэагуеш на іх агучаныя заўвагі альбо неагучаныя прэтэнзіі, якія чытаюцца ў позірках, позах, памкненьнях цела. У гуморы ты ўсё перакручваеш і скіроўваеш у станоўчую плашчыню, а калі ж ты не ў гуморы, то цьмянасьць штурхае да агрэсыі, зьедлівасьці, а часам і да саманянавісьці. У гуморы ты, напрыклад, трактуеш позіркі шматлікіх вачэй на сабе як позіркі ў бок багародзіцы. Бо такая ірацыянальная і бесцырымонная ўвага можа быць параўнаная хіба з тым, як вернікі глядзелі б на раптоўнае зьяўленьне багародзіцы ў трамваі ці тралейбусе. І тады сьмешна і пэўна ехаць па родным горадзе ў якасьці багародзіцы. Ведаю, такое параўнаньне карабаціць маіх сябрукоў-вернікаў і, магчыма, цябе, але іншага параўнаньня проста не знайсьці, яно проста дамесца і дарэчы, як жаднае іншае. А калі ж ты не ў гуморы, што надараецца часьцей у такім горадзе і такім клімаце, то позіркі людзей кладуцца алавянымі цяжалямі на стомленыя і раптам крохкія рамёны. Тады ўвага землякоў залішняя і раздражняльная. Нязносная.

У гуморы ці не, калі я вяртаюся вось так дамоў і ўглядаюся ў цьмяных мінакоў, я часта думаю тады, што робіш ты, аб чым думаеш, якія людзі трапляюцца на тваім шляху? Я па-добраму зайздрошчу тым далёкім чужынцам і чужынкам, якія маюць магчымасьць сустракаць цябе і любавацца тваім сэксоўным сылюэтам, тваімі чароўнымі абрысамі і кідаць, магчыма, нясьціплыя позіркі на тваё цела. Але я не раўную, ані. Рэўнасьці няма ўва мне — ані каліўкі, толькі шкадаваньне, туга па немагчымым, далёкім, няспраўджаным і недасяжным. І, ведаеш, гэтыя думкі пра цябе выратоўваюць мяне з сьвету савецкай парнаграфіі, запаўняюць пустэчу і дапамагаюць супрацьстаяць стэрыльнасьці, ілюзыйнасьці існаваньня. Гэтыя думкі грэюць мяне, і я амаль весяло бягу па жыцьці і па горадзе. Я — тут, ты — там, паміж намі — тысячы кілямэтраў, а яшчэ карагоды думак, фантазмаў, словаў, а яшчэ акіян віртуальшчыны, якія так-сяк замяняюць нам жыцьцё і нават сэксуальнасьць. Гэта і ёсьць нашае паўнавартаснае жыцьцё, іншага, супольнага і шчыльнейшага не дадзена нам ані ў марах, ані ў плянах. Грамадзтва не прадугледжвае нашага супольнага жыцьця. Канечне, нам пляваць на грамадзтва, мы навучаныя пляваць на яго і рабіць часткова тое, што хочам мы. І хіба толькі часткова. Мы выдаемся на сьмелых і незалежных, але гэта ілюзія, мы шмат у чым проста залежныя ад нябачных, ва ўсім прысутных гетэрапатрабаваньняў. Але, на жаль, тут у нас многія сьмельчакі прыстасоўваюцца, становяцца, як усе, бравурнічаюць то з сваёй адзінотай і вырачанасьцю на безьсямейнасьць, то, наадварот, апускаюцца ў сямейнасьць і хлусьню, я б сказаў нават, гетэрахлусьню. Ну, ведаеце, ствараюць сем'і, заводзяць дзяцей (бо дужа хочуць дзяцей, проста нейкая абцэсія!), а самі йлгуць, здраджваюць, маюць каханкаў, жывуць, як многія, карацей.

Не, я і ты — мы не з такіх. Мы не прымаем гетэрагульні, але і не хаваемся, як бальшыня, у няіснай і нябачнай гомасэксуальнасьці. Мы — геі. І бальшыня вакол нас ведае гэта, бачыць, разумее. Мы ўнікаем скрайнасьцяў — сям'і, з аднога боку, і прынцыповай маргіналізаванай адзіноты, з другога.

Дык вось, я вяртаўся тады так спакойна. Надвор'е спрыяла, заклікала мяне застацца, пашпацыраваць яшчэ, падыхаць крамяным паветрам, не сьпяшацца ў хату да віртуальнага хутчэй жыцьця. Бо і праца, і ўзаеміны з табою, яны ж усе цяпер у сеціве. А тут крамянае надвор'е, шэрань, пáра з роту людзей, трамвайны скрыгат, тралейбуснае шорганьне рагуляў, гамана. Віцебск, які я часта ненавіджу, усё ж-такі часам такі прыглядны і жывы.

Я вяртаўся ад цёткі, зь якой меў завядзёнку сакрэтнічаць. Ад цёткі, якая дапамагала і заўсёды залагоджвала мяне. І частавала мяне салодкім, як быццам мне было шэсьць ці сем гадоў. Так яна заўсёды замілоўвала мяне і дарыла цеплыню — мне трыццацігадоваму ўжо з гакам мальцу. Думаю, у жыцьці многіх з нас ёсьць такія цёткі, якія проста любяць нас, ня думаючы там пра нейкія адрознасьці, любяць бяз бздураў і забабонікаў. У каго няма такіх цётак — шкада! Мне пашэнціла.

Удзень, калі я ехаў да яе ў госьці, у тралейбусе са мною здарылася сьмешная сытуацыя. Быў тады "багародзіцкі" пэрыяд, калі я з гумарам і нават нейкім разуменьнем успрымаў увагу гараджанаў да сябе. У салёне ехала маці з сынком садкоўскага веку. Хлопчык падазрона паглядзеў на мяне, панюхаў паветра, як нейкі цюцька, і сказаў на ўвесь голас, паказаўшы на мяне пальцам: "Мама, глядзі, дзядзя, а пахне, як цёця!". Шалёныя позіркі мужыкоў асабліва жвава прыгадваюцца мне, і хутчэй стрыманыя, нават запалоханыя позіркі кабетаў. Мая парфума даляцела да садкоўца і выклікала такі маўклівы і інтэнсыўны бой позіркаў, поглядаў... Але такія моманты хутка забываюцца, бо іх шмат — усіх і не прыгадаць. Моманты, а разам зь імі агрэсія і нянавісьць забываюцца таксама. Зрэдчас, праўда, агрэсія вывальваецца за межы і вэдзгае, абдае кіпнем нас. Памятаеш, аднаго разу ў менскім мэтро да нас прычапіўся таўсты гетэрык, які пацікавіўся, ці ня геі мы? Памятаеш, якім культурным быў ты зь ім, і якім брутам быў зь ім я? Я ўзлаваўся на таўстуна з-за яго раптоўнага інтарэсу, але я крыху ўзлаваўся і на цябе з-за тваёй культурнасьці. Я ўзьвінціўся, бо мяне трэсла ад ягонага інтарэсу (мяне ж не цікавіць, што ён таўсты і, у дадатак, страшны гетэрык, хоць гэта бачна і так без пытаньняў), ад ягонага нахабства ставіць пытаньні. Я нахінуўся да яго і сказаў перці адсюль, калі ён ня хоча атрымаць па пысе. Ён зьдзівіўся адпору, але затым яшчэ больш беларускай мове. Ён пасунуўся ад нечаканкі, а я працягваў узлавана гаварыць яму, што зараз будзе станцыя, мы выйдзем на ёй і пагаворым. Тут ён зусім зьніякавеў, пасунуўся, змоўк, а на станцыі "Трактарны завод" ціхама выйшаў з вагону. Мяне дасюль трасе ад такіх сытуацыяў, ад такіх інтарэсаў, ад такіх гетэрапытаньняў.

Тады я вяртаўся, канешне, цалкам забыўшы пра такія во нэгатыўныя моманты, бо, кажу ж, Віцебск так чараваў мяне позьневосеньскім пахкім вечарам. І думалася хіба пра нашу стрэчу ў такое ж прыблізу надвор'е год таму ў мілай сэрцу Вільні.

Цікава, аб чым думаюць іншыя, калі іх зьбіваюць? Аб помсьце? Ці аб блізкіх людзях? Ці яшчэ аб чым? Ці зусім ня думаюць, занятыя ў такі момант уласным целам і болем? Цікава, ці думаў я тады яшчэ аб кім, акрамя цябе? Не прыгадаю.

Каля майго дому, акурат каля цьмянага пад'езду, ля якога сто год ужо няма лямпачкі, ані тым больш ліхтарыка, стаялі нейкія мальцы. Ну, там заўсёды нехта ды тоўпіцца — я звычайна і не зьвяртаю ўвагі на такое, на такіх. Але тады я хіба заўважыў іх шабаністыя сылюэты, шабаністы стыль, ну такі, ведаеце, а ля сучасны ўрбаністычны хлапчукова-хуліганісты стыль, модны на Захадзе, а цяпер, канечне, і ў нас. Вы бачыце такіх мальцаў штодня: на іх спартовыя штаны, ці нагавіцы споўзлыя, бы ўсраўшыся, каскеткі, нейкія куртэчкі-пільчачкі з капюшонамі і аднолькавыя, што ўзімку, што ўлетку спартовыя чаравікі на нагах. Там стаялі не пад'ездныя мальцы, я такіх раней ня бачыў у нас. Яны зацікавіліся маім зьяўленьнем, як цікавяцца наетыя каты іншымі катамі ці коткамі. Нехта з іх трох запытаў, ці маю я цыгарку. Я паглядзеў на іх дзіўна і сьмела, бо каля хаты ня меў звычкі лякацца. І адказаў таму невядомаму і нават непабачанаму з-за сутоньня, што ня маю. Тады іншы голас, шукаючы авантураў, падхапіў: "А што гэта ты з бабскай торбай ходзіш?" Гэта ён так назваў маю прыгожую сінюю а белыя гарохі торбу, не бабскую, у мужчынскай краме набытую, канешне, праўда, не ў нас.

Вясёлы, але ўжо абураны, я адказаў, як я звычайна ў такіх сытуацыях адказваю: "Якая мардалысаму справа да ўсяго гэтага?" Ну, зразумела, адказу я ўжо не атрымаў, а толькі грымакі ў нос і вуха. Я чакаў прыблізу такога, дакладней, цела маё загадзя падрыхтавалася да такога, напялася, таму першыя ўдары я стрэў гатовы, нібы ў пэўным зьбіцьцёзьмякчалым карапасе. Таму і я змог адразу лупануць у пысу маладзёну, якога пакрыўдзіла маё "мардалысы". На маё "мардалысы" я некалькі разоў пачуў "підарас". Юшка бегла ў мяне, юшка зацурабаніла і ў яго. Мне ня стала шкада шабаністага, ані. Звычайна мне шкада зьбітага чалавека. Але тут я разумеў, што ён ня зьбіты, а справядліва атрымаўшы па нахабнай, цынічнай храпе. Мне стала так міла і прыемна, а яшчэ, пэўна, ад таго, што я даў здачы. Ці не ўпершыню я падумаў, што адпор — гэта не зьбіцьцё, гэта адзіная прымальная форма гвалту, гэта справядлівы, як ні дзіўна гучыць, гвалт. Толькі аб гэтым мне і ўдалося падумаць, потым пачаўся несправядлівы гвалт, няроўная бойка тры на аднога. Маладзёны азьвярэлі, пабачыўшы, што зьбіты іхны верны і глупы таварыш. Схапілі мяне пад рукі, даўшы магчымасьць зьбіціку адыграцца. І той адыграўся, ён жа ня мог паказаць слабіну перад сваімі сябрамі-нізкалобікамі ў глупаглядзелых шчыгульных трыко. Усё доўжылася бясконцасьць, але і адбылося за лічаныя хвількі. Мне падавалася спачатку, што ўсё бачу ў замаруджаным рытме — скасавураныя аблічы шабаноў, іх крывыя ногі ў вузкіх нагавіцах, танныя кеды на золкім асфальце, часткі ўласнага цела, торбу а гарохі зусім побач у баюрыне, затым, наадварот, удары зачасьціліся ў нейкім інтэнсыўным, шпаркім, шалёным рытме. Бачыў вокны суседзяў, схаваных за фіранкамі абыякавасьці і ўтульнасьці. Бачыў хмыз счарнелага на зіму бэзу, які ўвесну так цешыць і тлуміць галаву сваім тонкім дурнап'янам. А яшчэ думалася, што няма каму і пажаліцца, няма ўвечары вуха, пляча, рук роднага чалавека, куды можна было б зашыцца і суняцца. Схаваць спалохі, расчараваньні ў людзёх і крыўду, страшэнную, пякельную ўнутры крыўду.

Раптам фары машыны ўварваліся на стаянку перад домам, калатня спынілася, мальцы, злоўленыя, засьпетыя неспадзеўкі, скіравалі вочы на машыну, зь якой выйшла суседка з сёмага паверху. Мальцы кінулі мяне, як сраны мех, на асфальт і ўгрунь пабеглі прэчкі. Забаяліся машыны, дакладней, маёй справункавай суседкі. Яна стаяла ўжо тут, нада мною, цягнула руку дапамогі і матам крычала ўсьлед паўшабэлкам. Ня ведаў, што яна ўмее так смачна лаяцца. На выгляд прыгожая справункавая маладая кабета, ці, як яе называюць у нас у пад'езьдзе, бізнэсвуман. Раней мы ніколі зь ёю не размаўлялі, хіба здароўкаліся ў ліфце. Яна атрэсла маю торбу, дапамагла стаць на ногі, агледзела маё, нечакана сталае сталёвым і жудасна маскулінным аблічча. І ўсьміхнулася. Ва ўсьмешцы прыблізна чыталася — жыць будзеш. Яна дужа не настойвала завезьці мяне да лекара. Мы разам зайшлі ў пад'езд і на маім паверсе мы культурна, бязмоўна разьвіталіся. Ціхая і ненавязьлівая дапамога — гэта якраз тое, што мне і патрэбна было.

Люстра і аголены я. Зьбітыя вуха і нос. Цьмяная, амаль брунатная кроў неэстэтычнымі плямкамі сьпеклася на абліччы. Бачу выценчаныя плямы ля вока, на шыі, на руках — гэта знакі будучых сінідлаў. Кантактоўка ў правым воку скурчылася і схавалася за павекам. Таму бачу сябе адным левым вокам — нібыта бачу палову сябе. Калі гляджу левым вокам — я зьбіты, калі правым — не, я цэлы, толькі размаіты. І галоўнае — цела не баліць мне, мне зусім не баліць. Седзячы на бяражку ванны, любуючыся амаль на вачох насьпявалымі сінідламі, я шкадую толькі аб адным — што не патрапілася мне гахнуць па мазгаўні двох іншых шабаноў. Гледзячы на сябе невідушчым добра вокам і ўсё ня могучы выцягнуць з-пад павека скурчаную кантактоўчыну, я бачу размаітага сябе — і ўласны сылюэт, дапраўды, нагадвае багародзіцу, што сядзела звычайна ў абразах у такой жа тужлівай і балесай позе. Іх багародзіца, няма сумневу, — гэта цудоўны вобраз простай пакутніцы, звышпакутніцы за многіх іншых, зьляканых, схаваных, цьмяных і неадважных. Падумалася, ці ня ўсе геі сяньня за багародзіцу ў нас?

Ведай сусьветнай гнаны, іду на кухню, шукаю лёд, кладу яго да носу, да вуха, пад вока, на шыю — ён імгненна цьвярозіць, ледзяніць мяне. Дзіўна, але лёд не дапамагае, а, наадварот, апякае мне вуха — яно пачынае жудасна балець мне. Вуха пачынае крывавіць. Юшка з носу не напалохала мяне, а вось юшка з вуха крыху, прызнаюся, насьцярожыла. Бо адразу думкі ўзьніклі, ці цэлыя там глузды. Выклікаць хуткую не бяруся, апранаюся і сам еду ў траўмапункт. Тры трамвайныя супынкі і я ў траўмапункце. Малады і вельмі сэксоўны доктар дзяжурыць там, сустракае падазрона. Бо я ня выпіты, ані хуліганістага выгляду, культуральны малец зь зьбітым абліччам. Ён прызвычаены хутчэй да бандытаў ды алькаголікаў, ну, ці да іх ахвяраў. На маю думку, я якраз з апошніх, лекар усё адно ўглядаецца і пытае: "Хто вас так?" Адказ "гамафобы" скідае зь яго падазронасьць, але тут жа лекар становіцца нейкім адцягнутым і халодным, бы баіцца, што я пачну заляцацца да яго. Нібыта геі заўсёды і паўсюль, і нават зь зьбітай ха́лепай, нястомна заляцаюцца. Мне сьмешна і горка ад таго, што і адукаваны доктар верыць у стэрэатыпы. Паглядны русявы лекар заўважае парваты каўнер майго шыняльха. Я заўважаю гэта пазьней за яго, іначай, канешне, я б апрануў што-небудзь іншае. Таксама ён заўважае маю трывожнасьць. Ён лагодна, мякка атрэсвае каўнер, дапамагае сьцягнуць шынэль. Ён зусім блізка і я ўлоўліваю прыемны пах цела і нейкай ледзьве ўлоўнай казыткай парфумы. Ён зусім іначай за шабаністых завіхаецца ля мяне. Дэзынфэкуе нос, вуха, шыю, пытаецца, ці баліць мне галава. І ніводнага разу не глядзіць мне ў вочы. Яму сорамна, быццам ён зьбіваў мяне, і няёмка, быццам за ўсіх гетэрыкаў, так хачу думаць я. Прыемны, да прыкрасьці далікатны лекар. Кудысьці выходзіць, вяртаецца, раіць пайсьці заўтра ж да тэрапэўткі, каб атрымаць скірунак на дыягностыку. Я моўчкі слухаю яго і мне проста прыемныя ягоны пах, шэрыя вочы і лекарскія завіханьні.

Неўзабаве да нас далучаецца міліцыянт. Старкаваты, мешкаваты, але па-дзядзькоўску добры мужчына. Яны пераглядваюцца з лекарам, тады я разумею, што той і выклікаў яго. Я сьмяюся, а малады доктар кажа: "Вас жа зьбілі, вы самі сказалі, а ў такіх выпадках мы выклікаем міліцыю".

Я ведаю нашую сыстэму, таму не пратэстую, толькі сьмяюся і халадней паглядаю на лекара, які быццам здрадзіў мне, выклікаўшы лішняга тут міліцыянта. Дзядзька ў форме пачынае апытанку. Хто зьбіў? Колькі іх было? Ці ведаю я іх? Ці бачыў раней? Апішыце іх. Што яны гаварылі? Як абражалі? Як думаеце, чаму яны кінуліся на вас? Я дэталёва і праўдзіва распавядаю яму аб усім, апісваю ўсё, прыгадваючы, між іншым, і абразу "баба", "підарас". Міліцыянт безэмацыйна занатоўвае, бы штодня выслухоўвае падобнае. Пасьля майго распо15ду і ён саромеецца глядзець мне ў вочы. Прыемна, калі б гэта было з-за сораму за гамафобаў, з-за нейкай там салідарнасьці са мною, але ж я ведаю, яму сорамна па іншай прычыне — яму няёмка бачыць адкрытага, нейкім дзіўным чынам бясстрашнага гея.

Будзем шукаць, — завяршыў ён. — Але і вы глядзіце, пабачыце іх, паведамляйце, тэлефануйце нам. Разам мо' і зловім.

Апошнім трамваем яшчэ пасьпяваю вярнуцца дахаты. Калі вяртаюся ў ім, зноўку думаю, што робіш ты акурат цяпер, калі я во ў халодным вагоне, хоць і ўлагоджаны мінімальна нашымі мэдыцынай і юстыцыяй, няўмольна хачу злавіць твае рукі, далоні, схавацца ў іх і забыцца на здарэньне?

Калі я вяртаюся ў самотным трамваі на ўласнай самоце ў самотную кватэру, я бачу, адчуваю цеплыню, напоўненасьць і лёгкасьць быць разам для маіх гетэраземлякоў, якія хаваюцца ў кватэрах, але якія звычайна не хаваюць свайго разам, сваіх праяваў каханьня, любові, шчырасьці, якія не хаваюць сваіх мужоў і жонак. Калі я вяртаюся дахаты, я ўзгадваю ўпікі маіх добрых менскіх сябровак (трэба дадаць, хоць гэта і вусьцішна глядзіцца, чытаецца, гетэрасяброовак), якія казалі мне пра намарнасьць і абсурднасьць нейкага там гей-змаганьня. Яны казалі мне, што ня толькі геям цяжка жыць у Беларусі, маўляў, ім во, дзяўчатам, маладым жанчынам, таксама цяжка, кожны дзень яны становяцца ахвярамі мужчынскіх гальлівасьці, жаданьняў ці проста кпінаў і сальных жартаў. Тым больш, думаю я, калі вы разумееце гэтую праблему ахвярнасьці і маргінальнасьці, тым больш вы мусіце разумець простыя памкненьні геяў зацьвердзіцца і ўзаконіцца, каб лацьвей было затым змагацца зь безабароннасьцю. Як бы там ні было, кабетаў не зьбіваюць проста з-за іх гетэрасэксуальнасьці, іх зьбіваюць агрэсыўныя мужы, каханкі з-за рэўнасьці, здрады ці проста так, але не з-за гетэрасэксуальнасьці. Гея ж зьбіваюць усяляк: і проста так, і па розных прычынах, але перадусім і ў дадатак з-за гомасэксуальнасьці.

Калі я стараўся выкараскацца з дэпрэсыі, выкліканай зьбіцьцём, і калі я хаваўся пад цяжкай коўдрай, я думаў, што ты, мілы, хоць і гей, як і я, але ты ўжо гей заморскі, абаронены, калі не ідэальна, ад падобнага, то досьць добра і цалкам іншай сілай, якая мне не дапамагае. Я разумеў, што мы існуем на розных плянэтах і проста тэарэтычнага разуменьня рознасьці тут мала, каб нам цалкам уразумецца, трэба каб цела помніла і нагадвала пра гвалт, толькі тады магчымае гэтае ўразуменьне. Іначай чужасьць і непаразуменьне.

Пад цяжкай коўдрай я думаў пра тое, што, на жаль, сьлёзы, боль, крыўды не перакідваюцца ў помсту, а вынішчаюць передусім нас саміх, вынішчаюць нашыя салідарнасьць, блізкасьць, цеплыню, міласьць. І мы ня вучымся еднасьці, мы ня вучымся на памылках, мы не становімся сілай, мы застаемся на самоце і працягваем свой асабісты, лякальны бой, марачы пры гэтым аб глябальным зьмяненьні сьвету. Шкада, што сьлёзы і боль мы проста каўтаем і глынаем. Шкада, што мы аддаемся лёгіцы гетэрасьвету і нашых гетэразнаёмых, гетэрасяброў, мы жывямо самотнікамі (страшна ад таго, мы згаджаемся жыць на самоце!), бо нам не дазволена брацца шлюбам, пры гэтым нам дазволена плаціць падаткі (на школкі, садкі, у якія пойдуць ня нашыя дзеці, а дзеці нашых гетэразнаёмых, гетэрасяброў). Мы дэпрэсуем па кутах на самоце, бо почасту нам складаней знайсьці, а яшчэ складаней захаваць другую палоўку, альбо, наадварот, мы хвалімся, што мы вольныя, незалежныя і пазбаўленыя манагамных бздураў, а пры гэтым многія з нас увальваюцца ж у гетэрастэрэатып гулёны-гея бяз прынцыпаў, ані маралі.

Калі я ляжаў пад цяжкай коўдрай, я хацеў бы, каб ты думаў, марыў пра мяне. А яшчэ больш я хацеў бы, каб ты ўдзельнічаў словам, сьмехам у выпаўзаньні з постзьбіцьцёвай дэпрэсыі. Калі я ляжаў там, я думаў, што, магчыма, і шабаністыя тыя ўпершыню сутыкнуліся з геем, які даў ім адпор словам і нават часткова і кулаком. Пад цяжкай коўдрай я ведаў, што ўсё грамадзтва хворае і баязьлівае, па-глупаму сарамлівае, як той міліцыянт ці лекар, усё грамадзтва вінаватае, што мы мусім аклемвацца, адыходзіць пад коўдрамі. На заўсёднай самоце. Грамадзтва, якое дазваляе адным ганіць, лаяць і нават зьбіваць іншых, а другім забараняе ўсё. Пад коўдрай я ведаў, што мы ўсе вырачаныя на адзіноту. Ведаў, што зьбіцьцё ня злучыць нас, а можа нават, наадварот, стане прычынай нашага зацьменьня...

Калі мяне зьбівалі, прыгадаў яшчэ, я ўздумаў пра маці, якая б абавязкова рынулася ў бой ратаваць мяне. Мая маці, так, але іншыя нашыя маці маўчаць, многія зь іх ня ведаюць, што іх дзеці — геі ці лесьбійкі, а многія проста маўчаць, а можа нават і патураюць такім во, паўшабэлкам з Шабаноў ці Білева.

Калі мяне зьбівалі, я раптам узгадаў, як смачна мы шпацыравалі і міла, пяшчотна лашчыліся на людзёх у Барсэлёне, Брусэлі, Парыжы, Лёндане ці Варшаве. Канечне, геяў зьбіваюць і там, але наўрад ці яны мусяць змоўчваць гэтыя зьбіцьці і хавацца пад коўдрамі, як гэта робім мы тут, у краіне аднабаковасьці і безабароннасьці.

А яшчэ, калі мяне зьбівалі, ты чатаваў у сеціве з новым мальцам...

Зрэшты, калі мяне зьбівалі, я ведаў, што ў нашай краіне такое чакае мяне не ў апошні раз...

У. Гарбацкі, Песьні тралейбусных рагуляў,
Лёндан, Skaryna Press, 2023, с. 65–80

Вольга Касьцюк

Літаратарка (нар. 1980). Скончыла філялягічны факультэт БДУ (расейская мова і літаратура), два курсы Маі Кучэрскай у Creative Writing School (Расея), удзельнічала ў воркшопе Кэры Раян (WLAG) і лябараторыі фэм-пісьма "Расьцяжэньне". Цяпер зьяўляецца студэнткай Беларускага калегіюму. Аўтарка апавяданьняў, якія друкаваліся ў зборніку "Растяжение", у газэце "Новы час", у фэм- і квір-часопісе "FEMINIST ORGY MAFIA", "Tint Journal" (Austria), "PEPPER Magazine" (USA), у анлайн-выданьні "ROAR (Russian Oppositional Arts Review)", у другім выпуску літаратурнага зіну "Где-то" (Расея), у зіне "ЭББ 2. Что мы наделали?", у часопісах "Иные берега" (Фінляндыя), "Дактиль" (Казахстан), "Незнание" (Расея). Жыве ў Новай Зэляндыі.

КАЛІ МЫ КУРЫЛІ "ПАРЛАМЕНТ"

У той год вясна бегла наперадзе, як палова майго класа на ўроках фізкультуры. Калюгі на нашай вуліцы перацякалі адна ў адну, бярозы намагаліся за ноч нарадзіць зялёныя лісточкі, а бацькі́ менш сварыліся і часцей абмяркоўвалі, калі саджаць бульбу. Я ж чакаў верасня і на аўтапілоце пражываў апошнія месяцы дома.

Вось ужо некалькі гадоў кожную суботу я хадзіў да дзядзькі Толі прыбіраць хату. Я любіў дзядзьку Толю. Нават калі ён выпіваў тры шклянкі чарніла. Можа, пасля чарніла нават любіў больш, таму што тады ён прысядаў на кукішкі каля грубкі, запальваў цыгарэту "Форт" і расказваў мне пра сваё жыццё ў Менску. У гэтыя імгненні ён зноў станавіўся маладым, з пафарбаванымі ў жоўты колер валасамі, у высокіх бардовых "Доктар Марцінсах" і нібыта на галаву вышэйшым, чым зараз. На тых ужо выцвілых фотках, што дзядзька Толя мне паказваў, ён заўсёды смяяўся ці неяк загадкава, нібы знайшоўшы згубленую стагоддзе назад крынічку, усміхаўся. І я верыў, што восенню, калі паступлю ў Менск у медвучылішча, таксама стану шчаслівым.

Тады, у суботу, дзядзька Толя не піў — ён марынаваў куру, маладую, раніцай за мярзаўчык забітую суседам. Часнок пах на ўсю хату, і я, аблізаўшыся, паспрабаваў праглынуць святочны настрой, але ён усё адно падымаўся да самага горла і расцягваў мой рот у памысную ўсмешку. Я пачаў выціраць пыл у серванце з вялікім імбрыкам і зялёнымі філіжанкамі са сподачкамі ў белыя правільныя кружочкі, чамусьці называныя гарошкам. Посуд дастаўся дзядзьку ад маці, маёй бабы Ніны, якая памерла, калі мне было дзесяць. Баба Ніна ўсё жыццё пасля замужжа збірала дзецям — дзядзьку Толю і маёй маці — пасаг. Купляла па блаце ў суседняй вёсцы дэфіцытную пасцельную бялізну, ездзіла ў Львоў па рондлі, замаўляла ў Мапцянкі парцэлянавыя сервізы (дачка Мапцянкі працавала на парцэлянавым заводзе). Маці мая атрымала назбіранае дабро акурат у шалашы на вяселлі, а дзядзька Толя — пасля смерці бабы Ніны. Свой пасаг ён амаль не чапаў: белыя накоўдранікі з дзіркай пасярэдзіне яго раздражнялі, талеркі з ананасамі былі малымі, а "цыганскія" ручнікі зусім не ўбіралі ваду. Некалькі разоў на год, перад вялікімі святамі, я пераціраў пастаўлены дзеля прыгажосці за шкло серванта посуд, успамінаў бабу Ніну, якая была пры памяці да самага скону, і, нягледзячы на год, які дзядзька Толя пражыў з ёй, ляжачай і амаль аслеплай, так і не загаварыла з сынам. І больш за ўсё ў такія дні я баяўся, што аднойчы ўвесь гэты скарб пяройдзе да мяне.

— Кірыл! Мо возьмеш ровар і сходзіш здасі бутэлькі? — не падымаючы галавы ад таркі з бураком, запытаў дзядзька Толя.

— Добра, зараз у серванце скончу. Купіць нешта ў краме ці грошы прынесці?

— Сабе што задбай — я ўжо "шубаю" заняўся.

— І крабавы будзеш рабіць? — я паглядзеў дзядзьку Толю ў спіну, ён павярнуўся, усміхнуўся, як на менскіх здымках, і сказаў:

— І крабавы буду. Для цябе!

Я ляпнуў дзядзьку па плячы і выбег на двор.

У дзяцінстве я саромеўся здаваць бутэлькі. Мне здавалася, што калі я вязу іх на сваім ровары "Аист", які атрымаў у спадчыну ад бабы Ніны, яны грымяць асабліва голасна і абвяшчаюць на ўсю вёску: "Сын пр-р-ра-а-а-пойцы! Сын пр-р-ра-а-апой-цы!" А калі дадому вярнуўся дзядзька Толя, ягоныя бутэлькі мы заўсёды хадзілі здаваць разам. На выручаныя грошы дзядзька ніколі не купляў віно — купляў тое, што захочу я: вялікія бутлі "Бела-Колы", чыпсы з прысмакам халадцу і хрэну, шакаладныя цукеркі "па дзве штукі самых лепшых". І тады, грукаючы бутэлькамі, як на канцэрце, я перастаў чуць здзеклівае "Сын пр-р-ра-а-а-пойцы". Замест гэтага да мяне дзядзькаў голас даносіў адно гісторыі пра спявачку Кацю на "малой трубе", пра кніжны кірмаш з рознымі часопісамі ў канцэртнай зале "Мінск" і пра тое, як дзядзька Толя ўцякаў ад скінхэдаў.

У краме было пуста, толькі Папіёсы нешта ўпісвала ў накладныя (прадавачка Любка атрымала гэтую мянушку сорак гадоў таму, калі вярнулася ў родную вёску пасля вучэльні, і, як усе вясковыя мянушкі, тая прыляпілася да яе на ўсё жыццё).

— Добры дзень! — прагрукатаў я.

— Добгы! — Папіёсы падняла галаву, пабачыла мяне і прадоўжыла пісаць.

— Вось прынес бутэлькі здаць, — зноў загрымеў я сумкамі.

Папіёсы моўчкі ўстала, паправіла на галаве малую хустачку, якая прыкрывала толькі гульку, прайшла праз усю краму ў склад і праз хвіліну вярнулася з трыма пустымі скрынкамі. Я хутка, размеркаваўшы паводле сорту, паставіў у іх бутэлькі.

— Усё!

Папіёсы падыйшла з лістком паперы, вырваным з сшытка ў клетачку, пералічыла посуд, потым аднекуль дастала маленькі калькулятар і назвала лічбу.

— Бгаць што будзеш?

— А дайце мне, калі ласка, пачак цыгарэт "Парламент".

Папіёсы прыжмурылася і паглядзела мне прама ў вочы.

— Дык мне для дзядзькі!

Яна, не адрываючы ад мяне позірку, намацала рукой у шуфлядзе цыгарэты і прыстрашыла:

— Ну глядзі ў мяне!

Я саскроб з белай талерачкі рэшту, закінуў пачак у кішэню, і выбег з крамы.

Наступнай раніцы, калі я адчыніў дзверы з веранды ў хату, дзядзькі Толя і Валодзя сядзелі за сталом і пілі каву. Дзядзька Валодзя падняўся, усміхнуўся, працягнуў руку і неяк гучна сказаў:

— Рады цябе бачыць, Кірыл!

— І я вас таксама! — я адчуў моцны поціск гладкіх мяккіх пальцаў.

Калі я быў малы, то баяўся дзядзькі Валодзі. Здароўкаўся і потым паўдня моўчкі сядзеў на канапе ў чаканні "Ленінградскага". Не дапамагалі нават яскравыя кніжкі ў цвёрдых вокладках, блакноты з гумкай і наборы нямецкіх алоўкаў, якія дзядзька Валодзя ў якасці падарункаў прывозіў мне штогод: я сядзеў нібы зацкаваны шчанюк, слухаў і ківаў галавой у адказ на пытанні. А на другі дзень ужо на сваім тапчане разглядаў падарункі і чакаў, калі праз год зноў прыедзе дзядзька Валодзя.

— Кавы ці гарбаты вып'еш? — запытаў, падняўшыся з-за стала, дзядзька Толя.

— Лепш гарбаты. Дзякуй!

Дзядзька Толя выйшаў на веранду, і я пачуў, як ён цвыркнуў запальніцай, і як на пліце зашыпела газавае полымя.

— Ну як ты, Кірыл? Як школа? — дзядзька Валодзя адпіў гарбаты.

— Добра, дзякую! У гэтым годзе ў Менск паступаць буду.

— Ого! Малайчына! І куды?

— У медвучылішча. У інстытут не здолею, то пачну з вучылішча, а там паглядзім!

— Вось гэта амбіцыі! — нібыта жартуючы сказаў дзядзька Валодзя. — Медыцына падабаецца?

— Ёсць такое... — я засмуціўся, бо ўспомніў, што адной з галоўных матывацый майго паступлення было жаданне пражыць жыццё не дарма — не так, як дзядзька Толя. Увесь той час, што дзядзька Толя жыў у вёсцы, мне было яго шкада. Ён быў чужы, як быццам гэта не ён тут нарадзіўся, не ён калісьці пасвіў каровы, гроб сена, цапаў буракі, рэзаў свінням гічку. Нібыта за тое амаль дзесяцігоддзе ў Менску ягоная генетычная вясковая памяць вымерла. Часамі мне здавалася, што трыццацігадовы дзядзька Толя прыехаў сюды паміраць, і толькі гэтыя аднаразовыя на год прыезды дзядзькі Валодзі давалі яму моцы пражыць яшчэ адзін круг. Я так жыць не хацеў, таму і планаваў збегчы ў Менск, вывучыцца на запатрабаваную прафесію, знайсці працу ў якой-небудзь сталічнай больніцы і ні ў якім разе не вяртацца ў вёску.

Дзядзька Валодзя піў каву маленькімі глыткамі, было відаць, што ён стараўся не запэцкаць свае тоненькія вусікі. Мне падабаўся дзядзька Валодзя: заўсёды дагледжаны, у чыстых фірмовых джынсах і модным вясновым паліто, чарнявы, з нейкімі стомленымі і выцвілымі вачыма. Я ўвесь час параўноўваў іх: майго дзядзьку Толю, ціхага, спакойнага алкаголіка, і дзядзьку Валодзю, вясёлага, гаваркога фарсуна. І кожнага разу пасля такога параўнання зноў і зноў шкадаваў роднага дзядзьку: за тое, што ён раз на год ездзіў купляць з маці адзежу на базар, і са сваёй зарплаты вартаўніка ў калгасе не мог сабе дазволіць нічога лепшага ад выцвілых джынсаў ды заўсёды большых на памер кушуляў з сэканд-хэнду; за тое, што вельмі рэдка галіўся і дазваляў расці сваёй рэдзенькай жоўтай барадзе; што хадзіў па вёсцы неяк згорбіўшыся, нібыта хаваючыся ад кагосьці. Мой жаль быў па-падлецку эгаістычным: я любіў дзядзьку Толю толькі сам-насам ды ў кампаніі дзядзькі Валодзі, у прысутнасці ж іншых людзей я саромеўся любіць такога нязграбнага дзядзьку — я яго адно шкадаваў. Маці таксама яго шкадавала, але гэтую сваю шкадобу на людзях не паказвала, таму што мой бацька дзядзьку Толю ненавідзеў. Гэта было відавочна: з якой агідай ён гаварыў пра дзядзьку, як не хацеў зваць яго ні на якія нагоды, як ніколі не вітаўся з ім за руку. І я разумеў, што іду матчынай дарогай: не супраціўляюся і выбіраю не любоў, а ціхі, лёгкі жаль. Я злаваўся на сябе праз гэта, але пайсці супроць бацькі і вёскі не мог.

Я вярнуўся ў дзядзькаву хату пад вечар. Стол ужо быў накрыты: запечаную куру было чуваць нават на двары, яна перабівала пахі салатаў і парэзанай тоненькімі скрылікамі каўбасы. Дзядзька Валодзя сядзеў на тым самым месцы, у блакітнай кашулі з падгорнутымі рукавамі, дзядзька Толя яшчэ завіхаўся каля стала і даносіў відэльцы, сурвэткі, келіхі. Я сеў на канапу, дзядзька Валодзя наліў сабе і дзядзьку Толю белага віна, мне — соку, і мы выпілі. Я еў як не ў сябе, размаўляў з дзядзькамі пра маё будучае жыццё ў Менску, наша размова перыядычна вярталася ў мінулае, і тады я забываўся на крабавую салату і ўяўляў, як дзядзька Валодзя і дзядзька Толя куплялі на "Дынама" джынсы, да адкрыцця метро танчылі ў начным клубе і праносілі бутэльку віна на паказ фільмаў Азона. І я марыў пра ўсё гэта, злаваў на дзядзьку Толю і ў каторы раз абяцаў сабе, што маё жыццё будзе лепшым за ягонае.

Потым дзядзька Валодзя ўнёс "Ленінградскі" з пяццю свечкамі, і мы з ім вельмі голасна, кожны сам сабе, спявалі "Happy birthday!", дзядзька Толя ўсміхаўся, задзімаў свечкі на торце, і я ў думках загадваў за яго жаданне: каб ён вярнуўся ў Менск! Мы пілі гарбату з бляшанай пушачкі, я з'ядаў некалькі кавалкаў торта з літарамі "Лен" і "гра" і йшоў дахаты, каб памыць ногі, легчы ў ложак, заплюшчыць вочы і марыць, як на "Дынама" я буду выбіраць сабе цёмна-блакітныя джынсы з дзіркамі на каленях.

Нараніцу я пайшоў у школу праз аўтобусны прыпынак — дзядзька Валодзя заўсёды ад'язджаў ранішнім рэйсам да райцэнтра, і звычайна я развітваўся з ім, стоячы пад раскладам руху з чатырох радкоў. У той дзень ні дзядзькі Валодзі, ні дзядзькі Толі на прыпынку не было. Я зірнуў на гадзіннік на руцэ і на тэлефоне: аўтобус павінен прыехаць праз дзесяць хвілін. У кішэні куртки намацаў пачак "Парламенту", які збіраўся аддаць дзядзьку Толю пасля таго, як зялёны "МАЗ" ад'едзе і збочыць налева на шашу. І тут я з жахам падумаў, што яны, напэўна, праспалі, і з усяе моцы пабег да дзядзькавай хаты, расчыніў брамку, дзверы ў хату, уварваўся ў кухню і ўбачыў, што дзядзькі сядзяць за сталом і спакойна п'юць каву.

— Вы на аўтобус спозніцеся! — крыкнуў я, чамусьці супакойваючыся.

Дзядзька Валодзя паглядзеў на дзядзьку Толю, потым — на мяне і спакойна, павольна вымаўляючы кожнае слова, сказаў:

— Я нікуды не паеду.

— І ён застаўся?!? — упершыню за ўвесь час, што я распавядаў, перапыніла мяне Наста і, не дачакаўшыся адказу, завялася.

— Вось гэта ўчынак! Гэта сапраўдны мужчынскі ўчынак! Пайсці за сваім каханнем лічы што на край свету! Кінуць усё: і нялюбую жонку, і дзяцей. Былі ў яго дзеці? Былі ж, так? І прэстыжную работу, і жыццё ў сталіцы! І не здрадзіць свайму каханню, не здрадзіць таму, хто ты ёсць! І нават не збаяцца вясковых абгавораў, плётак! Вось гэта — пражыць жыццё!..

Наста гаварыла і гаварыла, з кожным словам усё больш і больш зачароўваючыся дзядзькам Валодзем і дзядзькам Толем за кампанію. А я слухаў яе і думаў, наколькі магчыма было гэтае "Я нікуды не паеду"?

Публікуецца ўпершыню

Янко з Мазовіі

Польскі літаратар (нар. 1979), сымпатык беларус-
кай мовы.

КІПАРЫС

Славік у думках ужо цешыўся надыходзячымі летнімі канікуламі. Прайшоў апошні экзамэн ва ўнівэрсытэце па літаратуры XX стагодзьдзя. Праз некалькі дзён пачнецца адпачынак на моры — сонца, дрынкі, пляж, цёплая вада, сябры, — карацей, заслужаны рай і свабода. Любіў сваю Віцебшчыну зь ейным ляндшафтам, каляровую, цікавую, але і з халодным кліматам. Лета нібыта цёплае, але... А тут, праз пару дзён, вялікімі крокамі набліжалася пэрспэктыва двух цудоўных тыдняў. З моманту пераезду на вучобу ў Менск, Славік палюбіў плаваць у цёплым моры, загараць і больш цешыцца жыцьцём. Раней усе канікулы заўсёды праводзіў на вёсцы, з бацькамі.

Калі паступіў ва ўнівэрсытэт, ягоны сьвет зьмяніўся. Пабачыў новае, іншае, адкрыліся вочы на розныя праявы. Зусім іншы сьвет, чым ягоная вёска пад Віцебскам. Ня тое, каб ён не любіў сваю вёску і родны кут, але з кожным годам больш і больш адчуваў, што вясковае жыцьцё — гэта не ягонае. Яно станавілася як больш і больш цесная кашуля, якая пачынае душыць ягоную індывідуальнасьць, свабоду і магчымасьць руху. Сам яшчэ не разумеў, што зь ім адбываецца, што за працэсы чыняцца ў ягонай галаве, але пасьля кожнага году ўнівэрсытэту гэтае пачуцьцё станавілася больш моцным.

Лятучка бегла зь Віцебску на поўнач, стукаючы ў рытм колаў. Як стрэлка гадзіньніка, які адлічвае час вяртаньня ў мінулае. За вакном можна было ўжо пабачыць драўляныя дамы, тыповыя для паўночнай Віцебшчыны. Сонца прыемна грэла праз вокны. Славік напераменкі то радаваўся, што хутка пабачыць бацькоў, то вяртаўся ў думках да ўнівэрсытэту, дзе познаёміўся з цікавымі людзьмі. Выскачыў зь лятучкі і з заплечнікам пайшоў празь вёску. Бацькава хата знаходзілася на канцы дарогі. За апошнія гады навукі некалькі дамоў спусьцелі, вёска паступова паміралa. Старых было менш, маладыя выязджалі ў гарады. Толькі могілкі разрасталіся, хоць станавіліся больш запушчанымі з кожным годам.

"Сыночак дарагой, ужэ вярнуўся да нас, заходзі, заходзі!" — прывіталі яго матчыныя цёплыя словы. "Ці там у горадзе, можа, познаёміўся з акуратнай дзеўкай? Цебе ўжэ пара жаніцца, сыночак. Сколька можна вучыцца?", — спыталася маці, мяшаючы драўлянай лыжкай штосьці на патэльні. Славік толькі ўсьміхнуўся і зазірнуў праз плячо мамы на пліту, што будзе на вячэру. Горад горадам, але так любіў смажаную бульбу з кіслым малаком і вясковую салату з памідораў, агуркоў... "Папа! Прывет, папа!" — сказаў да бацькі, які толькі што прыйшоў з гароду. Утраёх селі да стала вячэраць.

Бачыў па іх тварах стомленасьць вясковым, цяжкім жыцьцём. Час бег, бацькі старэлі, а тэма жонкі і вясельля ўсё часьцей падымалася ў размовах. Славік быў адзіным дзіцём, а бацька і маці хацелі дачакацца ўнукаў перад сьмерцю. "Мала што ўжэ расьцець у агародзе, нет сіл абрабатываць зямлю. Відзіш, нашая дзярэўня паміраець," — сказаў тата, уважліва гледзячы на свайго сына. Маці не адпускала: "Так, сынок, расказывай, як там у горадзе? Ці пазнаёміўся зь дзеўкай нейкай?". Яна спыталася нібыта свабодна, але словы ціснулі Славіка мацней і мацней. У паветры завісла няёмкае маўчаньне. Водгук стрэлкі насьценнага гадзіньніка як бы адлічваў канец ягонай свабоды. Здавалася, што сэкунда расьцягнулася да хвіліны, хвіліна да гадзіны. "Мама, папа, закончу апошні год вучобы і буду думаць. У мяне наперадзе апошні год, экзамэны, абарона магістарскай працы. Абяцаю — ажанюся!". Словы выплылі як бы самыя зь ягоных вуснаў, хоць выдатна ведаў, што ня хоча жаніцца.

Бацька пацягнуў размову: "Помніш Кацярыну? Яна вярнулася ў суседнюю дзярэўню, жывець у радзіцеляў цяперака. Акуратная дзеўка, ты падумай, другой такой можэш ужэ не знайсьці, што б не апаздаў!". Вячэра дабягала да канца. Малады студэнт выйшаў прайсьціся вёскай. Мала хто ў вёсцы ўжо трымаў жывёлу, звычайна некалькі курыц, дзе-нідзе адна карова, нават кошкі і сабакі стваралі ўражаньне маларухлівых. Калісьці мясцовасьць пульсавала жыцьцём, сёньня цяжка было сустрэць суседа на вуліцы. Славік вяртаўся ў хату. Перад вачыма бачыў дом і сад з гародам, якія патрабавалі маладых, моцных рук, працы і, перадусім, фінансавах інвэстыцыяў.

Паклаў галаву на падушку і раздумваў. Сонца ўжо зайшло, на падворку пацямнела. Старая йгруша, на якую дзіцем часта запаўзаў, расплывалася ў цемры. Няведама чаму, ягоныя думкі ня йшлі да Кацярыны, зь якой так файна сябраваў у дзяцінстве на вёсцы, а падумаў пра ўнівэрсытэт, сяброў у горадзе. Успамінаў Міхала, паляка, які прыехаў па студэнцкім абмене з Познані, — хлопца з захаду, які прывёз з сабой подых новага, сьвежага і цікавага. Адпачатку зьвяртаў на сябе ўвагу паловы дзяўчат на факультэце. Файная адкрытасьць, нязмушанасьць паводзінаў, лёгкасьць камунікаваньня зь людзьмі.

Славік успомніў ягоныя блакітныя вочы, густыя русыя валасы, цёплую ўсьмешку...

Некалькі месяцаў таму, на адной тусоўцы ў "акадэміку" ўсе жартавалі, хто з кім будзе жаніцца. Міхал сказаў, што завядзе сабе гарэм зь сямю жонкамі... а за каханка возьме сабе... Славіка, што так, нібыта, часта рабілі арабскія шэйхі. Затым падыйшоў да Славіка, пальцам далікатна пагладзіў па шчацэ, набліжаючы твар да твару, як бы хацеў пацалаваць. Славік ня ведаў, як рэагаваць. Сэкунду пазьней пачуў гучны сьмех прысутных, паглядзеў на Міхала, які таксама сьмяяўся, але так па-сяброўску, неяк так цёпла і з сымпатыяй: вобразы хутчэй і хутчэй беглі перад вачыма ўяўленьня. Надыйшоў момант кароткай, інтэнсыўнай раскошы. Славік ціхенька падцягнуў коўдру, якая была ніжэй каленяў, на ўсё цела. Хвілінку пазьней заснуў, ахінуты ўспамінамі й фантазіямі, а пульс і дыханьне сьцішыліся.

***

Група прыяцеляў ехала цягніком у Севастопаль. Неяк так сталася, што Славік апынуўся ў Менску сярод беларускамоўных студэнтаў. Іхную беларускасьць узмацняў і сам Міхал, які з моманту, калі вывучыў беларускую мову ў Польшчы, не хацеў ужо нідзе ў Беларусі размаўляць па-расейску. Хвіліны плылі ў цягніку за вясёлымі размовамі зь півам "Аліварыя". Міхал усю дарогу фліртаваў з Наташай, на што не маглі не зьвярнуць увагу і іншыя. Краявід за вакном зьмяняўся, часам пераходзячы ў стэп. Міхал пачаў рэцытаваць верш па-польску "Вплынолэм на сухэго пшэствур оцэану. Вуз нужа се в зелоносьць, і як лудка бродзі фсрюд фалі лонк шумёнцых, срюд квятуф поводзі... Гэта Стэпы акэрманске Адама Міцкевіча, польскага паэта". Выклікаў гэтым размову пра літаратуру і спрэчкі пра паходжаньне Міцкевіча і Ажэшкі, ці былі яны палякамі, ці беларусамі. Усю шасьцёрку сяброў аб'ядноўвала літаратура, але пунктаў спрэчных паміж палякамі і беларусамі ставала ў супольнай гісторыі.

Цягнік прыбыў на вакзал Севастопаля. Натоўп людзей хутка перасоўваўся па пэроне ў бок аўтобуснага вакзалу, зь якога ад'яздджалі аўтобусы і маршруткі да ўсіх мясцовасьцяў Крыму. Міхал, Славік і Сяргей пакінулі дзяўчатам свае заплечнікі і кінуліся ў тлум людзей, якія стаялі ў чарзе да касаў, каб купіць куды-небудзь білеты. Першы крыкнуў Сяргей "Маю! Мааааю! Кактэбэль, паехалі". Пасёлак гарадзкога тыпу выклікаў мяшаныя пачуцьці, асабліва ў Міхала — прырода і мора захаплялі, але мясцовасьць ня надта. Пасьля чатырох гадзінаў пошуку ўдалося знайсьці месца на начоўку, і толькі на адзін тыдзень. Сьціплыя пакоі з уваходам з боку гароду, падвойная будка, якую ўласьнік назваў туалетам і душам, дзе на даху месьціўся кантэйнэр з вадой, што награвалася на патрэбы душа ад сонца.

Групка прыяцеляў выдатна праводзіла час — напераменкі то пляж, то экскурсіі па ваколічных мясцовасьцях. Музэй з карцінамі Айвазоўскага ў Кактэбэлі, прыродная сьцежка ў Кара-Даг і Новы Сьвет, фартэцыя ў Судаку, Фэадосія. Сяргей выспэцыялізаваўся ў паляваньні на маршрутныя білеты, а Сьвятлана знаёміла ўсіх з гісторыяй наведваных месцаў. Пасьля тыдня ўсе перанесліся ў Сімэіз, які запрапанаваў Міхал.

Сімэіз усім спадабаўся значна больш, чым Кактэбэль. Стандарт пакояў быў трошкі вышэйшы, але ўсё адно стваралася ўражаньне, быццам усё засталося ў 80-ых гадах XX стагодзьдзя. Перад вачыма шасьцёркі сяброў разьлягаўся прыгожы краявід — з аднаго боку блакітнае мора з папулярнай сярод турыстаў скалой Дзева, а на поўнач, вышэй ад гораду, высокія горы з дамінуючай Ай-Пэтры, на якую езьдзіла падвясная чыгунка. Экскурсіі ў скальны горад Чуфут-Кале, базу падводных лодак у Балаклаве ці ў Сымфэропаль рабілі прыемным побыт у Крыме. Надвор'е спрыяла, як і настроі. "Засталося нам яшчэ пабачыць Ай-Пэтры і Бахчысарай," — сказала Сьвятлана, і пачала чытаць з турыстычнага даведніка пра гэтыя месцы.

Супольная падрыхтоўка вячэры спрыяла далейшым размовам аб літаратуры, культуры і супольнай беларуска-польскай гісторыі з кактэбэльскім каньяком у руках. "Ідзем прагуляцца," — сказала Наташа, пераглянулася зь Міхалам, і абое

выйшлі з кватэры. Славік адчуў смутак і зайздрасьць. Зь Сяргеем, Сьвятланай і Аленай размаўлялі далей. Тым разам размова пайшла пра ўзаеміны. "Бачу, што Наташа і Міхал спадабаліся адно адному, трэба рыхтавацца да вясельля, ха-ха", — сказала Алена, ня ведаючы яшчэ, што гэтымі словамі спраўляе калегу прыкрасьць. "Стаміўся, а заўтра чакае нас паход на Ай-Пэтры, пайду спаць, дабранач усім" — сказаў Славік. Пайшоў у свой пакой, але не заснуў. Чакаў вяртаньня Міхала і Наташы. Гадзіна, дзьве, тры. Бліжэй да паўночы пачуў, што вярнуліся. Размаўлялі ціха, але чутна было, што прыемна правялі супольны час і сьмяяліся. Славік з унутранай злосьцю павярнуўся на другі бок і заснуў.

Усе прачнуліся рана, чакаў іх колькігадзінны паход вяршынямі горнага ланцугу, а трэба было пасьпець з экскурсіяй да самай вялікай сьпякоты. Хуткі сьняданак — і шэсьць сяброў ужо шпарка ішлі з малымі заплечнікамі ў бок Ай-Пэтры. З падвяснай чыгункі разьлягаўся цудоўны краявід на ўвесь Сімэіз і мора, а бездань пад падлогай вагончыка дадавала эмоцыяў. Трохгадзінны шпацыр аказаўся вельмі добрай ідэяй. Славік першы раз у жыцьці бачыў такія ляндшафты. Сонца пачынала моцна пячы. Засталося, можа, паўгадзіны да месца спуску. Славік міжволі прыглядаўся ўсю дарогу да Міхала і Наташы і ня мог вызваліцца ад думак, дзе і што яны рабілі ўчора ўвечары. Паглыблены ў роздум, кепска паставіў чарговы крок, спатыкнуўся, страціў раўнавагу і зьехаў на сьпіне колькі мэтраў уніз. "Усё добра? Ты жывы?" — крыкнуў Сяргей, які ішоў побач. "Здаецца, усё добра," — адказаў, але, калі хацеў устаць, адчуў боль у назе. Сяргей і Алена дапамаглі яму ўстаць і вярнуцца на сьцяжыну. Славік паглядзеў толькі ў бок Міхала і Наташы, якія ўдваіх былі пару дзясяткаў мэтраў наперадзе. "Ты зайздросны?" — спыталася па-сяброўску Алена. "Спакойна, знойдзеш сваю палавінку, а імі не пераймайся, праз пару дзён нашыя канікулы сканчаюцца, Міхал вернецца ў Польшчу, і іхнае падарожжа натуральна закончыцца," — хутка дадала і паклала руку на плячо Славіка. Другую частку дня сябры правілі ў спакойным фармаце — абед, пляж і "Мафія".

***

Сонца зазірнула ранкам у вакно пакоя. Славік расплюшчыў сонныя вочы. Паглядзеў на мабільнік — сем трыццаць раніцы, дванаццатага ліпеня 2009 году. Канікулы павольна сканчаліся. Засталіся два апошнія дні. На ложку побач хроп Сяргей. Зьвіхнутая костачка правай нагі пасьля паходу на Ай-Пэтры моцна балела. Нага ўжо апухла і стала ясна, што экскурсія ў Бахчысарай з групай стала нерэальнай. Наташа і Міхал ужо хадзілі па кухні, рыхтуючы для ўсіх сьняданак і раньнюю каву. Славік падняўся, шыкнуў ад болю і пашкандыбаў у бок кухоннага стала. Сябры паглядзелі на ягоную нагу, і Наташа адразу сказала: "Ты ж з такой нагой нікуды не паедзеш з намі". Славік не хаваў расчараваньня. Гэта была ягоная першая ў жыцьці паездка ў Крым, і вельмі хацеў пабачыць усе культавыя турыстычныя месцы на паўвысьпе. "Ты ня можаш застацца

адзін. Я тут застануся з табой, ужо двойчы быў у Бахчысараі, ня мушу ехаць трэці раз," — сказаў Міхал. Славіка ўсьцешыла такое рашэньне паляка. Паўгадзіны пазьней усе сядзелі за сталом і сьнедалі.

Наташа, Сьвятлана, Алена і Сяргей спакавалі свае рэчы ў невялікія заплечнікі, разьвіталіся з хлопцамі і паехалі маршруткай у бок Бахчысараю. Славік і Міхал засталіся адны ў Сімэізе. Апранулі плаўкі, узялі ручнікі, сонечны крэм і павольна пайшлі ў бок пляжу. Было яшчэ даволі рана, і людзі толькі што пачыналі прыходзіць. Свабоднага месца хапала. Хлопцы расьцягнулі ручнікі і селі. "Намазаць табе сьпіну крэмам?" — спытаўся Міхал. "Не, ня трэба!" — хутка і аўтаматычна адказаў Славік і хвілінку пазьней сам сабе сказаў у думках: "Дурань!".

Хлопцы нетаропка размаўлялі на розныя тэмы. Плылі хвілі, а побач іх зьяўлялася больш і больш аматараў сонечнага купаньня. Навокал чуваць было паўсюль расейскую мову, толькі час ад часу хтосьці размаўляў па-ўкраінску. Замежнікаў з паза былога Савецкага Саюзу было вельмі мала, але Славік у час побыту ў Сімэізе пачуў ужо польскую, нямецкую і францускую мовы. "Усе размаўляюць на сваіх мовах, толькі беларусы па-расейску, "— пачаў зь ледзь адчувальным смуткам у голасе новы сюжэт размовы. На рэакцыю Міхала не чакаў доўга: "Для палякаў польская мова — гэта адзін з самых важных чыньнікаў тоеснасьці. Я не магу сабе нават уявіць сытуацыю, што 70 ці 80 адсоткаў палякаў размаўляла б, напрыклад, па-нямецку, а сваю родную мову ведалі б толькі пасыўна і дрэнна да яе ставіліся". Славік поўнасьцю пераўтварыўся ў слых. Пытаньне роднай мовы ў Беларусі цікавіла яго апошнім часам. Міхал далей вёў свой міні-даклад: "Пасля падзелаў Рэчы Паспалітай у 1795 годзе Польшча зьнікла на 123 гады з мапаў Эўропы. Нягледзячы на русіфікацыю і германізацыю ці рэстрыкцыі, польскі народ захаваў сваю культуру, традыцыі, і, зразумела, польскую мову. Найлепшыя тэксты эпохі рамантызму ці пазытывізму ўзьніклі ў часы, калі Польшчы як незалежнай дзяржавы не было. "Пан Тадэвуш" Міцкевіча, "Над Нёманам" Ажэшкі, трылёгія Сянкевіча! Зусім не разумею беларусаў, што так лёгка адыйшлі ад сваіх каранёў, а бяз мовы народ ня можа доўга існаваць. У вас жа ў часы Вялікага Княства Літоўскага была вельмі добра разьвітая ва ўсіх жанрах старабеларуская мова." Апошнія словы трошкі зачапілі Славіка.

З моманту, калі пачаў вучобу ва ўнівэрсытэце, прыкмячаў пытаньне роднай мовы больш і больш выразна. У сямейным доме і роднай вёсцы ўсе старыя людзі размаўлялі на мясцовай гаворцы, якая апошнім часам Славіку здавалася нейкай русіфікаванай мовай, што захавала толькі беларускую манэру вымаўленьня. Маладзейшыя размаўлялі на трасянцы, якая страшэнна рэзала ягонае вуха. На факультэце ў Менску большасьць каляжанак і калегаў сьвядома карысталася беларускай мовай. Часта даходзіла і да дыскусіі, як правільна штосьці сказаць, асабліва ў размоўным стылі. Славік з кожным годам навукі, праведзеным у менскім асяродзьдзі, больш і больш сьвядома карыстаўся беларушчынай, а на старых знаёмых зь вёскі ці школы злаваўся, што размаўляюць толькі па-расейску, а беларускую называюць "дзеравенскім языком". То паляк першы ў размовах зьвярнуў увагу на абсурднасьць сытуацыі, што

адукаванаму, беларускамоўнаму чалавеку трэба, напрыклад, у рэстаране, дастасавацца да мовы афіцыянткі, а не наадварот.

Разважаньні пра тоеснасьць і родную мову на момант адыйшлі з галавы Славіка. Паўзь іх мінулі два хлопцы, мяркуючы з мовы — гішпанцы. Славік трошкі на даўжэй запыніў свой позірк на іх. Выглядалі вельмі пэўна і павабна, адразу было бачна, што не Савецкі Саюз. Міжземнаморскі колер скуры, выпрацаваныя ў трэнажорках фігуры, вымадэляваныя чупры і плаўкі, якія ніводны "сапраўдны" расейскі мужык бы не надзеў, таму што недастаткова мужчынскія. Славіку здавалася, што праз сонечныя акуляры ніхто не пабачыць, што прыглядаўся да замежных хлопцаў так доўга. І ня толькі да іх. Міхал трошкі нахіліўся ў бок Славіка і сказаў сьцішаным голасам: "Яны ў тэме! Гэта адразу бачна!". "У тэме?" — спытаўся Славік. — "Ну, геі значыць. Гэта ж пара пайшла". "А ты адкуль ведаеш?" — спытаў Міхала Славік. "Мой дарагі, ты ўвогуле ня ведаеш жыцьця. Па-першае, Гішпанія ў апошнія гады сталася адной з самых прыязных краінаў для гей-супольнасьці. Там ніхто не хавае сваю арыентацыю, як у Беларусі ці Польшчы. Па-другое, Сімэіз — гэта заўсёды, нават у камуністычныя часы, была і ёсьць Мэка для геяў". Славік пачаў разумець, чаму яму здавалася, што кожны другі хлопец у гэтай мясцовасьці адрознай арыентацыі. Дагэтуль чуў пра гэты горад толькі ў кантэксьце курорту з санаторыямі для лячэньня сухотаў.

Сонца пражыла ўжо немiласэрна, людзі ўсё часьцей зьнікалі з пляжу, каб схавацца ад паўдзённай сьпякоты. Хлопцы таксама сабралі свае рэчы, пайшлі ў адзін з бліжэйшых рэстаранаў з каўкаскай кухняй і працягвалі размову па-беларуску. "А вы што? Із дзярэўні, што разгаварываеце на каверканым рускам языке? Ілі апазіцыянеры?" — хлопцаў раптам адарвалі ад дыскусіі словы, пачутыя з боку. Абярнуліся, а каля іхнага століка стаяла аплылая ў пушыстыя кшталты жанчына сярэдняга веку, апранутая ў моцна стомлены жыцьцём купальны касьцюм, у які не зьмяшчалася ейнае цела. Моцнае дзеканьне і цеканьне з у нескладовым адразу выдавала паходжаньне няпрошанай госьці. "Мы — апазыцыянэры!" — хутка жартам адказаў Міхал. "Підары!" — сказала голасна жанчына. "Толька за дзеньгі эўрасаюза разносіце эту прапаганду эл-гэ-бэ-тэ, цьфу!". Разьвярнулася і пайшла далей, а разам зь ёй дзесяцігадовы сын, які таксама не грашыў добрай фігурай.

Хлопцы зьелі абед і вярнуліся ў арэндаваны апартамэнт адпачыць.

***

Пасьляпаўдзённая дрымота падыходзіла да канца. Міхал выйшаў з душу зь невялікім ручніком, захінуўшы толькі кавалачак цела ніжэй пупка. Славік прыглядаўся да яго зь цікавасьцю. Добры целасклад — мускулісты, але шчуплы. Па загарэлым целе павольна сплывалі кроплі вады. Зьвярнуў яшчэ ўвагу на тое, што Міхал быў трохі валасаты на грудзях і жываце — зголеныя амаль два тыдні таму сьветлыя валасы пачалі ўжо адрастаць на целе і зьлёгку віліся. "Ён высокі," — падумаў Славік, — "напэўна, ня менш за мэтар восемдзесят". Але найбольш падабаліся яму даволі моцна, але раўнамерна пакрытыя валасамі ногі. Гэта выглядала сэксі і па-мужчынску.

Славік ляжаў на ложку і разважаў. На вуліцы паціху зьмяркалася. “Ідзі ў душ і хадзем гуляць, навошта сядзець у пакоі” — сказаў паляк. Прычым прагучала гэта больш як загад, а не прапанова. Празь некалькі хвілінаў хлопцы ўжо ішлі павольна па ходніку. Быў цёплы вечар, сонца сядала. Групкі моладзі весела размаўлялі з алькагольнымі напоямі ў руках. Славік адчуў, як Міхал пацягнуў яго за локаць і сказаў: “Давай тут! Выглядае на файны клюб!”. Над дзьвярыма шыльда “Ёжики”. Клюб знаходзіўся трошкі далей ад галоўнай алеі, абапал якой расьлі магутныя, высокія кіпарысы. Крымскі клімат несумненна спрыяў гэтым дрэвам і расьліннасьці.

Хлопцы ўвайшлі ў клюб, амаль што ўвесь пад адкрытым небам. Частка столікаў была ўжо занятая. Сядзелі як дзяўчаты, так і хлопцы. Унутры панавала разьняволеная атмасфэра, дым папяросаў разносіўся ў паветры. Славік акуратна спазіраў на людзей, якія там сядзелі, і аналізаваў, хто якой арыентацыі можа быць. Селі да століка, замовілі піва і размаўлялі далей на амбіцыйныя тэмы, якія відавочна не пасавалі да месца, — тоеснасьць, патрыятызм, родная мова. Клюб хутка запоўніўся народам, і ўключылі музыку. Славік пачуў песьню Ціны Цёрнэр “Сімплы дэ бэст”. Абярнуліся і... пабачылі жанчыну, якая выконвала гэтую песьню. Хлопцы падыйшлі бліжэй да сцэны зь півам у руках. Людзі ўжо выдатна баваліся. Зьдзіўлены, Славік пабачыў, што сьпявае не жанчына, а мужчына, пераапрануты ў Ціну Цёрнэр з усім патрэбным мэйкапам. “Гэта драг-квін” — сказаў у вуха Славіку Міхал. “Я бачыў яе ўжо ў Кіеве і Маскве ў “Трох Обезьянах” — выдатна сьпявае, сам ён — масквіч”.

Славік пачынаў спакваля адчуваць, як вызваляецца ад сваіх унутраных бар’ераў, атрыманых у спадчыну ад радзімы, ад сям’і на вёсцы. Найперш нясьмела пачаў варушыць нагамі, але праз колькі хвілінаў ужо сьмела танчыў і бавіўся з усімі. Часьцей дакрануўся да Міхала. Пасьля пайшоў і сеў да большага стала, дзе было некалькі хлопцаў-масквічоў. Міхал пачаў з сваёй лёгкасьцю размову з чужымі людзьмі. Паляк штурхнуў Славіка і сказаў яму: “Глядзі, там сядзяць бэры, бліжэй да бару”. — “Хто сядзіць? Не зразумеў,” — спытаўся Славік. “Бэры, ну, мядзьведзі. Гэта адна з гейскіх субкультураў. Яны звычайна

больш валасатыя на целе і часта носяць бароды і вусы. І, канеч-
не, яны нярэдка маюць больш цела, ну, як сказаць, пузатыя.
Але, што важна, яны па характары вельмі файныя, адкрытыя
і лёгка ідуць на сувязь зь іншымі. Любяць апранацца ў стыль
лесаруба. А там, направа, гэтыя маладыя, худзенькія ў шта-
нах з вузенькімі калашынамі, гэта эмо, ну, у Польшчы іх так
называем, такія прынцэсы, князёўны. Даволі часта бываюць
капрызныя". На працягу пяці хвілінаў Славік даведаўся столь-
кі пра гейскую субкультуру, як ніколі раней у жыцьці.

Час плыў у размовах, танцах і выпіўцы. Славік заўважыў,
што час ад часу хлопцы з суседніх столікаў зьнікалі парамі на
дзесяць–пятнаццаць хвілінаў, выходзячы ў бок гайка і кустоў.
"Хадзем таксама на прагулку," — сказаў Міхал, беручы Славі-
каву далонь. Хлопцы выйшлі з клюбу, і паляк пацягнуў сябра
за руку далей у прысады. Адыйшліся колькі дзясяткаў мэтраў.
Сьвятло клюбу зьнікла за дрэвамі і кустамі, навокал панаваў
паўзмрок. Славік ня бачыў ужо дэталяў, толькі абрыс Міхала-
вага тулава. Ягонае цела дрыжэла, як у дзіцяці, якое баіцца но-
вага, незнаёмага. Міхал прысунуўся бліжэй і паклаў далоні на
рукі Славіка. "Табе халодна стала, сябра?" — вышаптаў і яшчэ
больш наблізіўся. Пачаў цалаваць і пяшчотна дакранацца да
Славіка, а ягоныя цёплыя рукі вандравалі то ўніз, то ўверх, па
жываце, грудзях, зноў па жываце, наступнае сэкунды знайшлі-
ся ўжо на падбрушшы. Ніхто ніколі раней так не дакрануўся да
Славіка, які быў яшчэ нечапанікам. Асалода расплывалася па
скуры. Быў як у нейкім райскім амоку. Адначасова страшэн-
на баяўся, што адбудзецца праз момант, але і прагнуў гэтага.
Цалкам страціў кантроль над тым, што зь ім адбываецца, ба-
чыў толькі Міхала на фоне кіпарысаў, якія моцна пахлі пасьля
кароткага дажджу. Паляк перасоўваў межы блізкасьці больш
і больш, насьмелены рэакцыяй свайго сябра. Два мужчынскія
целы былі штораз бліжэй, ужо дакраналіся ўзаемна. Міхал узяў
рукі Славіка і паклаў на сваёй мужнасьці. Быў добра абдораны
прыродай. У галаве Славіка віравала, пульс шалеў. Міхал пра-
цягваў, а ён паддаваўся на ўсё. Паляк разьвярнуў яго сьпінай
да сябе, лоб абапёрся аб цьвёрдае дрэва. Нечаканы боль! Зноў
боль! І яшчэ раз! Але з кожным наступным разам гэты боль

адначасова даваў нязнаную раней асалоду. Паляк рытмічна варушыў сваім клубам, а ягонае дыханьне рабілася больш і больш хуткім — аж заенчыў. Славік адчуў кнуру ўнутры сябе. "Так ты цяпер, мой сябра, пазнаёміўся з найвялікшым сакрэтам мужчынскага каханьня", — вышаптаў Міхал і сакавіта пацалаваў Славіка на завяршэньне.

***

Хлопцы позьнім вечарам вярнуліся ў сваю кватэру. Наташа, Сьвятлана, Алена і Сяргей ужо сядзелі ў кухні і весела размаўлялі, успамінаючы вандроўку ў Бахчысарай. Стомленыя актыўным днём, усе хутка разьвіталіся й хутка заснулі. Апошні дзень правялі на пляжы і шпацырах па Сімэізе. Наташа з цікавасьцю прыглядалася час ад часу то да Славіка, то да Міхала, як бы інтуітыўна адчувала, што паміж хлопцамі штосьці надзвычайнага адбылося. Міхал захоўваўся вельмі натуральна, як раней, жартаваў з усімі і прапаноўваў розныя ідэі адпачынку і забаваў. Але Славік адчуваў унутраны дыскамфорт. Думкі круціліся ў галаве — ці Наташа дадумалася, і што рабіць далей. Ці Міхал — гей, ці, можа, бі? З аднаго боку, пераскочыў унутраны бар'ер, магчыма, самы важны ў сваім жыцьці, пасьля якога ўжо няма вяртаньня да старога, з другога боку, адчуваў і разумеў няпэўнасьць будучыні. Ці пасьля летняй прыгоды застанецца каханьне, ці толькі мілы ўспамін асалоды і пах кіпарысаў?

Славік убачыў Наташу, якая прыглядалася да яго. Падыйшла ўпэўненым крокам. Паглядзела на яго сувора і з пагардай. Тады сказала: "Ён мой! Адчапіся! Разумееш? Або ўсім на факультэце раскажу, хто ты такі!". Разьвярнулася й выйшла.

Цягнік прыехаў у Адэсу, у гэты імпэрскі горад, дзе тройка дзяўчатаў і тройка хлопцаў правялі некалькі гадзінаў. Прагулку пачалі ад прывакзальнага фантану, далей пайшлі алеяй, паабапал якой раслі вялікія плятаны, што давалі прыемны ў гэты сьпякотны дзень зацень і прахалоду. Опэра і славутыя "Пацёмкінскія" сходы, па якіх у фільме зьязджаў вазок зь дзіцём. Хуткі абед — і вечарам ужо вярталіся ў Беларусь. Міхал распавядаў пра палякаў у гісторыі Адэсы, а дзяўчаты параўноўвалі свой загар і набытыя сувэніры.

Пасьля летніх канікулаў Міхал адразу вяртаўся ў Польшчу. Славік разумеў, што пачуцьці да Міхала, якія нараджаліся месяцамі, спачатку плятанічныя, два дні таму раптам і зусім нечакана выбухнулі. Крымскія здарэньні далі яму цудоўныя хвіліны і шчасьце, але і патэнцыйныя праблемы ў будучыні. Трэба было вырашаць, што далей. Чарговыя кілямэтры міналі ў рытме колаў цягніка. А зь імі набліжаўся момант разьвітаньня з Міхалам і час вяртаньня ў вёску. Хуткі цягнік спыніўся на пэроне. Натоўп людзей вырваўся з вагонаў. Група сяброў пачала разьвітвацца. Міхал падыйшоў да Славіка і сказаў: "Дзякуй вялікі за цудоўныя канікулы. Прыяжджай у госьці ў Польшчу! Пакажу табе цікавыя месцы, і сходзім у наш клюб". Паляк абняў Славіка і хутка пераскочыў на другі пэрон, зь якога ад'яжджаў цягнік у Варшаву. Спадарожнікі разыйшліся ў розныя бакі. На вакзале застаўся толькі Славік, які чакаў цягніка ў Віцебск. Сьлёзы ціснуліся яму на вочы. Не было нагоды асабіста паразмаўляць з палякам, падзякаваць яму, сказаць пра свае пачуцьці і, перад усім, спытацца, што да яго адчувае сам Міхал. Ці для яго здарэньне ля кіпарыса было толькі аднаразовай прыгодай, ці зьявіліся ў яго нейкія пачуцьці.

****

Радасны і шчасьлівы Славік вяртаўся лятучкай зь Віцебску ў родную вёску да бацькоў. У памяці заставаліся ня толькі сонца і жоўты пясок на пляжы, які так прыемна перасыпаўся паміж пальцаў ног, але і вялікія пачуцьці, радасьць у сэрцы, новы жыцьцёвы досьвед. Ведаў, што таямніцу з паездкі ў Крым мусіць захаваць для сябе. Не хацеў разьбіць сэрца бацькам. Тут, у вёсцы пад Віцебскам, зноў сустракалася новае і старое, голас сэрца і забароненае, свабода і душэўная турма. Сэрца грукала мацней і мацней. Славік хваляваўся, што радасьць, якую можна было так лёгка цяпер заўважыць па ягоных паводзінах, выкліча ў бацькоў непажаданыя пытаньні. Крок па кроку набліжаўся да хаты. Ягоныя вочы хутка пабачылі, што перад домам стаіць чужы самаход — рэдкі госьць. Бацькі ўжо даўно не запрашалі нікога ў госьці. Славік амаль ужо бег, хутка пераскочыў ганак, увайшоў у пакой і ледзь ня крыкнуў з розпачы.

За сталом сядзелі ягоныя бацькі і Кацярына з сваймі бацькамі, усе радасна і весела размаўлялі. На стале пабачыў дзьве бутэлькі гарэлкі, закускі і сямейны фотаальбом, які ў руках трымала ягоная сяброўка зь дзіцячых гадоў.

"Славік, сыночак дарагой, заходзі да нас! Мы тут і пра цябе разгаварываем," — радасна казала маці. Славік адчуваў, што ягоная будучыня вырашаная бацькамі безь ягонай згоды і прысутнасьці. Прададзеная за дзьве бутэлькі таннай гарэлкі зь вясковай крамы ў імя падтрыманьня адвечнай традыцыі. Сэрца пякло страшэнна. Зразумеў, што завялі яго ў поўны тупік — ці пайсьці за голасам свайго сэрца і страціць бацькоў, ці прыняць волю бацькоў, вясковую традыцыю і замаўчаць да канца жыць- ця, прыкідвацца, што кагосьці кахае, хоць рэальна не кахае.

Праваруч увесь час усьміхалася яму Кацярына, але ейная ўсьмешка здавалася цяпер злавеснай. — "Привет! Как давно не виделись! Как твои дела? Родители сказали, что не женился ещё". Расейская мова рэзала слых. Славік маўчаў і глядзеў то на бацькоў, то на гасьцей, ня ведаючы, што рабіць. "Мы тут ужэ разгаварываем аб свадзьбе, Кацярына толька за," — сказаў ра- дасна бацька, сьмеючыся і трымаючы ў руках чарачку гарэлкі.

Славік паглядзеў на драўляныя дзьверы сямейнай хаты. Там, за дзьвярыма, чакала яго воля, сапраўднае каханьне, але і няпэўнасьць заўтрашняга дня, брак разуменьня многіх лю- дзей. Ці ў гэтай краіне такі чалавек, як ён, можа быць вольным? У галаве гучала слова "воля". Воля? Воля... У горле зрабілася суха. Сэрца калацілася неміласэрна. Славік часьцей і часьцей спазіраў на дзьверы, а менш і менш на бацькоў і Кацярыну, на твары якой зьнікала ўсьмешка. Моўчкі разьвярнуўся і выйшаў з бацькавай хаты на вуліцу.

Публікуецца ўпершыню

ПАЭЗІЯ

Юлі Таўбін

Паэт, перакладнік (1911–1937). Сапраўднае імя — Юдаль Таўбін. Прадстаўнік урбаністычнай плыні ў беларускай паэзіі 1920–1930 гг. Сябра аршанскай філіі “Маладняка” і Беларускай асацыяцыі пралетарскіх пісьменьнікаў. Уваходзіў у нефармальнае літаратурнае аб’яднаньне ТА-ВІЗ (Таварыства аматараў выпіць і закусіць). Аўтар чатырох прыжыцьцёвых зборнікаў паэзіі. 29 кастрычніка 1937 году выяздная сэсія ваеннай калегіі Вярхоўнага суду СССР прыгаварыла Юлія Таўбіна да сьмяротнага пакараньня. У ноч з 29 на 30 кастрычніка 1937 году ў ліку дваццаці шасьці літаратараў быў расстраляны ў двары турмы НКВД.

Ты помніш...

Зьм. Астапенку

Ты помніш, помніш, безумоўна,
І тую ноч, і той настрой,
Што панаваў над намі роўна, —
І над табой, і нада мной...

Драты дрыжэлі пераборам,
Аб нечым дзіўным месяц сьніў,
І рысы даўняга сабору
Так чотка млелі ў вышыні.

Нячутна шамацела лісьце,
Саткалі зоры з срэбра ніць...
У тую воч мы пакляліся
Жыць і любіць... Любіць і жыць.

І мы жылі... І мы любілі...
І несьлі прагу і любоў...
Часы дзяціных сноў-ідылій
Да нас ня вернуцца ізноў...

Быцьцё далей нас весьці стане,
Надорыць новых песень-дум,
І мужнай сталасьці жаданьні
На нас пячатку пакладуць.

А ўжо ня вернуцца з гадамі
Ні тая ноч, ні той настрой,
Што панаваў тады над намі —
І над табой, і нада мной.

Ліпень 1929, Амсьціслаў

Блізкаму

Мне праз тлум і гоманы сталіцы
За шырокай дальлю палявой
Часта зданьню прад вачмі мігціцца
Нечакана — блізкі вобраз твой.

Недзе там, дзе шолахі і ветры,
Дзе кастрычнік вольхі абгаліў,
Можа, пішаш гарадзкім паэтам
Просты, шчыры і адданы ліст.

Выкладаеш сьціслы свой жыцьцёпіс:
“Быў пастух… Калгасьнікам цяпер…
Дасылаю ў вашую часопіс
Свой другі — апрацаваны верш”.

…За акном маім шуміць сталіца.
Дружа мой! За дальлю палявой
多 Многа вас, нязьведаных, таіцца —
Вось таму так блізкі вобраз твой.

Веру я, што зьдзейсьніцца твой вырак,
Поле песьні трэба шмат араць…
Прынясеш калісьці ў вершах шчырасьць,
Пасьлядоўнік, нашчадак і брат.

Ці пачуеш ты мой голас ветлы?
Недзе там, сярод пажатых ніў,
Ходзяць ветры і гуляюць ветры
І кастрычнік вольхі абгаліў.

2 верасьня 1929, Менск

Юры Гумянюк

Паэт, празаік, паляніст (1969–2013). Сябра Тава-
рыства вольных літаратараў, Саюзу беларускіх
пісьменьнікаў і Беларускага ПЭН-цэнтру. Аўтар
кніг паэзіі: "Водар цела" (1992), "Твар Тутанха-
мона" (1994), "Рытуал" (1999), "Вуліца тыгровых
архідэяў. Вершы 1987–2003" (2003) і раману "Апо-
сталы нірваны" ("Калосьсе", № 2–3, 1995).

Ружавокі дракон

Ружавокі дракон мяне вабіць.
Мае ён аксамітную скуру.
Я яго прытулю, як кабету.
Гэта будзе сапраўднае шчасьце.
Ружавокі дракон стане добрым
і схавае драпежныя зубы.
Ён адчуе нястомнае сэрца,
ўвойдзе ў транс, як індыйскія ёгі.
Ружавокі дракон адыходзіць,
дзе нічога няма. Толькі мары
ў галаве, нібы піва ў барылцы,
робяць шэра-зялёную пену.
Ружавокі дракон, мой маленькі,
сьпі салодка да лепшай гадзіны,
сьпі, пакуль твой адбітак сьсівелы
люстраное захоўвае цела.

1991

Вар'яцкі кірмаш

Ідуць-брыдуць бляндыначкі
падобныя да кветачак.
Калі намаляваныя —
тады зусім прыгожыя,
нібыта перапёлачкі.

А іншыя чарнявыя
ды надта ж валасатыя,
кудлатыя, вусатыя,
а часама барадатыя.

Ёсьць крыжыкі і нулікі,
ёсьць палачкі і лямпачкі,
ёсьць коміны вялізныя,
ёсьць лёзунгі абсьлізлыя.

Сьпяць хлопчыкі цудоўныя
і мараць пра трохкутнікі.
Жаўнеры сон ахоўваюць,
бы нейкія пакутнікі.

Ды ўсё перамяшалася:
дзе белае? дзе чорнае?
— Зьясі стальныя фаласы! —
сьмяецца неба зорнае.

— Убачыш, дружа, хлопчыкаў,
маленечкіх малойчыкаў,
убачыш сотні палачак,
і кветачак, і лямпачак,
і дроцікаў, і коцікаў,
і конікаў, і слонікаў,
іголенькіх жывоцікаў,
мо і блакітных гномікаў.

Цяпер жа ўсё дазволена,
пайшлі, пайшлі за мной!

1990

Акт

Славаміру Адамовічу

Перапоўнена спэрмай паветра,
ажно дыхаць амаль немагчыма,
ажно стогне ў магіле Дон Пэдра,
адчуваючы здольнасьць мужчыны.

Рассыпаюцца вежы касьцёлаў...
Эх, няблага б займець па цагліне —
шараваць інфантылак дзябёлых
ці ў аборы азадкі скаціне.

Твой лірычны герой не ўмірае,
сьцяўшы зубы, стаіць на каленях,
цьвёрды фалас сьліной навільжняе,
нібы так запаведваў сам Ленін.

А за шыбай гудуць жамярыцы,
быццам "юнкерсы" над Сталінградам.
Будзь, што будзе. А мо ажаніцца?
Ці павесіцца ля калюмнады?

Чэрвень 1993

Мазахізм

Прыемна кахацца з чырвоным вар'ятам.
Ахвяраю будзеш, а ён — тваім катам.

1990

Гарэлкі поўны капялюш

Мне падабаецца цяжарны супэрмэн,
які здымае ў час сустрэчы капялюш,
ажно рагоча да зьнямогі Дыяген
і налівае ў капялюш гарачы пунш.

А на ўзьбярэжжы лесьбіянкі правяць баль.
Ім мэвы песьні эксклюзыўныя пяюць
пра тое, што завод "Электрасталь"...
На жаль, праз радыё нам гэта не пачуць.

Бо бае байкі паспаліты графаман
пра дуб зялёны і ката на ланцужку.
Зьвярок трымае ў роце жоўты туліпан
і паварочвае разумную башку

то ўзад, то ўперад, быццам спаміж ног
яму загналі аграмадны мэгафон.
Сацыялізм нас канчаткова перамог,
а найспрытнейшыя зьлінялі за кардон!

Аднак сьмяецца напаўп'яны Дыяген:
"Зьлятай на плошчу і пачварны помнік зруш,
а я табе, цяжарны дружа-супэрмэн,
налью гарэлкі поўны капялюш!"

18 кастрычніка 1992

Дзень, як тыдзень

Абсалютна новыя крэацыі:
а гадзіне ночы — фасцынацыя,
раніцай — другая мастурбацыя,
а на працы — дэкамунізацыя.

Сябра зноў раскажа пра палюцыі,
сакратарка аб вандроўцы ў Турцыю,
шэф падпіша хутка рэзалюцыю,
каб спыніць нарэшце прастытуцыю.

За абедам пачынаем акцыю —
паўшчуваць парляманцкую фракцыю,
падтрымаць адно прыватызацыю
і забараніць русіфікацыю.

Увечары, каб зьнішчыць гіпакрызію,
паглядзіш у хаце тэлевізію,
вып'еш шклянку белае магнэзіі...
Вось яна тыднёвая паэзія.

Вясна 1993

Патаемны дар

Сьцякло агністае сьвяціла
з патэльні тлустаю ракой
праз ненавостраныя вілы
на андрагінны смутак твой.

Бо што з таго, калі забыцца
на два пачаткі ў галаве?
Хай захлынаецца сталіца
ў распусным месячным сяйве!

Хай праўда ў сьметніку зарыта,
ты маеш патаемны дар —
мужчынскі чэлес і жаночы твар.
Зайздросны лёс гермафрадыта!

19 кастрычніка 1996

Шандар

Паэт. Нарадзіўся ў 1972 г. у Дэбрэцэне (Вугоршчына) у зьмяшанай беларуска-вугорскай сям'і. Завочна скончыў гістарычны факультэт Віленскага гуманітарнага ўнівэрсытэту. Друкуецца з 1989 году.

Горад

Горад. Тысячы целаў
Абліваюцца потам,
Закаваныя ў латы
Згрызот і турботаў.

Горад. Тысячы думак
І мільёны сумненьняў
У разумных галовах
Стракатых адценьняў.

Горад. Тысячы душаў.
Рвуцца з клетак на волю.
Ды ня вырвацца ім
З гэтых турмаў ніколі…

Сябру

Ты адляцеў, як птушка ў цёплы край,
махнуўшы мне крылом.
Шчымлівае "бывай" вятры перадалі
і расказалі зоры, прабіўшы мне душу.
На белапенным моры ўзьняўся грозны вал.
І дзікае цунамі любові й небыцьця,
мой дружа, паміж намі.

Патаемнаму сябру

Проста ты мне прабач.
Не папракай дарма.
І не шукай у душы
Тое, чаго там няма.

Што ж я зрабіў табе,
Каб адчуваць недавер?
Рэўнасьць сьляпая твая —
Ціхі драпежны зьвер.

Кінь у падушку твар,
Сон залаты прысьні…
Колькі ў вачах тваіх
Сёньня было хлусьні.

***

Вецер з лісьцем панёс
Твой узрушаны ўздых.
Цёплы дотык рукі зьнік,
Як барва нябёсаў.
І ні болю ў душы,
І ні крыку ў душы…
Нават сьлёзы — ад ветру,
Напэўна, былі.

Шапаценьне лістоты
прыглушыць мой крок,
шум дажджу
сьлед няўпэўнены змые…
Ты чакай —
можа стацца, знарок
нас зьвядуць
пуцявіны старыя.

Ты перабольшыў зноў. Здаля
І горы падаюцца кропкай.
Жыцьцё ацэніць нас: пасьля
І паасобку.

Я адыходжу. Не дрыжы,
Ня зводзь у сьлёзах маладосьці.
Не выдавай сваёй ілжы
Шаленствам злосьці.

Жыцьцё працягвае свой бег,
Заўзята выбівае скерца.
Я прабачаю кожны грэх:
Ачысьці сэрца.

І пойдзеш, радасны. Спрасон
На небе сонейка ўсьміхнецца.
І не згадаеш гэты сон —
Усё мінецца.

***

Вецер па даху б’е,
Вечар шкрабе ў акенца,
Нібы пытае: "Табе
Сум разьядае сэрца?
То не бяды — чакай,
Будзе і сэрцу май,
Калі душа прачнецца".

Хвалям бурлівых рэк
З мора не павяртацца —
Сэрцу цябе павек,
Мусіць, не дачакацца.

Дождж без супынку лье,
Хмары здушылі неба...
Не, ты ня ўспомніш мяне.
Пэўна, што так і трэба.

***

Я далёка зьязджаў
Сярод цемры і ночы.
І праводзіў мяне
Чыйсьці позірк сірочы.

Цяжка дыхаў натоўп,
Цягнікі грукацелі.
І ў далёкія дні
Мае думкі ляцелі.

Дзе ты зараз? Ці я,
Як у леты былыя
Гэткі ж любы табе?
Думкі нашы ці тыя?

Я не плакаў вачмі,
Толькі сэрцам я плакаў,
Што праводзілі ўсіх
Ці сябры, ці сабакі —

Я ж далёка зьязджаў:
Сярод цемры і ночы.
Разьвітаўся са мною
Толькі позірк сірочы.

Пагляд

Пагляд, самотны твой пагляд…
Уся праўда — ў ім.
Што ж, ня йдзе жыцьцё на лад,
А мы — маўчым.

А мы — маўчым, бо плыні фраз
Не перадаць
Пачуцьцяў тых, што ў кожным з нас
Баляць.

І хлусім зноў, што нам ня ў знак
І ўсё адно,
Дзе будзе жыцьцё, з кім і як,
І што яно.

І ўсё шукаем, як сьвятло
Зачын прычын.
Хаця ня родныя даўно —
Таму маўчым.

Трыпціх

1
Вялікі боль бывае толькі раз —
На ўсё жыцьцё. І час бездапаможны.
І не схаваць за бесклапотнасьць фраз
Шалёных думак і настрой трывожны.

Прыхільнасьць не мінае прыгажосьць,
Якой паклоны і пакуты трэба.
Мая душа ў тваёй — часовы госьць,
Што спачывае па шляху да неба.

Ды аднаму не выпадае шлях,
Бо сярод зор не існуе бязбожнік.
Табе ж нязнаны жах,
Майго каханьня вечны спадарожнік.

2

Крані раяль пяшчотнаю рукою —
Хай музыка за намі ўсьлед блукае.
І сэрца верне страчаны спакой,
Тваю душу па нотах адшукае.

Салодкі ўздых ускалыхне ад сноў.
Ты зразумееш — не бывае позна.
І нас з табою сьвет народзіць зноў,
Злучыўшы тое, што існуе розна.

У гэты сьвет ішлі мы па адным:
Хто за каханьнем, а хто іншым шляхам.
Змывае музыка паволі з твару грым.
Нібы цябе, цалую ноты Баха.

3

Застанься шчэ на паўгадзіны.
Дай мне з табою гэты час пражыць.
Пасьля цябе — няўлоўныя ўспаміны,
І сэрца перад вечнасьцю дрыжыць.

Чужога шчасьця бляск і пазалота
Хай вабяць тых, хто не акрэп крылом.
Мы — першы сноп апошняга ўмалоту.
Твая душа — Гамора і Садом.

Мая, збалелая, знаходзіць асалоду
У шэпце вуснаў і пяшчоце рук.
Што паўгадзіны для бяздоні года! —
Шчасьлівае імгненьне між пакут.

Птушкі на цернях

Д'ябал з Анёлам стаялі пры мне,
Я іх ня слухаў. І цень па сьцяне
Мой уцякаў ад пажадных вачэй.
Юр разгараўся ярчэй і ярчэй.
Я разрываўся на часткі і стогны
Зводзілі болем мне пругкія сьцёгны.
Сьвет нараджаўся і гінуў адразу —
Бог абмываў з рук прачыстых абразу.

***

Я не прашу аб давараньні:
Жыцьцё — ня грэх:
Спакусы, горач, спадзяваньні,
У вочы — сьмех.

Кахаем тых, хто не жадае
Такіх, як ёсьць
Ад нараджэньня мы. І маем —
Самоту, злосьць.

У мроях, дзіўных летуценьнях
Ня бачым мы,
Як топчам любыя нам цені
Сярод травы.

Напояць сэрца: болем — лета,
Тугой — мурог,
Дзе я хацеў сказаць пра гэта,
Але — ня змог.

Яна Крэмень

Біялягіца ўдзень, паэтка ўначы. Вучаніца Школы маладога літаратара W/Rights пры Саюзе беларускіх пісьменьнікаў і Беларускім ПЭН-цэнтры. Удзельніца паэтычных чытаньняў і адкрытых мікрафонаў Менску.

***

гэта не прапаганда.
гэта не пра паганцаў.
хворы амаль па гланды,
мусіш 3D-трымацца.

што не пра нас — трын-травы,
што мне Парнас — трым-цені.
будзеш са мной ласкавы,
шэрасць паўста адценняў?

постаць пасля прыгону,
годнасць пасля пагосту:
нават шоў маст гоў оны
трэба рабіць па ГОСТу.

моўны нямодны стрыжань
вырас — паўстаў юрлівым.
каб бездакорна жыць у
гэтай краіне квірам,
ведай свае віры.

Артур Камароўскі

Паэт, пэрформэр і куратар (нар. 1991 г.). Скончыў ШМП пры ГА "Саюз беларускіх пісьменьнікаў" (2013, 2020). Друкаваўся ў беларускіх часопісах ("Дзеяслоў", "Маладосьць" і інш.), на шматлікіх інтэрнэт-парталах ("Таўбін", Двоеточие, полутона і інш.), а таксама ў калектыўных зборніках "Вот они, а вот мы", "На языке тишины" (2021). Ляўрэат прэміі "Дэбют" імя Максіма Багдановіча (2021) за дэбютную кнігу вершаў "Вада пачынае жыць". Другі паэтычны зборнік "Corpus Vile" выдаў у 2023 г. Удзельнік міжнародных фэстываляў пэрформансу і мастацтва "Рэбра Евы", "Performensk", "Carbonarium", "NOW". Удзельнік ВІА "Красный Борщевик".

ЁН

***

забытыя хаты нічыйныя гарады самотныя дрэвы
так шмат пра што ёсць падумаць
а я назіраю як ты змагаешся з хвалямі —
сёння ты не належыш нікому
быццам гарачыя камяні з кішэні
бога або вады
набірай у далоні і дыхай
плыві
нашы прыпынкі паркі палі
чакаюць вернага слова "калі"
вецер шэптам на вуха кажа
глядзі які ён прыгожы ў солі і ў сонцы
гляджу прымружваю вочы
Africa has a shape of a broken heart
хочацца плакаць
слухаць як хвалі казычуць бераг
і моўчкі з кімсьці згаджацца
так
так

***

вецер спытае
на якой мове мы размаўляем
а я не знаю
бо ён як прыйшоў
то разабраў маю мову і навучыў сваёй
я да сёння дарма шукаю мае моўныя сховы ўлонне і берагі
з ягонаю мовай я безабаронны але свабодны
ценем на плечы кладзецца моўная плынь
заплюшчвай вочы і спі
пакуль ён складае слоўнікі з марскога камення і сонца
выбірае найлепшае
і жывое

***
нас яднаюць многія рэчы:
музыка што ліецца скрозь белыя пальцы чорнага піяніна
тваё захапленне савецкім кіно і мая да яго нелюбоў
непрачытаныя кнігі якія выціснулі нас з кватэры
(у маім ідэальным свеце,
тое, аб чым я думаю, калі абдымаю цябе перад сном)
нашы кветкі якія ты называеш сваімі
віно як альтэрнатыва вадзе
гарады як метафара ўваскрашэння

што мая мова без твайго імя?
ірваная тканіна
бялізна расцягнутая ад аднаго да другога дома —
нябачная лінія сутыкнення нашых з табой языкоў
пярэстыя літары незнаёмага алфавіта

***
уяві што я табе не пішу
ты не чытаеш
мае лісты празрыстыя лёгкія і без зваротнага адраса
штосьці сярэдняе паміж пахам травы
і пальцамі ўзнятымі над клавішамі

калі б я пісаў то распавёў бы табе пра забытыя рэчы непатрэбныя рэчы
рэчы якія мы не бяром з сабою ў новыя гарады
рэчы якія не належаць нікому
пра тое як можна без рэчаў адчуваць сябе надламаным але жывым

як сонца ходзіць па коле забыўшы навошта
як птушкі малююць у небе працяжнікі кропкі коскі
іншыя невядомыя ніводнаму чалавеку літары
як становіцца лёгка калі запальваюць ліхтары

толькі ўяві
з усіх цудаў свету мне патрэбен толькі адзін

***
каб сказаць самае важнае заўсёды замала слоў
думаеш думаеш а пасля проста ляжыш пасярод нічыйнай травы без сіл
як цябе называць якія літары прыручыць
дзе націскаць укл/выкл
я пакуль што не ведаю большага слова за слова "ён"

таму мы так часта маўчым
я — перабіраючы словы ў роце якіх няма
ты — таму што і ёсць тым словам

а ў дзяцінстве ўсё было проста
глядзіш праз каляровы шкляны аскепак на сонца
і не мружыш вочы
так табе добра ў сваёй немаце і самоце

***

нічога не бойся — ніхто назаўжды не сыходзіць
няма каму ўваскрасаць
апроч вады
проста трымай маю руку
моўчкі глядзі за лінію што прашывае зямлю і неба
расшыфроўвай пра што гавораць з намі сабакі пакінутыя гаспадарамі
ў горадзе лёгка застацца самім
напэўна таму яны самі
белы смешна бурчыць на кагосьці ў бясконцай цемры
пакуль мы ядзім баклаву
запіваем турэцкім чаем —
а там толькі хвалі

я б хацеў каб нас з табой пазнавалі —
як адно вялікае і жывое
як у тым рэстаране
май фрэнд, хаў а ю? — і вось самавар разлівае тое што нас сагрэе
(нягледзячы на духату)

я б хацеў каб мы сталі адным вялікім сабакам
і неслі варту
колькі хопіць сабачага дыхання і святла
верачы ў вечнае і зямное.

***

нам бы радавацца хваль наплыву пасля вялікага шторму
свайму ацаленню
глядзець як мора аддана робіць сваю работу
запамінаць уздымы яго пазяханні выгібы і павароты
ўзоры камення
як бераг хвалі глытае беззубым ротам
усё што пакуль супрацьстаіць цемры няволі і гвалту —
выпісаць вывучыць выкрычаць разам з ветрам

ты выходзіш з мора — суцэльны адбітак бога —
грэцкага рымскага ды няважна якога —
пакідаеш на вострай гальцы сляды
я бачу як кроплі малююць на скуры тваёй узоры
раскрываю абдоймы
кажу табе не прамаўляючы слоў —
хадзі сюды.

***

калі б мы маглі пазбавіцца чалавечага
то вучыліся б жыць у дрэваў —
бамбука кедра і эўкаліпта
я б напэўна не так як ты —
проста аддана смела
з верай у спорны дождж і бясконцасць лета —
а неяк інакш
мы б тады абдымаліся веццем сарамліва й няўмела
нібы нам дзевятнаццаць і наперадзе —
аніякіх зменаў і перашкод
расці сабе перашэптвайся шапачы
падбірай пад сезон лісцё
мы б тады былі побач даўжэй за жыццё

ты б глядзеў на мяне праз кару як я сплю
я б не спаў

***

словы рассыпаныя на зямлі нібы рудая ігліца
паэзія — процістаянне зямлі і неба
я гляджу як ты выклікаеш таксі
шукаеш наш дом на карце
думаю што мне яшчэ трэба
напэўна таму мне так часта не спіцца
што я не прыдумаў да якога слова ты ўсё ж падобны

мовы ўва мне спрачаюцца па-англійску
калі ты гаворыш са мною амаль без акцэнту
калі ты падаеш у абдоймы
сонны падобны да слабага бога
я думаю як мне застацца
як не разбіцца

***

перацерці ў далоні лаўровы ліст каб адчуць што яшчэ жывыя
так пахне чужое лета якое мы разлюбілі
пасярод неабдымнай любові
пазбавіцца болю
а пасля да яго вяртацца
грэцца дзікаю птушкаю са зламанымі крыламі
калыхацца

ты пытаеш як называецца вуліца
той рэжысёр
што здымае фільмы пра звычайных людзей
некранутых вайной і смерцю
я б хацеў прыдумаць такое слова
каб усё гэта
перацерці.

***

згуляем з табой у гульню — хто не схаваўся той будзе відзён
хто не развучыўся смяяцца не будзе плакаць
я думаю хто будзе першы
як цябе сустракаць пасля начной варты
колькі спатрэбіцца дзён
каб падлічыць усе нашы страты
набыткі і гарады
колькі цяпла яшчэ могуць вытрымаць нашы плечы
колькі цябе ў гэтых вершах

колькі спатрэбіцца дзён
каб выпісаць словы і раскласці іх на марфемы
каму і які ўручаць прыз
ты заўжды перамагаеш і сон і вецер
я бачу як літары ў роце складаюцца ў арапрыс[1].

Зборнік "Corpus Vile" (2023)

---

[1] Арапрыс – з груз. "няма за што".

ДРАМАТУРГІЯ

Мікіта Ільінчык

Тэатральны рэжысэр і драматург. У 2020 годзе скончыў рэжысэрскі факультэт Расейскага інстытуту тэатральнага мастацтва (ГІТІС), тамсама вучыўся на тэатразнаўчым. У 2021 годзе дэбютаваў як рэжысэр і драматург з спэктаклем "Добразычліўкі" паводле рамана Дж. Літэла ў маскоўскім Тэатры на Малой Броннай. У 2021 годзе ён стаў ляўрэатам драматычнай прэміі "Аўрора" гораду Быдгашч за тэкст "Dark Room". У 2022 годзе дэбютаваў у Польшчы ў якасьці рэжысэра і драматурга з спэктаклем "F***ing in Brussels" у Польскім тэатры ў Быдгашчы. Як драматург працаваў з рэжысэрам Войцэхам Фаругам над спэктаклем "María de Buenos Aires" у Вялікім опэрным тэатры Варшавы (2023).

DARK ROOM

Вітаю! Мяне клічуць ——————.

Або tester1998.

Мне крыху цяжка гаварыць, таму я выбраў "фармат тэксту".

Калі ласка, кіруйцеся ўказаннямі, якія будуць вам дадзены ў "фармаце тэксту".

Для прачытання "фармату тэксту" пажадана мець доступ да інтэрнэту.

Важна: у тэксце выкарыстоўваецца ненарматыўная лексіка, таксама выкарыстоўваюцца эратычныя матэрыялы; тэкст змяшчае непрыстойныя сцэны.

Вы не абавязаны чытаць "фармат тэксту" у адзін вечар; вы можаце чытаць яго часткамі ці ўвогуле не чытаць.

Вялікая просьба: калі вас могуць абразіць матэрыялы "фармату тэксту", выйдзіце з гэтага тэксту.

 **REC.78000009**

Мне выдзелілі шафку, на ёй быў намаляваны пеўнік. Шафка жоўтая такая. Там у кожнай шафкі свой колер быў і наклейка: пеўнік, бегемоцік, кветачка. І вось я сядзеў ля гэтай шафкі і расхуярваў калготкі. Без паняцця, чаму я сядзеў у калготках, але я цягнуў нітку за ніткай. Спачатку была на калене маленькая дзірачка, а я ўсё цягнуў, драў. Потым мне прынеслі чэшкі і павялі на танцы. У выкладчыцы быў музычны цэнтр, куды яна ўстаўляла касеты "Хіты 80-х". Дый сама яна была падобная на Майкла Джэксана.

Мяне, шчыра кажучы, моцна злуе, калі думаюць, што ў дзіцячых дамах робіцца нейкі непраглядны гамон. На самай справе не. І, мабыць, гэта праблема, ну таму што, тыпу, ведаеш, адтуль выходзяць такія ахуелыя хлопцы і дзяўчаты, тыпу "нам усе павінны". Разумееш?

Ну таму што, блін, там куча нейкай гуманітарнай дапамогі з Еўропы, там, Ірландыі. І яны такія прысылаюць гэтыя каробкі, пакуюць іх прыгожа, каб, тыпу, мы парадаваліся, а ў нас рэальна перадоз ад мілкі і кіндар-сюрпрызаў. Там нянечкі рэальна забіраюць дамоў гэтыя каробкі, таму што ў іхніх дзяцей такога няма.

Карацей, вось гэтыя стэрэатыпы, тыпу дзедаўшчыны, гвалту, — гэта проста нейкая савецкая тэма. Ну тым больш, ты разумееш, што як бы, тыпу, твая біялагічная маці наўрад ці табе купіла б там Рыкер Спорт ці конверсы. Ну ніхуя яна не купіла б. Вось таму не ведаю я.

І вось гэтыя ўсе прыходзяць такія, ну каб узяць дзіця, такія думаюць, што мы такія няшчасныя, пакутуем тут. А мы не падыходзім да іх. Ну ў шмоню! Нам і тут норм.

Хаця, мабыць, проста я быў у такім дзіцячым доме.

Многіх ломіць па выхадзе, ведаеш, гэтая няздольнасць стварыць свой расклад. Вось ёсць, напрыклад, The Sims, і ты кіруеш Сімам, даеш яму задачы. І ён такі: "Ваў!" А калі пакінуць гэтага Сіма, дык ён пачне махаць рукой і крычаць, тыпу: "Гэй, шавель, я тут, скажы мне, што рабіць". А ты такі: "Ну порхай у басейн", — і прыбіраеш лесвічку. І ўсё. Ну вот прыкладна такі стан, так.

Александр Лукашенко в детском доме 29.08.2014

Там, разумееш, кожны дзень падобны на папярэдні, усё строга па раскладзе, і ты прывыкаеш да гэтага кантролю, таму ўспомніць штосьці цяжка. Я там увогуле быў як у вакууме. Нічога не чуў, проста ішоў туды, куды ідуць усе. Глядзеў туды, куды ўсе. Гэта зручна. Так час хутчэй праходзіць.

Я памятаю два дні. Калі да нас прыязджаў прэзідэнт з сынам, і калі мяне забралі.

МІКІ МАУС І МІНІ МАУС СПРАБАВАЛІ ЭКА, АЛЕ БЕСПАСПЯХОВА

У кабінеце Юліі Уладзіміраўны халоднае электрычнае святло. У такім святле апрыёры ніхто не можа быць прыгожым.

ГОЛАС. Вітаю!

МІНІ. Добры дзень!

МІКІ. Прывітанне!

ГОЛАС. У вас ужо ёсць вопыт зносін з усыноўленымі дзецьмі?

МІНІ. Так, бясспрэчна! Амаль чатырнаццаць гадоў мы ўсынаўляем падлеткаў.

ГОЛАС. Які пол дзіцяці вам больш пажаданы?

МІНІ. Хлопчык.

МІКІ. Безумоўна! Хлопчык.

ГОЛАС. Узрост?

МІНІ. Чатырнаццаць.

ГОЛАС. Вам вядома, што гэта вельмі цяжкі ўзрост?

МІКІ. Мы паспяхова з гэтым спраўляемся.

МІНІ. Абсалютна дакладна!

ГОЛАС. Магчыма, яшчэ нейкія пажаданні?

МІНІ. Здароўе.

МІКІ. Добрыя паводзіны.

МІНІ. Веданне англійскай?

МІКІ. Было б цудоўна!

ГОЛАС. Ваш заробак дазваляе вам утрымліваць дзіця?

МІКІ. Так.

МІНІ. Плюс мы атрымлівае дапамогу. Гэта не праблема.

ГОЛАС. Цудоўна! Ваша жылплошча адпавядае патрабаванням?

МІНІ. У нас дом.

МІКІ. У нас загарадны дом. І другі паверх для дзяцей.

ГОЛАС. Ну што ж! Выбірайце!

*Калі ласка, увайдзіце ў ваш **Instagram**.*
Націсніце "Дадаць гісторыю".
Унізе пракруціце да пошуку.
Націсніце "Пошук".
*Увядзіце **What Disney Princess**.*
Націсніце "Паспрабаваць".
Прымерайце маску.
Выстаўце ў свае сторыз.
Запомніце імя вашай прынцэсы.

REC.78000546

Там усё неяк у момант адбылося. Па праграме мяне ўзяла сям'я з Шатландыі. Прыехалі, ну я ведаў англійскую. На ўзроўні "хэлоў, май нэйм із ——————, ай'м фром Беларус, Мінск із э кэпітал оф Рэпаблік оф Беларус, ай лайк мултфілмз энд ганз". Ну тыпу таго. Ну прыехалі мужчына і жанчына з Англіі і выбралі мяне, зрабілі дакументы там, дазвол ад цёткі. А мая цётка жыла ў Смалявічах, туды з'ездзілі, потым у пасольства хадзілі, якое на Нямізе, мяне там сфоткалі. У цэлым так, я быў рады, тыпу прачнуўся. Ну Англія, курва, а не кватэра на Каменнай Горцы ў васямнаццаць. Хаця кватэра на Каменцы таксама зашчаміся. Але Англія круцейшая.

Я не верыў, што яны выбралі мяне, таму што калі прыязджаў Лукашэнка, мяне нават па тэліку не паказалі, проста ў калідоры стаяў, калі ён праходзіў, і ў актавай зале я на апошнім радзе сядзеў. Ну і ўвогуле прапіхвалі іншых дзяцей: на сайце дзетдома фотку паставяць першай, напішуць паболыш інфы ўсякай пад гэтай фоткай, а мяне асабліва не. А тут вось бацькі.

Карацей, паляцелі мы ў Глазга (ну тады я не ведаў, што такое Глазга), я першы раз на самалёце ляцеў. А жылі мы каля Глазга, невялікі горад. І там было ўсё нармальна, там было яшчэ трое хлопцаў — з Сербіі, Малдовы і Латвіі хлопец. Я пасябраваў з Жэнем з Латвіі, мы былі аднагодкамі, ну і ён па-руску гаварыў, ён увогуле рускі быў, а не латыш. А тыя малодшыя былі, нам па чатырнаццаць, а тым па сямі недзе. Жэня з імі гады тры жыў. Мы з ім курыць сталі, у школу хадзілі разам. Ну першы год я маўчаў, і мы ў розных класах апынуліся, хаця я старэйшы за яго амаль на год. Англійскую я недзе за месяцы тры вывучыў.

Увогуле сям'я як сям'я: у іх былі парнікі, расліны ўсялякія, мы там дапамагалі. І добра, што было гэтае пачуццё Сіма, калі ты разумееш, куды ісці, куды выйсці.

І асабліва, ведаеш, мы не размаўлялі, тыпу гэта было больш падобна на такі працоўны хосцел бясплатны. Увогуле, вельмі хутка прывыкаеш. Толькі першы месяц глядзіш-усміхаешся: машыны з іншага боку ездзяць, прыкольна ўсё, — а потым як бы і ўсё. Ну мабільнік мне купілі, я яго згубіў.

І ўсё так неяк гладзенька, хаця я ад нерваў вельмі многа драчыў. Не ведаю, можа, такое самапазнанне ці як там яно называецца?

У нас у школе быў тэатр, ну і для мовы мяне туды адправілі, бо я тыпу рускі, хаця я казаў, што я фром Рэпаблік оф Беларус, усім пох, таму што я рускі. І Жэня з Латвіі таксама рускі, а малы серб не рускі. Ну пох.

Карацей, там кіраўнік тэатра быў такі Стывен, вельмі забаўны педык гадоў пяцідзесяці, рэальна як з кліпа Bronski Beat, такі маленькі і руды. У яго дачка была, я такі: "Ваў! Так можна?" Ахуець! Ён, карацей, вырашыў з намі рабіць "Вішнёвы сад" Чэхава. Увогуле, я ў школе не чытаў Чэхава, ну і п'ес таксама не чытаў. Карацей, пачалі мы рабіць гэты спектакль, і пачаў-ся нейкі гамон. Не адпраўляйце сваіх Сімаў у тэатральную студыю.

ВІНЯ-ПЫХ ЦЯБЕ КРАНАЕ. ВІНЯ-ПЫХ ЦЯБЕ ХОЧА

REC.78044001

Ты чытаў гэтую п'есу?

Там, калі коратка, так: вельмі дэпрэсіўная амаль пажылая жанчына (Ранеўская), якая малодзіцца, прыязджае ў Расію, у свой стары маёнтак, дзе жыве яе сям'я, і трэба прадаваць зямлю, каб выплаціць даўгі, а на гэтай зямлі вішнёвы сад, які ёй вельмі-вельмі дарагі.

І там яшчэ быў такі хлопчык Грыша, гэта мёртвы сын Ранеўскай, які патануў.

Наш спектакль іграўся ў пакоі Грышы. У нас сапраўды іграў хлопчык, ён быў глуханямы. Мы паставілі плазменны тэлік, падключылі да яго плэйстэйшн, і гэты хлопчык увесь спектакль гуляў у Counter-Strike, было вельмі шмат крыві на экране, і ў ціхія моманты там, падчас паўзаў, былі чутныя перастрэлкі і голас.

Стывен іграў Шарлоту Іванаўну, гэта было, вядома, дзіўна, але, увогуле, спачатку ён мераўся на ролю Ранеўскай, так што лепей сапраўды Шарлота. Я іграў Пецю Трафімава.

Жэня іграў Гаева, гэта брат Ранеўскай.

Мы ігралі сваімі словамі. Гэта не зусім такі спектакль, дзе трэба было вучыць кожнае слова. Мы проста разумелі сітуацыю, ну, тыпу, ведаеш, прыехала гаспадыня дома, або там чаканне гаспадыні, ну банальна.

ШАРЛОТА. Ён быў такім цікавым хлопчыкам, я яго добра памятаю.

ТРАФІМАЎ. Колькі яму было гадоў?

ШАРЛОТА. Мне здаецца, гадоў сем або восем.

ТРАФІМАЎ. А што з ім здарылася?

ШАРЛОТА. Ён патануў.

ТРАФІМАЎ. Чаму мне не казалі, што ён патануў?

ШАРЛОТА. Таму што гэта вялікі сакрэт. Нельга расказваць сакрэты. (*Дакранаецца пальцам да маіх губ.*)

ТРАФІМАЎ. Я памятаю яго пахаванне.

ШАРЛОТА. Там было так мала гасцей. Маці нікога не хацела бачыць. Яна была ў смутку.

ТРАФІМАЎ. А цяпер як яна?

ШАРЛОТА. Быццам бы нядрэнна, я яе забаўляю, мы ходзім на прагулкі. (*Хіхікае.*)

ТРАФІМАЎ. І яна не ўспамінае пра яго?

ШАРЛОТА. О не, я не дазваляю гэтага. Навошта гэта ўспамінаць? (*Шарлота надзявае на мяне вянок.*) Табе пасуе! Падыдзі да вады, паглядзі, як табе пасуе. Праўда, табе пасуе?

Падыходзіць да вады і глядзіць на адлюстраванне.

ТРАФІМАЎ. А чаму яго не выратавалі? Хіба нікога не было?

ШАРЛОТА. Я была побач. Я проста не паспела. Ты ўмееш плаваць?

ТРАФІМАЎ. Чакай! Чаму ты не выратавала дзіця?

ШАРЛОТА. Паказаць табе фокус?

Трафімаў. Чаму ты яго не выратавала?

ШАРЛОТА. Глядзі!

ТРАФІМАЎ. Ты ж бачыла, як ён захлынаецца.

Кідае ў ваду карты.

ШАРЛОТА. Таму што так трэба было.

Збіраецца ісці.

ТРАФІМАЎ. Пачакай!

ШАРЛОТА. Што? (*Глядзіць, усміхаецца.*) Паказаць фокус? (*Падыходзіць і пхае ў ваду.*)

Вось мы ігралі гэтыя невялікія сітуацыі, і так рабіўся спектакль.

(Гасіць свечку.) (Пазяхае і пацягваецца.) (Прыслухоўваецца.) (Аддае Дуняшы букет.) (Аддае Дуняшы букет.) (Аддае Дуняшы букет.) (Аддае Дуняшы букет.) (Аддае Дуняшы букет.) (Аддае Дуняшы букет.) (Плача.) (Цалуе брата, Вару, потым зноў брата.) (Цалую Дуняшу.) (Знімае з Ані паліто, капялюш.) (Смяецца, цалуе

яе.) (Папраўляе валасы.) (Глядзіць у свае дзверы, пяшчотна.) (Глянуўшы на кішэнны гадзіннік.)

 Пасля рэпетыцыі я заставаўся ў школе. Ну неяк так выходзіла, што я заставаўся. Я акуратна складваў свой касцюм, адключаў плэйстэйшн, выключаў плазму, адносіў са сцэны кветкі. У выніку ў актавай зале застаўся я і Стывен.

ШАРЛОТА. Так хочацца пагаварыць, а няма з кім... Нікога ў мяне няма...

ЯШЧЭ Я. Так, Стывен, гавары, што ты хочаш сказаць?

ШАРЛОТА. Так хочацца пагаварыць, а няма з кім... Нікога ў мяне няма...

ЯШЧЭ Я. Гавары ж!

ШАРЛОТА. Нікога ў мяне няма. Нікога.

ЯШЧЭ Я. Стывен, ты вельмі разумны і вясёлы. Давай я дапамагу табе знайсці каго-небудзь, давай сходзім у бар?

ШАРЛОТА. Я Шарлота, называй мяне Шарлота.

ЯШЧЭ Я. Добра, Стывен. Добра, Шарлота.

ШАРЛОТА. Я не ведаю, колькі мне гадоў, і мне ўсё здаецца, што я маладзенькая.

ЯШЧЭ Я. Так, ты добра выглядаеш. Зусім сабе!

ШАРЛОТА. Ты так думаеш, праўда?

Стывен дастае VHS-касету з самаробнай вокладкай.

ШАРЛОТА. Хочаш паглядзець?

ЯШЧЭ Я. Што гэта?

ШАРЛОТА. Гэта маё кіно.

ЯШЧЭ Я. Так, давай!

Стывен уключае тэлевізар, устаўляе касету ў відык, перамотвае яе на пачатак.

ШАРЛОТА. Пазнаеш?

ЯШЧЭ Я. Так, гэта ты.

ШАРЛОТА. Так, гэта я ў касцюме прынцэсы Дыяны.

ЯШЧЭ Я. Колькі табе тут гадоў?

ШАРЛОТА. 25 або 27.

ЯШЧЭ Я. Ты такі шчаслівы!

Стывен такі спакойны. Прыкусіў вялікі палец і глядзіць.

ШАРЛОТА. Так, мне было добра. А гэта — мы знайшлі мэрсэдэс і разбілі яго, і я ездзіў на гэтым мэрсэдэсе. Як у прынцэсы Дыяны. Разумееш, так?

Стывен смяецца. Потым уздыхае.

ЯШЧЭ Я. Хутка памрэ каралева. Калі яна памрэ, ты будзеш ездзіць у карэце?

ШАРЛОТА. Не, мне няма з кім радавацца, мае сябры памерлі або пастарэлі і хутка памруць, як я.

Стывен з дапамогаю пульта памяншае гук.

ШАРЛОТА. Бачыш, я застаўся адзін і з'ехаў жыць сюды.

ЯШЧЭ Я. Мне хочацца таксама зняць кіно, каб потым глядзець яго.

ШАРЛОТА. Праз дваццаць гадоў табе будзе вельмі сумна ад яго.

ЯШЧЭ Я. Але я бачу, як радуешся ты.

ШАРЛОТА. Таму што ў мяне больш нічога няма.

Стывен дастае касету.

ШАРЛОТА. У табе расце так шмат палявых красак! Яны набухаюць і распухаюць у вобласці твайго пупка. Ты адчуваеш? Адчуваеш?

Стывен кранае мой пупок і хіхікае.

ШАРЛОТА. Запоўні маю пустату! Запоўні! Мне так сумна! Мне адсмактала Шарлота Іванаўна, блядзь. Я кончыў на салатавае баа.

Я рабіў гэта дзеля Джэсі. Я ёй абяцаў.

БЕЛАСНЕЖКА ПРАБІЛА ГРУДНУЮ КЛЕТКУ, КАТАЮЧЫСЯ НА КВАДРАЦЫКЛЕ

 REC.987540002

Трынаццатага жніўня быў днём памяці Джэсі. Спачатку мы хадзілі на могілкі, прыбіралі магілу, потым маці ўключыла партатыўную калонку, і мы слухалі Кэці Пэры. Я ўвогуле ніколі не быў на могілках, нават на магіле сваёй біялагічнай маці, хаця ў прынцыпе я мог даведацца, дзе яна. Ведаю, што на Міханавіцкіх могілках. Я не быў на магіле свайго біялагічнага бацькі, я не ведаю, ці ён жывы. Але мне заўсёды ўяўлялася, што на магіле трэба разаслаць абрус, паесці што-небудзь. Але мы нічога не елі.

Калі мы сыходзілі, мама мяняла заржавелы МР3-плэер на новы, утыкала навушнікі ў зямлю і ўключала "play". Часам мы забіралі плэер з сабой і мама яго зараджала.

Джэсі памерла, калі ёй было трынаццаць гадоў, яна адпачывала з сям'ёй на Шэтландскіх выспах, і каталася на квадрацыкле, і не змагла справіцца з кіраваннем. Ну неяк наёбнулася няўдала. І ўсё.

У нас у доме быў пакой Джэсі, там не было рамонту, там засталося ўсё так, як было да яе смерці. Часам я клаўся на ложак Джэсі і мастурбіраваў. Потым я выдзіраў старонку з яе дзённіка і выціраўся. Увесь пакой быў пазастаўляны дыснееўскімі цацкамі. Гэта тое, што нас звязвала з Джэсі.

Часам я надзяваў яе адзенне, станавіўся насупраць люстэрка і размаўляў з Джэсі.

НАПЭЎНА-Я. Прывітанне!

ДЖЭСІ. Прывітанне! Як маешся?

НАПЭЎНА-Я. Нядрэнна, мы ездзілі да цябе на могілкі. Яшчэ я дабавіў цябе ў сябры на Facebook, чакаю, калі ты прымеш заяўку.

ДЖЭСІ. У мяне шмат лайкаў?

НАПЭЎНА-Я. З кожнай фоткай іх чамусьці ўсё менш, але калі ў цябе дзень нараджэння, іх дастаткова.

ДЖЭСІ. Навошта ты надзеў маё адзенне? Я табе не дазваляла. Знімі яго!

НАПЭЎНА-Я. Мне падабаецца, і я яго знімаць не буду.

ДЖЭСІ. Яно выглядае недарэчна, тым больш я ўжо вырасла з яго.

НАПЭЎНА-Я. Мне ў самы раз. Здаецца, у цябе не было грудзей.

ДЖЭСІ. У мяне пачалі расці грудзі, і ў мяне пайшлі ўжо месячныя.

НАПЭЎНА-Я. Гэта балюча?

ДЖЭСІ. Так. Мне б хацелася, каб ты адчуў гэты боль.

НАПЭЎНА-Я. Ведаеш, зашмат болю. Мне дакладна не да месячных. Адкуль у цябе гэтая сукенка?

ДЖЭСІ. Мне яе купіла хросная маці. Яна пачварная. Знімі!
Хаджу, быццам па подыуме, як топ-мадэль па-амерыканску.

НАПЭЎНА-Я. Хочаш, я пазбаўлю цябе цнатлівасці праз сябе?

ДЖЭСІ. Не.

НАПЭЎНА-Я. Але ты ўжо дарослая, табе можна.

ДЖЭСІ. Не, я не хачу.

НАПЭЎНА-Я. Ты можаш выбраць хлопца.

ДЖЭСІ. У цябе не атрымаецца.

НАПЭЎНА-Я. Ён з твайго класа? Як яго імя?

ДЖЭСІ. Ты прыдуркаваты. Ты поўны ідыёт. Знімі маю сукенку і выйдзі з майго пакоя!

НАПЭЎНА-Я. Але я ведаю яго імя.

ДЖЭСІ. Як ты можаш ведаць яго імя?

НАПЭЎНА-Я. Я чытаў твой дзённік.

ДЖЭСІ. Калі ласка, выйдзі з майго пакоя! І больш ніколі не чапай мае рэчы!

НАПЭЎНА-Я. Я напішу яму ў Facebook. Што думаеш?

ДЖЭСІ. Перастань! Я хачу, каб ты здох.

НАПЭЎНА-Я. Ты павінна прайсці праз гэта. Ты павінна. *(Фарбую губы.)*

ДЖЭСІ. Не чапай мой бляск для губ!

НАПЭЎНА-Я. Іначай. Ты. Ніколі. Ніколі не трапіш у рай.
Плюю ў люстэрка.

ДЖЭСІ. Добра, толькі зрабі гэта акуратна!

НАПЭЎНА-Я. Дамовіліся!.. Пачакай!

ДЖЭСІ. Што?

НАПЭЎНА-Я. Давай пацалуемся!

ДЖЭСІ. Блін!

НАПЭЎНА-Я. Ну што?

Прыціскаюся да шкла і цалую ўзасос.

НАПЭЎНА-Я. І яшчэ, можна, я вазьму твой тамагочы?

ДЖЭСІ. Не.

НАПЭЎНА-Я. Сука, я вазьму твой тамагочы.

REC.981230088

Насамрэч у гэтым годзе Джэсі павінна было споўніцца дваццаць восем гадоў, гэта значыць амаль трыццаць.

Пасля паездкі на могілкі бацькі арганізоўвалі паездку на Шэтландскія выспы, збіралі ўсіх сяброў Джэсі і родных. І адпраўляліся ў горад, дзе яна памерла. Там наймалі паб і ладзілі вечарынку. Усе госці пераапраналіся ў касцюмы ўлюбёных персанажаў Джэсі.

B9071

Увайдзіце ў дадатак Google Maps. Далей набярыце ў пошукавым радку зверху "B9071". Ніжэй, пад пошукавым радком, у вас з'явіцца "Shetland, Вялікабрытанія". Націсніце. На карце з'явіліся дзве чырвоныя меткі. Набліжайцеся да той, якая знаходзіцца бліжэй да поўначы. Вы павінны ўбачыць горад Voe.

Далей набліжайцеся да горада Voe. На жаль, вы не ўбачыце надпіс Pier Head Restaurant & Bar, бо гэтая ўстанова закрылася

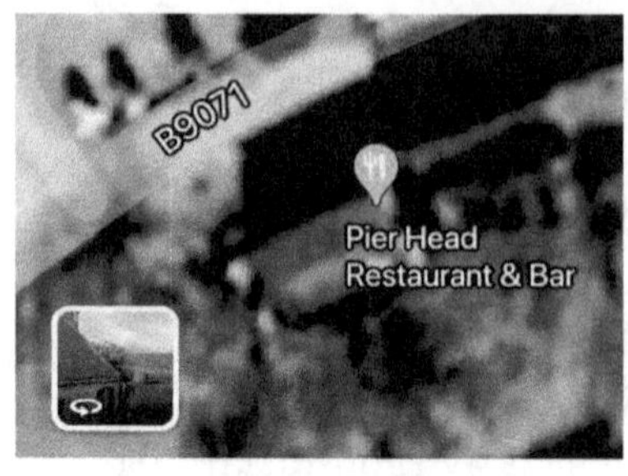

падчас эпідэміі. Набліжайцеся да пункта над назваю **Sail Loft Böd.**

Далей націсніце на дарогу B9071. Унізе, у левым куце, у вас з'явіцца абразок з краявідам. Націсніце на абразок. Кіруйцеся ў бок чырвонага аўтобуса, прыпаркаванага каля Pier Head Restaurant & Bar.*
Уключыце аўдыязапіс (шум паветра).

REC. 78330006

Калі здымаць відэа на тэлефон на Шэтландскіх выспах, то гук ветру знішчыць лічбавыя перапонкі вашага дынаміка. Калі скальпаваная дзяўчынка Джэсі ляжала пад квадрацыклам, яна чула гэты гук. Але Божанька з кожнай секундай яго сцішваў. А потым паставіў на паўзу. Кроў перастала капаць

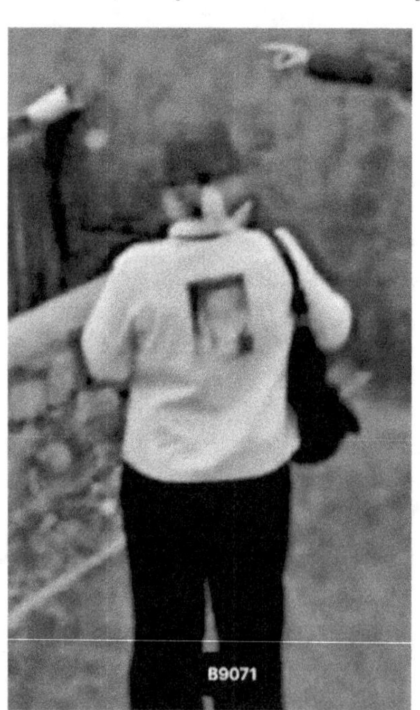

з шэрых камянёў. У гэтую паўзу маглі ўляцець толькі чайкі, якія прадзёўбвалі юнае цела Джэсі. Такі смачны корм, узгадаваны на батончыках Milky Way, паднесла матухна прырода! Гэтыя чайкі памятаюць Джэсі. І кожны год прылятаюць сюды, на кірмаш успамінаў. Як шкада, што толькі яны яе памятаюць! Больш яе ніхто не памятае.

Гэта бар, дзе апошні раз Джэсі ела бульбу фры. У дзень яе смерці бульба фры бясплатная. Ёю можна пакарміць чаек.

Далей вярніцеся да фургона каля бара і вандруйце. Вандруйце, як вам захочацца.

**Калі ў вас не атрымалася знайсці тое месца, прайдзіце па спасылцы, дзе вы знойдзеце відэа-прагулку.*

СПАСЫЛКА:

vimeo.com/490689633

Я падышоў да азіяцкага хлопчыка, які вадзіў палкай кругі па зямлі ці маляваў іерогліфы. Хлопчык не разумеў англійскую. Я вырашыў пагаварыць з ім праз Google Translate. Ён выбраў сваю мову. Мой тэлефон гаварыў мае словы па-бірманску, а словы хлопчыка — па-англійску.

🏴: အဘယ်ကြောင့်ဝတ်စုံမပါသောကလေးများအားလုံး?

⭐: Because they have to see us.

🏴: ငါတို့ကိုဘယ်သူမြင်သင့်သလဲ

⭐: Didn't you record the video business card?

🏴: နံပါတ် သင်ဘယ်အကြောင်းပြောနေတာလဲ?

⭐: Our adoptive parents bring us here to find a new home.

🏴: မင်းဘာကိုဆိုလိုလဲဆိုတာငါနားမလည်ဘူး. ဒီအားလပ်ရက်က ဒီဟာကအောက်မေ့ဖွယ်ရာနေ့ပါ။ ကောင်မလေးသေသွားတယ်.

⭐: Which girl?

🏴: ငါ့နမ

⭐: No. No. This is the market.

🏴: goggle သည်စကားလုံးများကိုမှန်ကန်စွာပြန်ဆိုခြင်းမဟုတ်ဟုကျွန်ုပ်ထင်သည်။

⭐: These people are doing such good things.

🇬🇧: You and I are Nobody.

> — Чаму ўсе дзеці без святочнага адзення?
> — Таму што яны павінны ўбачыць нас.
> — Хто павінен убачыць нас?
> — Хіба ты не запісаў відэа-візітоўку?
> — Не. Што ты маеш на ўвазе?

— Нашы прыёмныя бацькі прывезлі нас сюды, каб знайсці нам новы дом.

— Я не разумею, што ты маеш на ўвазе. Гэты фэст — дзень памяці. Дзяўчынка памерла.

— Якая дзяўчынка?

— Мая сястра.

— Не, не. Гэта рынак.

— Мне здаецца, што Google няправільна перакладае словы.

— Гэтыя людзі робяць такія добрыя справы.

Больш падрабязную інфармацыю пра Шэтландскія выспы вы можаце прачытаць тут:

А таксама паглядзець фоткі і пранікнуцца распіздатасцю мясцовага маркетынгу — тут:

КРЫСТАФЕР РОБІН
ЗДЗЯЙСНЯЕ
САМАСПАЛЕННЕ

Дзень нараджэння Джэсі працягваецца. Да мяне падыходзіць жанчы-
на ў касцюме Фіёны са "Шрэка". Яна есць бульбу фры.

ФІЁНА. Хлопчык, адкуль ты?

МОЙ ГОЛАС. Хлопчык з Мінска.

ФІЁНА. Хлопчык, а колькі табе гадоў?

МОЙ ГОЛАС. Хлопчыку хутка сямнаццаць.

ФІЁНА. Ты ўжо такі вялікі, такі прыгожы. А што ўмее ра-
біць хлопчык?

МОЙ ГОЛАС. Хлопчык умее бегаць.

ФІЁНА. Хлопчык, пакажы, як ты бегаеш.

МОЙ ГОЛАС. А што яшчэ ўмее рабіць хлопчык?

ФІЁНА. Хлопчык умее курыць, гуляць у тэлефон, хлоп-
чык мала чаго ўмее.

МОЙ ГОЛАС. Хлопчык хоча навучыцца.

ФІЁНА. Каб чаму-небудзь навучыцца, трэба перастаць
называцца хлопчыкам.

МОЙ ГОЛАС. Тады не называйце мяне хлопчыкам.

ФІЁНА. Дамовіліся! Хочаш зарабіць?

МОЙ ГОЛАС. Колькі?

ФІЁНА. А колькі табе трэба?

МОЙ ГОЛАС. Каб мне хапіла на пачак Marlboro Gold
у дзень і татуіроўку Стыча.

ФІЁНА. Ты зможаш купіць два пачкі Marlboro Gold.

МОЙ ГОЛАС. Тады вам трэба пагаварыць з маёй мамай,
каб яна адпусціла мяне з вамі.

ФІЁНА. Яна не супраць.

МОЙ ГОЛАС. Але я яе сын. Яе трэба папярэдзіць.

ФІЁНА. Яна ведае.

МОЙ ГОЛАС. Вы ўжо з ёй пагаварылі?

ФІЁНА. Дарагі, праз год табе васямнаццаць, яна не будзе
атрымліваць ільготы.

МОЙ ГОЛАС. Якія льготы?

ФІЁНА. Ільготы за тваё ўсынаўленне. Цяпер я заплаціла тваёй маме, каб паехаць з табой.

МОЙ ГОЛАС. А што я буду рабіць?

ФІЁНА. У мяне чароўны кантактны заапарк. Напрыклад, трэба весці сацсеткі. У цябе ёсць Instagram?

МОЙ ГОЛАС. Так, ёсць.

ФІЁНА. Вось, паглядзі!

Дастае iPhone і паказвае фотаздымкі хамелеонаў, змей, ільвянят.

ФІЁНА. А гэта хто? Ты ведаеш гэтага звярка?

МОЙ ГОЛАС. Яшчарка?

ФІЁНА. Гэта ігуана. Вось ёй трэба завесці Instagram.

МОЙ ГОЛАС. Навошта ігуане Instagram?

ФІЁНА. А табе навошта? Дурныя пытанні. Пазнаёмся, гэта мой муж, ён ездзіць па краінах і прывозіць няшчасных жывёлін да нас у домік.

ХАЛК. Добры дзень!

ФІЁНА. Уяўляеш, хлопчык не разумее, навошта ігуане Instagram.

Працягвае разглядаць фотаздымкі.

ХАЛК. А ў гэтай мартышкі ёсць свой YouTube-канал. Ты ўмееш здымаць на камеру?

ФІЁНА. Кожны хлапчук хоча стаць рэжысёрам. Будзеш здымаць фільмы. Мы навучым цябе манціраваць відэа. Вось як добра.

ХАЛК. Калі будзеш добра весці нашы сацсеткі, я вазьму цябе з сабой у сафары.

ФІЁНА. Так, у нас у планах забраць да сябе маленькага гібона.

МОЙ ГОЛАС. Прабачце, у мяне кроў з носа.

ФІЁНА. На, прыкладзі, задзяры галаву!

МІНІ. Што здарылася?

ФІЁНА. У яго пайшла кроў з носа.

МІКІ. Перапады ціску.

МІНІ. Хутчэй за ўсё, так.

Я сяджу на кукішках на зямлі. На мяне ўсе глядзяць.
МОЙ ГОЛАС. Я нікуды не хачу з'язджаць. Што за фак, што за прыкол?

REC. 33000028

З аднаго заапарка я з'ехаў у іншы заапарк. З дому я забраў толькі сваю вопратку. У мамы я скраў ружовы Sony Ericsson W595, на які была заліта толькі адна песня.

Я слухаў яе да Глазга, ад Глазга да Эдынбурга, ад Эдынбурга да Манчэстэра, потым ад Манчэстэра да Лондана.

Мама смяялася словамі Annie Lennox.

Перадышка. Я стаміўся.

Госпадзе, дзякуй табе за Planetromeo, дзякуй за Hornet, за Grindr і Tinder.

Госпадзе, дзякуй, што на маім целе амаль няма валасоў і за тое, што я магу паставіць у анкеце 21/5.

Дзякуй Google, што можна загугліць "топ гейскіх месцаў Лондана".

Дзякуй Google maps за тое, што можна пабудаваць маршрут уцёкаў.

Дзякуй, Госпадзе, што вынайшаў Wi-Fi, я адчуваю моц гэтых выратавальных прамянёў.

Дзякуй майму беларускаму тату-алкаголіку за гены: я ж карыстаюся папулярнасцю, я мара педафіла.

Які гамон, Госпадзе!

Прыйшлі паведамленні ад BTTMhotDOP, FORFUN, UKtrans, ..., ..., ...
Вал паведамленняў Grindr.

РАЗДРУКАВАНАЯ НА ШПАЛЕРАХ ДЗІЦЯЧАГА ДОМА АРЫЕЛЬ ГЛЯДЗІЦЬ НА ЦЯБЕ

Часта,
калі засынаеш,
ты бачыш шпалеры дзіцячага дома,
на якіх намаляваны дыснееўскія "тёлки";
уяўляеш сябе адной з іх.
У пяць гадоў хацелася быць Пакахонтас, якую трахае Джон Сміт.
У сем гадоў унутры мяне была прынцэса Жасмін,
і я не магла зразумець,
хачу я трахацца з Аладзінам або Джынам.
Здаецца, я выбіраў Джына.
У дзевяць гадоў я ўваскрашаў у сабе Арыель.
Але хто зможа трахнуць Арыель?
У яе ж хвост.
Джын.
Таму што Джын — чараўнік.
Я выбіраю Джына.

REC. 77009002

Увогуле, цікава. Калі б у мяне застаўся пашпарт РБ, я б мог уцячы толькі ў Расію. Ва Украіну мяне б не ўпусцілі, бо мне не было тады васямнаццаці. Я б паглядзеў на Маскву. Тым больш, я часта прадстаўляюся незнаёмым людзям "рускім". Гэта спрашчае зносіны, надае нейкай упэўненасці. Калі я кажу, што я рускі, у мяне недзе ў вобласці лёгкіх уключаецца аўтамагнітола, басы, нізкая падвеска і таніраванае шкло. І на хуткасці мая ўнутраная Lada імчыцца міма Крамля. Паведамленням-стрэлам з Grindr я казаў, што я рускі. Рускія ж літл біт фо фан. Хэштэг "oneday", хэштэг "extrem", хэштэг "hotman", хэштэг "hornyrussian". О, крута, ты на тачцы, а я якраз таксама еду, падкінеш? А, супер, а куды ты едзеш? Мне таксама ў гэты бок. Ла-Манш прыкольна, але загайдала, моташна, выйдзем пакурым, я табе вінен за бензін, тады з мяне кава, высадзіш мяне, так, тут, не, я далей сам, ну я да сяброў, будзеш праязджаць — пішы.

Бля, а дзе я?

АРЫЕЛЬ. Колькі часу ты так ляжыш?

АМАЛЬ Я. Я не засякаў час.

АРЫЕЛЬ. Ты хочаш есці?

АМАЛЬ Я. Не.

АРЫЕЛЬ. Чаму ты дрыжыш?

АМАЛЬ Я. Я стаміўся.

АРЫЕЛЬ. Гэй, ты баішся? Перастань баяцца. Чаго ты баішся?

АМАЛЬ Я. Сябе.

АРЫЕЛЬ. Ты так шмат зрабіў.

АМАЛЬ Я. Я так шмат зрабіў хуйні.

АРЫЕЛЬ. Нічога страшнага, усім вельмі лёгка і проста спаслацца на свае гены. Усім спакойна. Усім і належала чакаць ад цябе чагосьці нядобрага. Таму перастань!

АМАЛЬ Я. Але гэта не так?

АРЫЕЛЬ. Вядома, не. Ты ўсё робіш правільна. Ты робіш так, як лічыш патрэбным.

АМАЛЬ Я. Я прачынаюся вельмі стомленым.

АРЫЕЛЬ. Разумею, расслабся.

У цябе такі маленькі пакой.

АМАЛЬ Я. Гэта не мой пакой.

АРЫЕЛЬ. Ты жывеш не адзін?

АМАЛЬ Я. Я жыву ў сябра.

АРЫЕЛЬ. У цябе ёсць сябры?

АМАЛЬ Я. Не.

АРЫЕЛЬ. Тады што гэта за такі сябар?

АМАЛЬ Я. Я проста сплю з ім. Мабыць, я хутка адсюль з'еду.

АРЫЕЛЬ. Куды ты з'едзеш?

АМАЛЬ Я. Пакуль не ведаю. Я паставіў лакацыю на PlanetRomeo, назваў Берлін. (*Паказваю.*)

АРЫЕЛЬ. Ты паедзеш у Берлін? Там шмат такіх хлопчыкаў, як ты.

АМАЛЬ Я. Знікні!

АРЫЕЛЬ. Можна, я?..

АМАЛЬ Я. Так.

Арыель нюхае мефедрон.

АРЫЕЛЬ. Можна, я пагляджу твой пашпарт?

АМАЛЬ Я. Так.

АРЫЕЛЬ. Ты амаль 2000-га года нараджэння.

АМАЛЬ Я. Ну амаль, так.

АРЫЕЛЬ. Хочаш, я зраблю табе натальную карту.

АМАЛЬ Я. Давай.

АРЫЕЛЬ. Дай мне тэлефон. Я раблю раскладку ў інтэрнэце.

АМАЛЬ Я. Трымай.

АРЫЕЛЬ. Скажы пароль ад Wi-Fi.

АМАЛЬ Я. 19980811.

АРЫЕЛЬ. Я ўвяду твае пашпартныя даныя. Скажы свой час нараджэння.

АМАЛЬ Я. Я не ведаю.

АРЫЕЛЬ. Тады інфармацыя будзе не зусім дакладнай.

Арыель уводзіць мае пашпартныя даныя ў тэлефон. Доўга глядзіць.

АРЫЕЛЬ. У прынцыпе, усё так, як я і меркавала. Месяц у Авене. Венера ў Льве. Другі дом у Раку.

АМАЛЬ Я. Што гэта значыць?

АРЫЕЛЬ. Я таксама па гараскопе Скарпіён. Але ў мяне ўсе планеты ў Рыбах. Нам вельмі проста, павер!

АМАЛЬ Я. Веру.

Арыель гладзіць мяне па лбе, быццам правяраючы тэмпературу.

АРЫЕЛЬ. Хадзем плаваць?

АМАЛЬ Я. Я не ўмею плаваць.

АРЫЕЛЬ. Я цябе навучу, хадзем, я набяру ванну.

Арыель набірае ванну.

АМАЛЬ Я. Зразумей, мне хочацца адпачыць, паляжаць з заплюшчанымі вачыма.

АРЫЕЛЬ. Уставай!

Арыель спявае песеньку.

АМАЛЬ Я. Добра, ты мяне ўгаварыла. Ты смешная. Нейкая крыху крэйзі.

АРЫЕЛЬ. Распраніся. Кладзіся ў ванну.

АМАЛЬ Я. Добра. Можна, я паляжу тут з заплюшчанымі вачыма?

АРЫЕЛЬ. Не гарачая вада?

АМАЛЬ Я. Я не адчуваю тэмпературу.

АРЫЕЛЬ. У цябе чырванее скура.

АМАЛЬ Я. Здаецца, усё нармальна.

Арыель правярае тэмпературу вады, выключае кран.

АРЫЕЛЬ. А цяпер затрымай дыханне, а я буду лічыць да пяці.

АМАЛЬ Я. Па "Дыскаверы" паказвалі праграму пра цырымонію Камба. На тонкай іголачцы павінна быць слізь жабы. У цябе ёсць іголачка?

АРЫЕЛЬ. Адзін.

АМАЛЬ Я. У мяне, здаецца, павінна быць іголачка.

АРЫЕЛЬ. Два.

АМАЛЬ Я. Але там была тоненькая такая.

АРЫЕЛЬ. Тры.

АМАЛЬ Я. Але дзе знайсці нам жабу?

АРЫЕЛЬ. Чатыры.

АМАЛЬ Я. Можа, у заамаркеце, іх жа павінны прадаваць для ўдаваў.

АРЫЕЛЬ. Тры з паловай.

АМАЛЬ Я. Але нам патрэбна пэўная жаба, праўда?

АРЫЕЛЬ. Чатыры на нітачцы.

АМАЛЬ Я. У мяне няма такіх выхадаў. Можа, ты ведаеш каго?

АРЫЕЛЬ. Пяць.

Павольна і моцна цісне на мае ключыцы.

АМАЛЬ Я. Што ты робіш?

АРЫЕЛЬ. Я выконваю тваё жаданне.

АМАЛЬ Я. Не, ты хацела, каб я патануў!

АРЫЕЛЬ. Гэтага хацела не я. Я твая залатая рыбка. І я выканаю тры твае жаданні.

REC. 459900001

У школе мы пастаянна праходзілі тэсты на прафарыента-цыю. Гэта так міла, што ствараецца бачнасць клопату пра тваю будучыню. Потым табе прыходзіць адказ, пасля яко-га ты павінен змясціць сваё ўяўленне пра свет у набраную колькасць балаў і прачытаць размытыя парады. Шчыра кажучы, калі я з'ядаю цукерку з прадказаннем, праўды там больш, чым у школьных тэстах. У дзяцінстве я хацеў стаць мянтом. Сур'ёзна. Але гэты маленькі мент вырашыў купіць штатыў для тэлефона.

Секс — ён быццам забівае час, забівае думкі. Сам факт за-бойства — гэта штосьці праз сілу. Забіць цяжка, гэта такое секунднае пераступанне цераз сябе. Каб атрымаць дозу ад-ключэння ад рэальнасці. Гэта зацягвае. Таму што вельмі цяж-ка думаць. Хочацца растаць. Не думаць. Адключыцца.

Секс — гэта рынак збыту. Трэба разумець, хто твой кліент, што яму падабаецца. Гэта матэматыка. Важна пабудаваць стратэгію. Падабраць рэквізіт. Пабудаваць кадр і мізансцэну. Гэта тэатр.

Гэта стымулюе да жыцця, да руху, да ўпарадкавання.

Я баюся, што я магу распасціся.

Чырвоная лічбавая заслона, у пікселях. Заслона адкрываецца. Пік-селевы дым запаўняе сцэну. На сцэне Стывен, Джэсі і я. Стывен падыходзіць да гіганцкага грамафона і ставіць кружэлку са стара-даўнімі англійскімі казкамі.

ДЖЭСІ (*звяртаецца да мяне, паказваючы на Стывена*). Чаму ён у маім адзенні?

СТЫВЕН. Супакойся, гэта рэквізіт, я яго зніму.

АМАЛЬ Я. Я прынёс гэтыя рэчы, бо яны ляжалі без карыс-ці.

ДЖЭСІ. Гэта жахліва! Яны яму замалыя. Ён у іх пацее.

СТЫВЕН. Супакойся, я іх памыю.

ДЖЭСІ. Я ж прасіла не чапаць мае рэчы.

СТЫВЕН. Нам нельга губляць час, нам трэба рэпеціра-ваць сцэну. Джэсі, калі ласка, стань ля гэтай бярозы. Добра. А цяпер давай паўторым тэкст.

АМАЛЬ Я. Стывен, ты памёр?

СТЫВЕН. Не. Не. Я Ранеўская. Я больш не іграю Шарлоту. А ты мой сын Грыша.

АМАЛЬ Я. А Джэсі хто?

СТЫВЕН. Джэсі іграе Вару, маю прыёмную дачку.

АМАЛЬ Я. Стывен, ты памёр?

СТЫВЕН. Грыша, мы ўсе памерлі. Першым памёр ты. По-тым памерла я. А потым Вара.

АМАЛЬ Я. Чаму я памёр?

СТЫВЕН. Ты патануў. Захлынуўся.

АМАЛЬ Я. А Вара?

СТЫВЕН. Вара, чаму ты памерла?

ДЖЭСІ. Я не справілася з кіраваннем. Разбілася.

АМАЛЬ Я. А чаму памёр ты?

СТЫВЕН. Я памерла ад болю. СНІД — гэта балюча, сынку.

АМАЛЬ Я. Блядзь, калі ласка, спыніцеся! Я не хачу іграць у вашым спектаклі.

Заслона закрываецца. Я стаю перад заслонай. У глядзельнай зале няма гледачоў. Толькі аксамітная чырвоная заслона і сафіт. Перада мною ноўтбук. Я ўключаю камеру на ноўтбуку. Гавару.

Першы пункт.
Першы крок.
Штатыў.

Другі пункт.
Мінімальны рэквізіт да майго web-спектакля вы можаце знайсці на Амазоне:

Трэці пункт. Агляд:

Lovense Lush 2 Demo

REC. 77043008

Яшчэ я мару скокнуць з парашутам. Мне гэта трэба, таму што я ўвесь час уяўляю, як я падаю з балкона апошняга паверха вышыннага будынка. Пры гэтым я не думаю, што са мной будзе пасля. Мой мозг зацыклівае секунды ад адрывання ног да падзення на адзін паверх уніз і назад, і так да бясконцасці. Быццам хтосьці глядзіць відэа майго падзення, потым спыняе, і перамотвае, і перамотвае, назад, назад, яшчэ і яшчэ. І так, пакуль я не засну. Калі я скокну з парашутам, гэта пройдзе. Я табе дакладна кажу.

ЦІМОН І ПУМБА СКАЧУЦЬ НА ЎЗЛЕСКУ. ІМ ТАК ВЕСЕЛА!

 **REC. 770866001**

Давай я табе лепей пакажу перапіску 2018 года, там увогуле жорсткі гамон. Ну мы спачатку адзін аднаму дзікпікі прысылалі, усё стандартна так пачыналася, ну як ва ўсіх. А потым узнікла іскрынка. Ён быў старэйшы за мяне на дзесяць гадоў. Па начах ён працаваў у кругласутачнай аптэцы і даставаў усялякія псіхатропы. Мы абдзёўбваліся імі і не спалі тыднямі. Я ўладкаваўся на працу. Працаваў на бензакалонцы. І мая скура, мая вопратка, пальцы пахлі бензінам. Але яго гэта ўзбуджала. З жыллём тады праблем не было. На працы быў камп'ютар, і я завёў анкету на Planet Romeo. Там мы і пазнаёміліся, дарэчы. Але я казаў яму, што мне ёсць дзе жыць, што ўсё о'кей. А мне жыць не было дзе. На Planet Romeo я выбіраў розныя геалакацыі, раёны горада, і знаходзіў, да каго можна ўпісацца на ноч. Але часта я завісаў у яго, тым больш ноччу ён працаваў, а на выхадных мы шыраліся таблеткамі і ператвараліся ў дэй энд найт. Карацей, я тады назваў гэта як бы каханнем. Каханне — гэта калі пярдоліш, але адначасова адчуваеш свой член і ў ім, і ў сабе. Калі твая мазгаўня ператвараецца ў сусветную прастату. Запаўняецца ружовым свінцом. Такія хлопчыкі з кліпа Pet Shop Boys.

All day all day

Watch them all fall down

All day all day

Domino dancing

Паведамленне 04.12.2018. Заўтра ў 4 раніцы едзем у Берлін.

Паведамленне 04.12.2018. Купіў білеты, спынімся ў маёй сяброўкі.

Паведамленне 04.12.2018. Пагуглі сэканды ў Ліхтэнбергу.

*Калі ласка, увайдзіце ў браў-
зер Google Chrome і адкажыце на
пытанні, якія вам зададуць.*

*Калі вы прайшлі фэйс-кантроль,
прапаную уключыць рэзідэнтаў
Berghain і прадоўжыць.*

*Dark Room Berghain. Салатавыя праменьчыкі
лазераў працінаюць нашу скуру. Тэхна слініць нашы перапонкі.*

ПУМБА. Гэй, расслабся! Табе дрэнна?

ЦІМОН. Не, усё крута, усё добра.

ПУМБА. Чаму ты стаіш? Хадзем?

ЦІМОН. Я не ўмею.

ПУМБА. Што ты не ўмееш?

ЦІМОН. Я не ўмею быць свабодным на людзях.

ПУМБА. На!

Працягвае мне ў цэлафане.

ПУМБА. Глытай.

ЦІМОН. У мяне будзе перадоз. Я зараз. Крышку пастаю. Дай час.

Кладу ў кішэнь.

ПУМБА. Ты мяне рэальна вар'юеш, ну!

ЦІМОН. Так, прабач, блін, проста... Нязвычна. Я вельмі хачу радавацца.

ПУМБА. Табе не горача?

ЦІМОН. Крыху горача, так.

ПУМБА. Можа, ты знімеш пухавік?

ЦІМОН. Так.

Знімаю пухавік.

Надзяваю пухавік.

ЦІМОН. Крыху пастаю.

Знімаю пухавік.

ПУМБА. Глядзі, тут усім похуй. Усе ходзяць голыя, каму якая розніца? Вось, бачыш, у яго няма рукі.

Карацей, гэта мае выходныя. І я не проста так стаяў у чарзе дзве гадзіны. Я пайшоў з ім знаёміцца. Знойдзеш мяне.

Я знімаю світар, майку, хачу зняць штаны. Я хачу быць свабодным, я не хачу думаць. Я думаю, думаю, думаю, думаю. Успамінаю пунсовы рот Юліі Уладзіміраўны з дзіцячага дома. Гэты рот навісае нада мною. Раскрываецца і хоча мяне зжэрці. Хоча трымаць мяне ў сваім страўніку, каб я плюхаўся ў яе страўнікавым соку з іншымі інтэрнатаўцамі. Юлія Уладзіміраўна вязе на службовай маршрутцы нашу групу ў аквапарк. Я стаю ў гумавай шапачцы. І я не хачу купацца: я не ўмею плаваць.

Юлія Уладзіміраўна, што ты робіш у Берліне — я не разумею.

ПУМБА. Мне хочацца стукнуць цябе па галаве. Калі ласка, адключыся! Ты рэальна псуеш вечар.

ЦІМОН. Бі! Стукні мяне. Калі хочаш — бі.

Пумба хапае дзвюма рукамі мой твар.

ПУМБА. Я не буду цябе біць. Супакойся!

ЦІМОН. Прабач! Я не разумею. Мае ўнутраныя органы хочуць быць тут з табой, а я хачу пайсці. Я не разумею.

Пумба цалуе.

ЦІМОН. Так цёмна!

— Гэта dark room.

— Цябе ніхто не бачыць.

— Цябе ніхто не чуе.

ЦІМОН. Мяне кранаюць.

— Табе прыемна?

ЦІМОН. Так. Мяне кранае хтосьці незнаёмы.

— Мяне таксама.

ЦІМОН. Можна, я памацаю тваю руку?

— Так.

ЦІМОН. Ты як?

— Я працую ў музеі Ханса Крысціяна Андэрсена.

ПУМБА. Ён дрэнна гаворыць па-англійску.

— Ты хто?

— Табе падабаюцца мае рукі?

— Табе падабаюцца мае запясці?

— Мне падабаюцца твае падпахавыя ямкі.

— Твая патыліца.

— Твае татуіроўкі на ключыцах, ключыцы.

— Твой падбародак.

ЦІМОН. Я цябе кахаю.

ПУМБА. Я цябе не чую: тут занадта гучна.

ЦІМОН. Я цябе кахаю, ялдон.

ПУМБА. Што?

ЦІМОН. Кахаю цябе.

ПУМБА. Памачыся на мяне, калі ласка!

Я падарыў яму на Новы год LEGO, мы пабудавалі Panorama Bar, а праз два тыдні ён памёр.

Паведамленне 17.01.2019.

19.47. Тое, што мякка перапраўляе душу ў царства марфея, а калі не захочацца назад, даставіць на бераг Стыкса проста да старога Ахерона.

02.14. Прабач, я паміраю… Прабач!

Унутры мяне партатыўная калонка JBL, дзе на усю гучнасць на рэпіце Sinéad O'Connor.

Nothing compares to yoooouuu
I can't eat my dinner in fancy restaurant

У тумане, паходкай Шайны па Люксембургскім садзе (за кадрам — дым-машына), пакуль не прыехалі яго сябры і мама, трэба забраць Panorama Bar з Lego, валізу на колцах, шмаль, добра, што адзін памер красовак, і кольцы для пірсінгу — спатрэбяцца.
Забраў. Выйшаў. Пайшоў.

Калі ласка, зайдзіце на сваю старонку ў Facebook. Налады і канфідэнцыяльнасць. Налады. Кіраванне акаўнтам. Налады для памятнага статусу. Змяніць. Выбраць Захавальніка.
Засячыце час на секундамеры.
Далей. Выберыце сябра.
Адключыце секундамер.

Атрыманая лічба на секундамеры азначае Е (каэфіцыент вымушанага выпраменьвання). Чым меншая лічба каэфіцыента, тым мацнейшая энергія.

Я зайздрошчу вам, калі вы можаце выбраць сябра.

Быць Шайнай — быць еўрапейцам. У мяне іншая душа.

ПІТЭР ПЭН УЗЯЎ ЧУЖУЮ БРЫТВУ І СТАЎ ВІЧ-ІНФІЦЫРАВАНЫМ

У галаве спароўваюцца нікнеймы.

CHAOS

ENERGY

EARTH

UNIVERSE

ORDER

STUFF

PROCESS

EN TR OP Y

Энтрапія бутэрброда

Вазьміце кухонную дошку.
Вазьміце кухонны нож.
Акуратна адрэжце хлеб.
Вазьміце іншы нож.
Акуратна намажце масла на хлеб.
Вазьміце трэці нож.
Акуратна адрэжце каўбасы.
Пакладзіце каўбасу на хлеб.

Перакладзіце бутэрброд на талерку.
Вытрыце дошку ад крошак, вымыйце нажы.
З'ешце бутэрброд.
Праз некаторы час схадзіце ў туалет.
Змыйце энтрапіраваны бутэрброд.

Энтрапія Сусвету дасягне максімуму і нічога ў ім больш адбывацца не будзе. Сонейка нас грэе, а мы грэем адно аднаго. Грэем і разбураем.

Я — карцінка памерам 14х7.
Я — карцінка jpg.
Я — фармат mp4.

CHAOS. Прывітанне, прабач, што прапападаў: было каго шлыхаць акрамя цябе. Як маешся?

JPG. Ды ўсё ok.

CHAOS. Ну чаго?

JPG. Чаго?

CHAOS. Усё ok?

JPG. Усё ok. Чакаю перавод ;)

CHAOS. Атрымаў?

JPG. Ага.

Я хутка дакурыў. Попел з бычка ўпаў на маю ляжку і выпаліў волас. Запахла паленай курыцай.

REC. 70950804

Рэч у тым, што прыват-чат каштуе грошай. Таму я прапаноўваю вам на штосьці пераключыцца. Дарэчы, CHAOS ніколі не спытае: "Як маешся?" у сэнсе "як маешся?". Я не раскажу CHAOS, дзе я сёння быў і якія ў мяне праблемы. Я ўвогуле ніколі не бачыў ужывую CHAOS. А вам, мабыць, цікава, якія ў мяне праблемы, хаця вы таксама мяне не бачылі. І вы б, мабыць, спыталі ў мяне: "Як маешся?", а не "як маешся?".

Напрыклад, перад video-meeting з CHAOS я хадзіў у Генцкі сабор. Карацей, я зайшоў туды, мне выдалі аўдыягід. З гэтым аўдыягідам я абышоў усе пахаванні, якія былі зацягнуты спандбондам, бо ў саборы рэстаўрацыя. Пафоткаў статуі ў плёнцы. Потым сеў на лаўку, апрацаваў некалькі фотак і загрузіў іх у Instagram. Зайшоў у Вікіпедыю, пачытаў пра Генцкі алтар. Ну і паглядзеў на алтар. Мне чамусьці захацелася адчуць сябе часткай чагосьці вялікага. Я крышку пачакаў, ну, тыпу, вось мяне павінна захапіць нейкае сакральнае пачуццё, якога мне так нестае. Але ні мяне, ні кітайскіх турыстаў гэтае пачуццё не наведала. Ван Эйкі, даруйце нам!

CHAOS. Ты так хутка надзеў штаны. Усё ў парадку?

JPG. Я хачу паесці.

CHAOS. Мы можам разам перакусіць. Давай, я замоўлю ежу. Хочаш, я замоўлю табе ежу, мы паямо голымі?

JPG. Яны хутка прывязуць?

CHAOS. Пятнаццаць хвілін звычайна. Скідвай адрас.

JPG. Gent, Kikvorsstraat 51/... Цяпер ты ведаеш мой адрас.

CHAOS. Гэй, не выцірайся! Кінь ручнік! Сядзі так.

JPG. Ok! Можа, ты заедзеш да мяне як-небудзь?

Паголіш мяне пад нуль?

Табе не цяжка прыхапіць свой трымер?

Мой дом

Пакуль ты чакаеш. Вось так проста чакаеш. Так. Глядзіш на прадметы свайго пакоя. Цікава, якая ты рэч? Можа, зламаны картрыдж ад прынтара, або крыху падпаленая трэска ад palo santo, або літара F на клавіятуры, якая крыху сцёрлася, або падклееная скотчам зарадка ад айфона, або эка-фільтр, які заваліўся ў фатэль і лянуешся яго даставаць. Цікава ж, якая ты рэч.

Вы не ведаеце, калі вы памраце.

Вы не ведаеце, ці памёр я.

ГУФІ НАЗБІРАЎ
HA PRINCE ALBERT PIERCING.
ГУФІ ЗАПРАШАЕ
НА ШЫБАРЫ-ЧАЯВАННЕ

1. *Вы можаце выбраць small-talk: вып'ем філіжанку гарбаты ці кавы.*
2. *Вы можаце выбраць майстар-клас па гатаванні беларускіх дранікаў. Для майстар-класа спатрэбяцца 6 бульбін сярэдняга памеру, 2 яйкі, 1 цыбуліна, сталовая лыжка мукі, зубчык часнаку, сланечнікавы алей, соль, перац, смятана, зеляніна.*
3. *Вы можаце выбраць паслугу dark-room. Для гэтага вам спатрэбіцца ўсталяваць дадатак Lush для актывацыі дыстанцыйнага вібратара.*
4. *Вы можаце выбраць сумесную тэхна-вечарынку ў стылі берлінскай Berghain Panorama Bar. Вам спатрэбіцца ваш любімы алкаголь або наркотыкі.*

Паслуга платная. 39,5€ за сеанс. Сеанс zoom-канферэнцыі — 45 хвілін.

*

Калі ласка, выканайце заданні.
Рэквізіт: крэсла, настольная лямпа, па магчымасці —
каляровая карцінка А4; знайсці для раздрукоўкі яе
можна тут:

www.pinterest.es/pin/393009504965058212/

Спачатку падрыхтуем прастору для выканання задання.

Каля свабоднай сцяны пастаўце крэсла. Над крэслам,
крыху збоку, наклейце раздрукаваную карцінку фарма-
ту А4.
Навядзіце святло ад настольнай лямпы ў бок крэсла.
Устанавіце тэлефон на штатыў або так, каб ён мог
франтальна здымаць.
Сядзьце на крэсла, усміхніцеся, зрабіце фота.

Далей — раздзеньцеся.
Калі вы жанчына, шырока рассуньце ногі, прыкрыўшы
геніталіі рукой.
Калі вы мужчына, пакладзіце нагу на нагу, заціс-
нуўшы член паміж ног.
Калі вы небінарная персона, выберыце любы з па-
пярэдніх пунктаў.

Уключыце запіс відэа.
Уключыце пытанні, адказвайце на іх хутка, не задум-
ваючыся.

Добры дзень! Усміхніцеся! Так, добра! Ледзь-ледзь галаву ўбок. Цудоўна!

Як вас клічуць?
      — ваша імя.

Не-не. Я маю на ўвазе імя, якое вы атрымалі. Імя прынцэсы, якую для вас выбраў Instagram.

Дык як вас клічуць?
      — імя прынцэсы.

1. Вы задаволены сваім заробкам?
2. Як бы вы ацанілі гадзіну сваёй працы?
3. Кім вы працуеце?
4. Ваша праца прыносіць вам здавальненне?
5. Калі ў вашай краіне пачнецца вайна, вы страціце працу?
6. На якую працу вы б уладкаваліся, калі б у вашай краіне пачалася вайна?
7. Колькі гадзін у дзень вы б маглі працаваць, калі б у вашай краіне пачалася вайна?
8. Колькі дзён у тыдзень вы б маглі працаваць, калі б у вашай краіне пачалася вайна?
9. На што б вы трацілі грошы?
10. Вы гатовы будзеце з'ехаць з вашай краіны, калі пачнецца вайна? Зразумела, без родных. Зразумела, у нікуды.

Зрабіце яшчэ адзін фотаздымак. Проста фота гэтага ж месца, гэтага ж ракурсу, толькі без вас.

Цяпер праглядзіце зробленыя вамі фота— і відэаматэрыялы ў храналагічнай паслядоўнасці.

МІШКІ ГАМІ
ДАЯДАЮЦЬ
СА СТАЛА

Банкетная зала ў гасцініцы "Палессе". Па кафлянай падлозе размазана ежа. Абарваныя жалюзі. Цячэ кандыцыянер. Адклеілася пластыкавая пазалота са столі. Людзі рухаюцца, быццам на іх накладзены эфект "бумеранг" з Instagram. Паўтараюць свае зацыкленыя рухі.

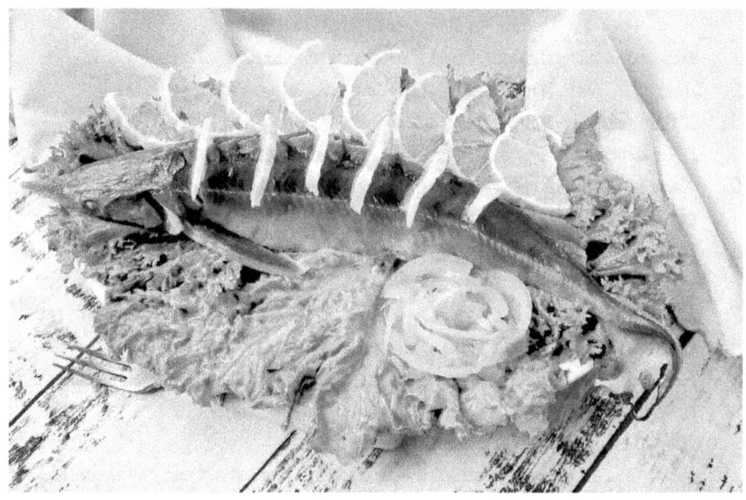

На рэпіце гучыць(-аць) каментарый(-ыі) ад вашага(-ых) сябра(-оў) са сторыз у Instagram, дзе вы выставілі маску Disney[1].

Пажылая дама ў вячэрняй сукенцы спрабуе працерці падлогу вільготнымі сурвэткамі. Малады чалавек выбірае з дапамогай пульта песню-караоке на плазменным тэлевізары. Дарослы мужчына распранае маладую дзяўчыну-афіцыянтку, яна не супраціўляецца. Пенсіянеркі кормяць адна адну чайнай лыжачкай і смяюцца. Чатырнаццацігадовая дзяўчына (на яе чорнай вадалазцы напісана стразамі "Oksana") курыць у акно-шклопакет. Двое брытагаловых хлопцаў (ім гадоў дваццаць), апранутых у аднолькавыя люстраныя касцюмы, сядзяць у тэлефонах з вельмі засяроджанымі тварамі. Яшчэ каля аднаго акна стаіць Юлія Уладзіміраўна, яна няўмела і шалёна рэгулюе жалюзі. Туды-сюды, туды-сюды. Каля яе размясціўся пажылы мужчына,

---

[1] *Каментарый можна агучыць у Google Translate.*

гадоў пяцідзесяці, які слізгае нагамі па размазаным на кафлі ка-
валку торта. Яго гэта забаўляе. Яго рухі таксама зацыкленыя.
Дзіцё ў інваліднай калясцы катаецца вакол банкетнага стала.
За ім бязладна бегае чатырохгадовая дзяўчынка ў салатавай
сукенцы. На чырвонай канапе ці то сядзяць, ці то ляжаць та-
мада гэтага свята і мама дзяўчынкі ў салатавым. Пара гадоў
трыццаці (магчыма, ён вайсковец) таньчыць павольны танец.
Запрошаны дзіцячы хор пачынае спяваць куплет:

Беловежская пуща | Belovezgskaya a dense forest

але спыняецца пасля двух складоў; праз
некаторы час пачынае зноў. Астат-
нія глядзяць у пустыя і брудныя та-
леркі, якія стаяць на голых нерухомых
дзяўчатах. Целы дзяўчат упрыгожаны
ружачкамі з заварнога крэму. Жывы рак
павольна паўзе па абрусе і вось-вось зва-
ліцца. За ім паўзе такі самы рак. Ніхто не звяртае на іх увагі.

На рэпіце гучыць(-аць) каментарый(-ыі) ад вашага(-ых) ся-
бра(-оў) са сторыз у Instagram, дзе вы выставілі маску Disney[2].

[2] Калі ніхто не пракаментаваў вашы сторыз, прапаноўваю
наступныя варыянты каментарыяў.
Ха-ха-ха!
Хах!
Ха-ха-ха-хах!
Аааааа!
Хі-хі!

Гукі верталёта. Адна з голых дзяўчат прыўзнімаецца.
ДЗЯЎЧЫНА. А хто-небудзь растлумачыць, што далей рабіць?
Маўчанне.
ДЗЯЎЧЫНА. Можа, у каго-небудзь ёсць інструкцыя?
Маўчанне.
ДЗЯЎЧЫНА. Ну нельга ж так!

Лукашенко с автоматом и в бронежилете у Дворца независимости в Минске

Кожную раніцу
прымушаю сябе схадзіць у душ,
намыліць цела
і змыць пену са скуры.
Скура не адчувае тэмпературу вады.
Яна помсціць.
Раней яна свярбела
і казала: "Хопіць!"
Цяпер яна маўчыць.
Кожную раніцу я прымушаю сябе чысціць зубы.
З маіх дзяснаў цячэ кроў.
Я сплёўваю яе ў ракавіну —
быццам гэта вялікі сакрэт.
Я чышчу зубы, і свішча кроў.
Чышчу і плюю.
Чыста і крывава.

Я здыму свой фільм
я не буду ў ім смяяцца
я буду драчыць у зуме
і атрымліваць за гэта данаты на свой paypal

Так, абавязкова ў наступную сераду прыбяру-
ся.[3]

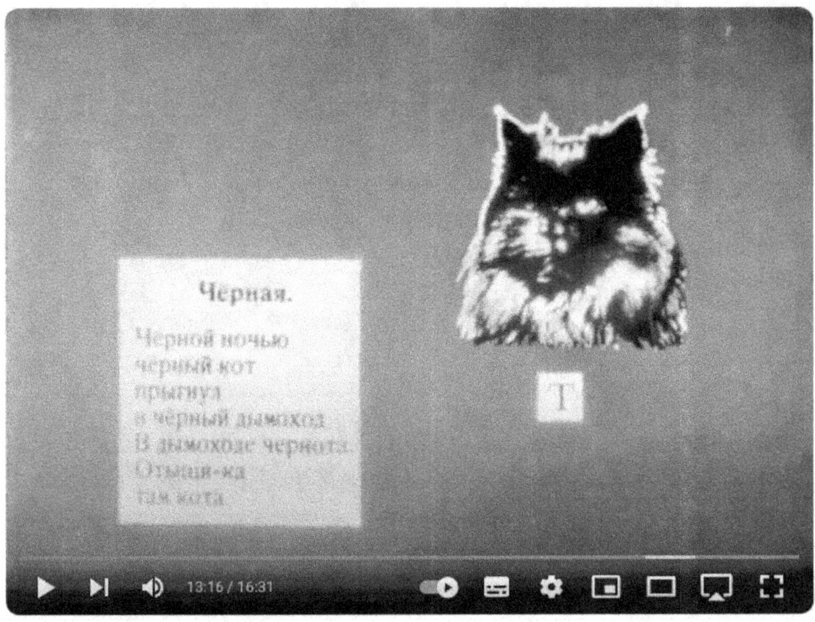

Энтропия, 1985

Мінск — Гент, 2020

Пераклад з рускай Алеся Астроўскага-Гіры

[3] Мой афіцыйны заробак за жнівень — лістапад
2020 г. склаў 2736 еўра. Гэта 684 еўра ў месяц,
з якіх 300 еўра за арэнду пакоя. На білеты каля
100 еўра. 90 еўра на ежу ў тыдзень. За жнівень
— лістапад 2020 г. у Chatroulette сума даходу
склала 4831 еўра, г. зн. 39,5 еўра ў дзень за
122 дні. Усе грошы, заробленыя за 122 дні ў
Chatroulette, былі адпраўлены ў **Support for
Belarus**.

FUCKING IN BRUXELLES

Максім, 24 гады
Філіп, супрацоўнік Еўрапарламента
Тэа, супрацоўнік Еўрапарламента
Bruspass, супрацоўнік Еўрапарламента
Чакі, супрацоўнік Еўрапарламента
Люся, прыбіральшчыца
Ёся, бацька Люсі

Аб'ява пра пачатак спектакля электронным голасам, які надалей гучыць у спектаклі:

"Паважаныя гледачы, просім вас на час спектакля выключыць мабільныя тэлефоны. Просім пакінуць залу гледачоў, якім не споўнілася васямнаццаць гадоў. Таксама просім вас выйсці з залы, калі спектакль можа абразіць вашы палітычныя і рэлігійныя погляды. Прыемнага прагляду".

Пакой — гасцёўня, сумешчаная з кухняй. Шум вуліцы даносіцца з адчыненага акна. Жаночы голас на французскай за сцэнай.

— Святло ў калідоры выключаецца вось тут. Гэта ўсё кнігі майго мужа, іх лепей не чапаць. Штосьці мы забралі. Ён вельмі пережывае за кнігі. Туды — ванная і туалет, тут спальня. Калі што, матрац вы можаце выкінуць. Акно адчыняецца вось так. Так, зусім забыла, пароль ад вай-фая я вам напішу тут. Так, аловак. PJS777, а маленькае, А вялікае, 8, z маленькае, Q вялікае, trv, ага. Я вам пакіну тэлефон прыбіральшчыцы, яна слаўная жанчына, ну гэта так, на ўсялякі выпадак. Добра. Калі нейкія праблемы — тэлефануйце. Вось ключы. Гэта ключ ад паштовай скрыні, а гэты ад веласіпеда, калі вы карыстаецеся веласіпедам, можаце ўзяць мой.

З акцэнтам:

— Дзякуй!

— Было цяжка знайсці кагосьці на месяц, усе хочуць або на выхадныя, або на працяглы тэрмін. Я вельмі радая.

З акцэнтам:

— Так, я таксама.

— Вы па працы прыехалі?

З акцэнтам:

— Так, у мяне невялікі праект, якраз на месяц.

— Я, здаецца, усё паказала... Калі што — тэлефануйце. Тут спакойны раён, думаю, праблем не павінна быць. Калі вам замінае дзіцячая каляска, я магу аднесці яе ў сутарэнне. Ніяк не магу прадаць яе, некалькі разоў рабіла пост на Фэйсбуку.

З акцэнтам:

— Не-не, усё цудоўна. Не замінае.

— Добра. Ну прыемнай працы! Да сустрэчы!

З акцэнтам:

— Прыемнага вам адпачынку!

— Дзякуй!

Жанчына выходзіць.

Герой уваходзіць у пакой са спартыўнай сумкай, ставіць яе на стол, закурвае, аглядае пакой, бачыць прусака, забівае яго.

МАКСІМ. Fuck.

FUCKING IN BRUXELLES[1]

МАКСІМ. PJS777, a маленькае, A вялікае, 8, z маленькае, Q вялікае, trv.

Чорт.

Уводзіць пароль яшчэ раз, услых, больш настойліва.

МАКСІМ. PJS777, a маленькае, A вялікае, 8, z маленькае, Q вялікае, trv.

[1] Шлых у Брусэлі (англ.)

Максім падыходзіць да акна, глядзіць.
МАКСІМ. Hallo, Bruxelles.
"Закадравы" тэкст механічным голасам:
Надвор'е ў Бруселі — 32 градусы, вецер умераны, ападкаў не чакаецца, тэмпература вады — 16 градусаў, тэмпература асфальту — да 29 градусаў, тэмпература ў грамадскім транспарце без кандыцыянера — каля 31 градуса, тэмпература забытай кавы на ратушнай плошчы можа дасягаць 39 градусаў, тэмпература паверхні Атоміума можа дасягаць 40—45 градусаў. Атоміум, адна з галоўным славутасцей Бруселя, быў спраектаваны да адкрыцця Сусветнай выставы 1958 года бельгійскім інжынерам Андрэ Ватэркейнам як сімвал атамнага веку і мірнага выкарыстання атамнай энергіі.

МАКСІМ. Так, галоўнае не ёбнуцца і не пачаць размаўляць з самім сабой.
Пачаў.
Значыць, ёбнуўся.
Максім бярэ тэлефон у рукі.
"Закадравы" тэкст механічным голасам:
Адкрыйце на сваёй мабільнай прыладзе дадатак Grindr.
Grindr — Gay Dating and Chat.
Далей — прадоўжыце ўваход праз актывізацыю вашага персанальнага профілю праз Google або Facebook.
Дачакайцеся пацвярджэння.
Далей — увайдзіце ў ваш аўтарызаваны акаўнт.
Увядзіце імя.

Увод імя.
МАКСІМ: Max111.
Загрузіце фотаздымак, выберыце фота з альбома. Выбраць "пазначаныя".
Загрузка фотаздымкаў.
У радку профілю напішыце ўзрост.

Увод даты нараджэння.
МАКСІМ: 1995.
Увядзіце іншыя параметры: рост, вага, роля ў сексе.

Упішыце ў радок профілю хэштэгі, па якіх карыстальнікі змогуць вас знайсці па інтарэсах і перавагах.

Дадайце фота ў раздзел "схаваныя фотаздымкі". Зрабіць фота з камеры.

Максім спускае штаны, хоча зрабіць фота. Яго перапыняе званок тэлефона.

МАКСІМ. Прывітанне, мама!

МАМА. Прывітанне, як ты? Не магла да цябе дазваніцца, усё добра?

МАКСІМ. Усё добра, тэлефон сеў: выйшаў без зарадкі. Усё добра.

МАМА. Я не замінаю?

МАКСІМ. Не, усё добра. Штосьці здарылася?

МАМА. Не, усё цудоўна. Проста даўно не размаўлялі, хацела спытаць, як ты.

МАКСІМ. Я ўжо сказаў, што ўсё добра. Ты як маешся?

МАМА. Ну таксама ўсё добра.

МАКСІМ. Ну добра.

Паўза.

МАМА. Учора ездзіла на могілкі да таты, прыслала табе здымкі з могілак, але ты мне нічога не адказаў.

МАКСІМ. Так, я пагляджу. Пагляджу.

Паўза.

МАМА. Я вельмі хачу, каб ты прыехаў.

МАКСІМ. Ну ты ж разумееш, што гэта пакуль немагчыма. Гэта небяспечна. Мяне могуць узяць проста на мяжы. А калі не на мяжы, то пазней.

МАМА. І вось трэба было гэта ўсё... (*Уздых.*)

Паўза.

МАМА. Можа, я прыеду.

МАКСІМ. Гэта гучыць больш рэалістычна. Гэта было б добра.

МАМА. Як у цябе з працай?

Паўза.

МАКСІМ (*медытатыўна*). Усё добра. Працую. Усё па-ранейшаму, без змен.

МАМА. Добра... Плацяць нармальна?

МАКСІМ. Нармальна.

МАМА. Грошай хапае?

МАКСІМ. Так. Ёсць яшчэ татавы грошы. Так што не перажывай.

МАМА. Што ты ясі там?

МАКСІМ. Мам!

Паўза.

МАМА. Люблю цябе.

МАКСІМ. Я таксама.

МАМА. Дзе ты цяпер?

МАКСІМ. Я ў сябра, зайшоў у госці, вырашыў паглядзець футбол.

Паўза.

МАМА. Я вельмі шкадую, што ты не быў на пахаванні бацькі.

МАКСІМ. Я б усё роўна не змог перасячы мяжу.

МАМА. Я разумею...

Яго жонка паставіла агідны помнік. Паглядзі, я прыслала табе здымак. Яна паставіла помнік, дзе ўжо ёсць месца для яе партрэта.

МАКСІМ. Я пагляджу, добра! Усё, мне пара́. Абдымаю!

МАМА. Абдымаю!

Максім застаецца сядзець, глядзіць у тэлефон, устае, потым зноў садзіцца, глядзіць у тэлефон, адкладвае тэлефон, пачынае нібыта размаўляць з мамай.

МАКСІМ. Прывітанне, мамуля!

МАКСІМ. Як ты, сынуля?

МАКСІМ. Усё вельмі, вельмі хуёва, мамуль.

МАКСІМ. Так? Раскажы, цікава!

МАКСІМ. Праўда?

МАКСІМ. Ды вось ябуся па крузе, нядаўна звольнілі з працы, на іншую не бяруць.

МАКСІМ. Чаму?

МАКСІМ. Тайнае правіла — не браць.

МАКСІМ. Карту ў банку не адкрываюць, на ўлік стаць не магу, патрэбна карта, для карты патрэбна праца, для працы патрэбна рэгістрацыя, для рэгістрацыі патрэбна карта, для карты патрэбна праца. Неяк так, здаецца, вось.

МАКСІМ. І што, дзе ты?

МАКСІМ. Не працягнулі арэнду кватэры, бо не змог стаць на ўлік. Таму вось прыехаў у Брусель.

МАКСІМ. Нішто сабе! Як ты там апынуўся?

МАКСІМ. Прыляцеў самалётам. Трачу грошы з татавай кватэры. Дзякуй тату, што памёр.

МАКСІМ. Як дрэнна ты кажаш пра тату!

МАКСІМ. Вельмі дрэнна, так. І, мам, мяне запорхала, што ты мне прысылаеш фоткі з татавай магілы. Асабліва мяне ўторкнула відэа, дзе ты кладзеш велікодны куліч яму на магілу. Нахуя мне гэта прысылаць?

Алё, мама, ты мяне не чуеш?! Ты маўчыш? Алё!

Кідае тэлефон на канапу.
Гук паведамлення з Grindr.
"Закадравы" тэкст механічным голасам:
Паведамленне з дадатку Grindr.

Карыстальнік @SFPranger адправіў вам паведамленне.

Гук.

Карыстальнік @SFPranger адправіў вам паведамленне.

Гук.

Карыстальнік @SFPranger адправіў вам паведамленне з тэкстам.

Карыстальнік @SFPranger адправіў вам фота.

Радыус знаходжання карыстальніка 270 метраў ад вас.

Адказаць карыстальніку.

BRUSSELS NON-AGREEMENTS[2]

Берагавая лінія Бельгіі — шэсцьдзесят шэсць кіламетраў. Сонца пачынае садзіцца. Неба робіцца чырванаватым. Шэсцьдзесят шэсць кіламетраў берагавой лініі зліваюцца з гарызонтам. Прыгожы краявід. Прыемнае пачуццё. Якраз для экстрэмальнага дэйтынгу пасля заканчэння працоўнага дня.

У пакой заходзіць мужчына гадоў пяцідзесяці пяці. Сіваваты. У яго руках скураны партфель, тэлефон і ключы.

МАКСІМ. Прывітанне!

ФІЛІП. Салют!

МАКСІМ. Праходзь!

ФІЛІП. Дзякуй!

Я Філіп.

МАКСІМ. Вельмі прыемна! Я Макс.

Філіп працягвае руку. Максім не паціскае, адводзіць вочы.

ФІЛІП. А куды можна пакласці рэчы?

МАКСІМ. Ну вось сюды.

Кладзе.

ФІЛІП. Я магу тут распрануцца?

МАКСІМ. Як табе зручна...

Мужчына знімае камізэльку, акуратна складвае, знімае абу-так, шкарпэткі.

ФІЛІП. Мы адразу пойдзем?

МАКСІМ. Ну калі хочаш, можаш пасядзець. На канапе.

ФІЛІП. Так, лепей крышку пасяджу.

Пабалакаем?

МАКСІМ. Пра што?

Філіп выцірае пот з ілба.

МАКСІМ. Табе даць вады, можа?

ФІЛІП. Так, дзякуй! Нешта крыху горача. Дзякуй! Вой, прабач!

Паўза.

МАКСІМ. Усё ў парадку?

---

[2] Брусельскія не-пагадненні (англ.)

ФІЛІП. Так, проста так нечакана. Я першы раз вось так, ну...

МАКСІМ. Першы раз што?

ФІЛІП. Проста заўсёды марыў, ну гэта, як у порна, я толькі порна глядзеў, але заўсёды было цікава...

П'ючы шклянку вады, падыходзіць да акна.

ФІЛІП. Адсюль бачныя вокны маёй працы.

МАКСІМ. Так?

ФІЛІП. Так, вунь тыя. Бачыш?

МАКСІМ. І чым ты там займаешся?

ФІЛІП. Міграцыйная палітыка. Гэта ўсё нудна і няважна цяпер.

МАКСІМ. Праклятыя мігранты, чорныя, жабракі, наркаманы.

Максім ухмыляецца.

МАКСІМ. Жартую.

ФІЛІП (*какетліва ўнікаючы*). Давай не будзем пра работу.

МАКСІМ. Чаму? Мне сапраўды цікава.

ФІЛІП. У нас хутка выбары, думаем, як усё арганізаваць. Працую ў невялікай партыі. Карацей, мы думаем. Так.

МАКСІМ. І як называецца партыя? Можа, я буду агітаваць за яе.

ФІЛІП. Ты захапляешся палітыкай?

МАКСІМ. Даводзіцца.

ФІЛІП. "Еўропа без нацый і свабод". Чуў?

МАКСІМ. Не, але пакуль ты не дапіў шклянку вады, мы можам пагаварыць аб праблемах вашай партыі.

Хутка дапівае.

ФІЛІП. Вылупцуй мяне. Як хлопчыка. Як татка б'е свайго сына. Зробіш?

Загараюцца сінія зорачкі Еўрапарламента, вечарэе.

ФІЛІП. Можна яшчэ вады?

Дастае таблеткі.

МАКСІМ. Гэта што?

ФІЛІП. Гэта так, для спакою.

МАКСІМ. Ты нервуешся?

ФІЛІП. Не-не, усё добра.

Дыхае, настройваецца.

ФІЛІП. А можна ў душ?

МАКСІМ. Не.

ФІЛІП. Прабач, так.

Яшчэ раз настройваецца, выдыхае.

МАКСІМ. До', ёбчыкмаць!

ФІЛІП. Так, так!

МАКСІМ. Выклікаеш жаль.

ФІЛІП. Хадзем!

МАКСІМ. Спачатку сюды.

ФІЛІП. Што гэта?

МАКСІМ. Гэта для цябе.

Пяшчотна падводзіць да стала.

МАКСІМ. Выбірай! Сёння ты можаш выбраць толькі адзін прадмет, якім я буду цябе лупцаваць.

Філіп выбірае падл.

ФІЛІП. А ёсць стоп-слова, на ўсякі выпадак?

МАКСІМ. Я яго яшчэ не прыдумаў.

ФІЛІП. Выберу гэта.

МАКСІМ. Ведаеш, у мяне сёння цікавы настрой.

ФІЛІП. І ў мяне.

МАКСІМ. Таму я падумаў, што я выберу для цябе сам.

ФІЛІП. І што?

Максім бярэ скураны стэк.

МАКСІМ. Напрыклад, гэта.

ФІЛІП. Я хачу. Калі ласка!

МАКСІМ. Хочаш?

ФІЛІП. Так, вельмі хачу. Калі ласка!

Максім глядзіць у вочы.

МАКСІМ. Я прыдумаў.

ФІЛІП. Што?

МАКСІМ. Стоп-слова.

Свабода, роўнасць, братэрства.

Ідзі ў тыя дзверы!

"Закадравы" тэкст механічным голасам:

У славянскай культуры помста не звязана з паняццем справядлівай адплаты. Помста ёсць стыхійнае пачуццё, што перапаўняе чалавека. І часта не звязана з мэтай і вынікам. Пачуццё змяшчае непасрэдную асалоду ад катавання. У Някрасава ёсць радкі пра тое, як мужык лупцуе каня пугай па вачах, "па пакорлівых вачах".

Ёсць такія каты, якія могуць разгарачацца з кожным ударам да сладастраснасці, да літаральнай сладастраснасці, з кожным наступным ударам усё больш і больш...

ФІЛІП:

Свабода, роўнасць, братэрства!

Свабода, роўнасць, братэрства!

Свабода, роўнасць, братэрства!

Максім, выходзіць, закурвае. Філіп з'яўляецца з-за дзвярэй.

ФІЛІП. Мы дамаўляліся пра стоп-слова. Чаму ты не спыніўся?

МАКСІМ. Так атрымалася. Я быў захоплены.

ФІЛІП. У цябе выпадкова няма перакісу або чагосьці?

МАКСІМ. Няма.

Філіп ідзе ў пакой.

ФІЛІП. Можа, у цябе ёсць ручнік?

МАКСІМ. Няма.

ФІЛІП. У мяне кроў.

МАКСІМ. Я не ўпісаў гэты пункт у правілы наведвання маёй кватэры. Трымай! Але ў наступны раз ты павінен прынесці свой.

ФІЛІП. Слухаю! Прабач!

МАКСІМ. Вытрыся і ідзі, у душ сходзіш дома.

Садзіцца за стол каля сумкі, дастае з яе прадметы для BDSM.

МАКСІМ. Я прыдумаў правілы, што ў мяне будзе спецыяльны кабінет, такі кабінет доктара Калігары, куды можа трапіць не кожны, а толькі супрацоўнікі Еўрапарламента. Назавем іх "кліентамі". Пошук "кліента" адбываецца з дзевяці да васямнаццаці, у працоўны час.

Нулявы этап — чаканне "кліента". Адно з правілаў — не пісаць самому, тым больш у многіх "кліентаў" ананімныя прафайлы.

Першы этап — просьба да "кліента" скінуць яго геалакацыю, каб пераканацца, дзе ён знаходзіцца, каб адсеяць непатрэбных.

Другі этап — знаёмства. Ненавіджу, але што зробіш? Сюды ўваходзяць наступныя дзеянні: выслаць смайлік, выслаць фотку, дамовіцца пра час і гэтак далей. Другі этап мае патрэбу ў канкрэтыцы і лаканічнасці адказу. Гэты этап асноўны, этап дамовы. Калі "кліент" хоча выпіць сідру ці паглядзець кіно ў абдымку — "кліент" ідзе на хуй. Дамова ўяўляе сабой абгаворванне дзеянняў, якія будуць здзяйсняцца над "кліентам".

Удар бізуном.

Трэці этап — інфармаванне.

У паведамленні я высылаю адрас, код ад дамафона, паверх і нумар кватэры.

Першае правіла — не ўступаць у дыялог з "кліентам".

Другое правіла — не ўступаць у адносіны з "кліентам".

Трэцяе правіла — не браць грошы ў "кліента". Бярэш — прызнаеш дыскрымінацыю.

Чацвёртае — прычыняць боль, ніякага кампрамісу, толькі боль.

Калі бюракратыя пярдоліць мяне, то я буду пярдоліць бюракратыю.

HOUSE OF REPRESENTATIVES
AND DISCIPLINE[3]

Стук у дзверы. Няспешна ў пакой уваходзіць Кліент.

МАКСІМ. Ты спазніўся на гадзіну.

КЛІЕНТ. Затрымалі на працы.

МАКСІМ. Добра, заходзь!

Падыходзіць, працягваецца.

---

[3] Палата прадстаўнікоў і пакарання (англ.)

МАКСІМ. Я не люблю пацалункі.

КЛІЕНТ. Як цябе клічуць?

МАКСІМ. Лішняя інфармацыя, будзем без імёнаў.

КЛІЕНТ. Як цябе называць?

МАКСІМ. Як хочаш — сам прыдумай.

КЛІЕНТ. Ты зусім юны, на фота ты выглядаеш старэйшым.

МАКСІМ. Гэта дрэнна?

КЛІЕНТ. Не, наадварот. Ты не адсюль?

МАКСІМ. Не адсюль.

КЛІЕНТ. Адкуль?

МАКСІМ. Няважна.

КЛІЕНТ. Вучышся тут?

МАКСІМ. Не, я тут па працы.

КЛІЕНТ. Гэта дыпламатычны раён. Працуеш у Еўрапарламенце?

МАКСІМ. Так, сантэхнікам. А ты?

КЛІЕНТ. Data Analyst.

Паўза

КЛІЕНТ. Даўно працуеш?

МАКСІМ. Не, зусім нядаўна. Атрымаў вакансію па "праграме дапамогі прыніжаным і зняважаным, якія нарадзіліся ў дупе Еўропы".

Добра, я не працую. Наогул не працую.

КЛІЕНТ. Чаму так?

МАКСІМ. Уяўляеш, не магу знайсці працу.

КЛІЕНТ. І на што ты жывеш?

МАКСІМ. Калі табе сапраўды цікава, то мой бацька памёр паўгода таму, мы прадалі яго кватэру і падзялілі з мамай грошы. У мяне ёсць дваццаць тысяч еўра, і я проста жыву. Пакуль ёсць на што, дзякуй!

Хадзем?

КЛІЕНТ. Так.

Максім падыходзіць да сумкі.

КЛІЕНТ. Можа, проста секс?

МАКСІМ. Я не займаюся сексам, я гэта пісаў ва ўмовах. Калі цябе штосьці не задавальняе, ты можаш і пайсці.

КЛІЕНТ. Усё задавальняе.

МАКСІМ. Тады хадзем.

Ты ўзяў ручнік?

КЛІЕНТ. Так.

Выходзяць.

Every year about 300,000 people visit the European Parliament. Visits can be made to the Parliament buildings in Strasbourg and Brussels. Citizens can follow the parliamentary sessions and meet Members of the Parliament. Guided tours are given in all official languages of the European Union. The guides give an overview of the activities and duties of the Parliament. Visitors may also ask questions. Every group must include at least fifteen and no more than 40 guests. Individual visitors may be included in bigger groups. In Brussels, guided tours are given every day. People can take part in them without prior notice.

Tour times:

Monday-Thursday 10.00 and 15.00;

Fridays 10.00.

КЛІЕНТ. У цябе можна курыць?

МАКСІМ. Так.

КЛІЕНТ. Можна твае?

МАКСІМ. Бяры.

Закурвае.

КЛІЕНТ. Што ты робіш у пятніцу ўвечары?

МАКСІМ. У пятніцу я заняты. Можам сустрэцца ў нядзелю.

КЛІЕНТ. На выхадных я заняты.

МАКСІМ. У цябе павінен быць час для мяне. Так не пойдзе!

КЛІЕНТ. Выхадныя я праводжу з сынам. Ён жыве ў іншым горадзе. На выхадных забіраю яго ў Брусель.

МАКСІМ. Разумею, сыну патрэбны бацька.

КЛІЕНТ. Так, павяду яго ў палеанталагічны музей. Ён тут блізка.

МАКСІМ. Зайздрошчу твайму сыну. У яго слаўны тата.

КЛІЕНТ. Пойдзем глядзець на шкілеты дыназаўраў. Яму сем гадоў. Ён абажае дыназаўраў, ведае ўсе назвы. Купіў яму чахол для тэлефона з дыназаўрамі. Думаю, ён будзе ў захапленні.

Максім заціскае Кліенту рот.

МАКСІМ. Тады панядзелак?

КЛІЕНТ. У панядзелак увечары.

МАКСІМ. Дамовіліся.

Кураць.

КЛІЕНТ. Мне б хацелася сустракацца на сталай аснове. Гэта магчыма?

МАКСІМ. Давай паспрабуем.

КЛІЕНТ. Мне б хацелася скарэкціраваць твае паводзіны.

МАКСІМ. У сэнсе?

КЛІЕНТ. Я бачу, што ты нявопытны. Але ў цябе добры патэнцыял. Цябе трэба крыху навучыць.

МАКСІМ. Гэта я тут для таго, каб чамусьці навучыць.

КЛІЕНТ. Міла. Але ты надта юны. Табе не хапае тэхнікі. Патэнцыял ёсць, але трэба вучыцца.

МАКСІМ. Мне не патрэбна навучанне.

КЛІЕНТ. Паспрабуй кантраляваць сваю злосць. Пастарайся адчуваць партнёра. Арыентавацца на яго дыханне або стогны. У тваіх руках улада над чалавекам. Ты павінен адчуваць таго, над кім маеш уладу.

МАКСІМ. Давай не будзем пра паліткарэктнасць, ага? Ты дакурыў?

Кліент ухмыляецца.

МАСІМ. Чаму ты смяешся?

КЛІЕНТ. Не, проста ўспомніў сёе-тое.

МАКСІМ. Тады да панядзелка!

КЛІЕНТ. Так.

Апранаецца.

КЛІЕНТ. Скажы, табе патрэбны грошы?

МАКСІМ. Не, у мяне ёсць грошы.

КЛІЕНТ. Вазьмі! Я пакіну тут.

МАКСІМ. Мне не патрэбны грошы. Забяры іх назад!

КЛІЕНТ. Я бачу, што ты курыш танныя цыгарэты.

МАКСІМ. Гэта звычка.

Кліент глядзіць, усміхаецца.

МАКСІМ. У мяне ёсць грошы, ёсць. Мой бацька памёр паўгода таму. Я ўгаварыў маму прадаць яго кватэру. І цяпер я жыву на гэтыя грошы. Жыву.

КЛІЕНТ. Ты схлусіў, што працуеш сантэхнікам.

МАКСІМ. Я нават не спрабаваў хлусіць, гэта быў сарказм. Я не працую. Зусім не працую. Табе хочацца мяне пашкадаваць? Я не разумею, на якую халеру ты ўвогуле лезеш да мяне з пытаннямі, тыпу патрэбны мне грошы і ці ёсць у мяне праца? Сур'ёзна?

КЛІЕНТ. Сур'ёзна.

МАКСІМ. У мяне няма працы. Апошні месяц я размалёўваў дзіцячыя яблені аква-грымам у гандлёвым цэнтры. Маляваў Спайдар-мэнаў, матылькоў і яноцікаў. І мне гэта не падабалася, так.

А яшчэ я працаваў на запраўцы, і мне гэта таксама не падабалася. І не, я не шукаю сябе.

КЛІЕНТ. Ты знайшоў сябе?

МАКСІМ. У мінулым жыцці, так.

КЛІЕНТ. І кім ты быў у мінулым жыцці?

МАКСІМ. Адвакатам.

КЛІЕНТ. І што здарылася?

МАКСІМ. Ты можаш пачытаць у інтэрнэце мільён саплівых гісторый пра тое, што здарылася не толькі са мной, а з кожным, хто прыехаў, ці ўцёк, ці выбег, ці з'ябаўся. Да панядзелка!

Кліент хоча падысці да Максіма.

МАКСІМ. Гэта не адпавядае правілам.

КЛІЕНТ. Кінь! Якім правілам?

Дамагаецца пацалунка.

Уваходзіць Люся.

ЛЮСЯ. Прабачце, я прыйшла раней, вы адключылі званок у дзверы і не бралі тэлефон, а дзверы адчыненыя.

МАКСІМ. Добры вечар, Люся!

ЛЮСЯ. Я тэлефанавала вам, але вы не ўзялі трубку. Я магу прыбраць? Мы з вамі дамаўляліся, каб я прыйшла прыбраць сёння.

МАКСІМ. О, я забыў зачыніць дзверы. Так, дамаўляліся. А колькі часу?

ЛЮСЯ. Я прашу прабачэння, у майго бацькі сёння свята, Дзень ветэрана, і нам трэба паспець на канцэрт, таму прыйшла загадзя.

МАКСІМ. Усё ў парадку!

КЛІЕНТ. Лепей зачыняць дзверы: гэта даволі небяспечны раён.

ЛЮСЯ. Ну не скажыце! Тут дыпламатычны раён, ахоўваецца, шмат камер.

КЛІЕНТ. Мне пара.

МАКСІМ. Так, на сувязі.

КЛІЕНТ. Да сустрэчы!

ЛЮСЯ. Гэта мой бацька. Вы не супраць, калі ён пасядзіць?

МАКСІМ. Не, вядома, не.

ЛЮСЯ. Тата, пасядзі і паўтарай верш.

ЁСЯ (*дастае пацёртую паперку ў файле, шэпча*).

Неба ўверсе, неба ўнізе,

Зоркі ўверсе, зоркі ўнізе,

Усё, што ўверсе, — усё і ўнізе.

Гэта быў твой тата?

МАКСІМ. Не, гэта мой знаёмы.

ЁСЯ. А дзе твой тата?

МАКСІМ. Мой тата памёр паўгода таму.

Люся выносіць пакет са смеццем, яе бацька сядзіць з букетам.

ЛЮСЯ. Я звычайна не мыю пасцельную бялізну, але, здаецца, там кроў.

МАКСІМ. Я параніўся.

ЛЮСЯ. Закінуць яе ў пральную машыну?

МАКСІМ. Не, я сам.

ЛЮСЯ. Я магу паслаць новую.

МАКСІМ. Не, дзякуй, Люся! Я там не сплю, я сплю тут на канапе.

Я пераставіў усе мыйныя сродкі ў ванную.

ЛЮСЯ. Так, я заўважыла.

Люся ідзе ў іншы пакой, яе бацька пачынае чытаць верш, калі яна вяртаецца.

ЁСЯ. Неба ўверсе, неба ўнізе,

Зоркі ўверсе, зоркі ўнізе,

Усё, што ўверсе, — усё і ўнізе.

Калі пакалупаць пальцам, то пойдзе кроў.

МАКСІМ. Як цябе клічуць?

ЁСЯ. Сёння я... Ёся.

МАКСІМ. Прыемна пазнаёміцца! У цябе свята?

ЁСЯ. Сёння я... святкую свята. Гэта букет для маёй нянечкі. Але адну кветачку я забраў сабе.

Паказвае ў кішэні.

ЁСЯ. Я яе пакладу ў тоўстую кнігу.

Хочаш, я раскажу табе пра Божаньку?

МАКСІМ. Давай!

ЁСЯ. Ён жыве там, у садзе.

МАКСІМ. І ты яго бачыў?

ЁСЯ. Так!

ЛЮСЯ. Тата, не прыставай! Сядзі спакойны і паўтарай верш.

ЁСЯ. Неба ўверсе, неба ўнізе,

Зоркі ўверсе, зоркі ўнізе,

Усё, што ўверсе, — усё і ўнізе.

Люся выходзіць.

МАКСІМ. Так што ты казаў пра Божаньку? Працягвай!

ЁСЯ. Ён сядзіць у белым парніку і раскладвае фігуркі на дошцы. Я не ведаю, як называецца гэтая гульня. Побач з ім сядзяць анёлкі. Зусім голыя анёлкі. Без адзення. Адзін чорны, а другі чырвоны.

Люся праходзіць міма.

ЁСЯ (*шэптам*). Чырвоны анёлак можа прапанаваць гарбату! Нельга адмаўляцца!

МАКСІМ. І ты гуляў з Божанькам?

ЁСЯ. Так!

МАКСІМ. І як?

ЁСЯ. Я прайграў. Божанька выйграў.

МАКСІМ. Чаму ты не згуляў другі раз?

ЁСЯ. Бо другога разу няма. Чорны анёлак выводзіць цябе з палаткі і адпраўляе да мамы.

ЛЮСЯ. Ты зараз пойдзеш у іншы пакой. Я прашу прабачэння, што ён вам замінае.

МАКСІМ. Усё цудоўна, мы пасябравалі.

ЛЮСЯ. Хадзем!

МАКСІМ. Люся, ён дарослы хлопец, сёння ён святкую свята, няхай сам вырашыць, што яму рабіць.

Люся выходзіць.

ЁСЯ (*наўздагон Люсі, шэптам*). Жывёліна!

Дык вось, Божанька сядзіць у велічэзным парніку, які навісае над Зямлёй і Месяцам. Ён раскладвае на каленях карты, яго калені вельмі вялікія, так што на іх змяшчаюцца і розныя талеркі, якія яму прыносяць анёлкі, і яшчэ розныя падарункі, цукеркі. У гэтым парніку заўсёды горача, і паветра, што ўздымаецца з Зямлі і Месяца, ператвараецца ў кропелькі. І ўвесь верх гэтай палаткі пакрыты маленькімі і вялікімі кропелькамі. Жоўтымі, чорнымі, цёмна-чырвонымі, карычневымі, зялёнымі... Анёлкі падымаюцца ўверх і збіраюць гэтыя кропелькі ў колбачкі. А потым, калі яны збяруць патрэбную колькасць колбачак, спускаюцца ўніз і раздаюць іх тым, хто павінен спусціцца туды, на Зямлю. І ўсім па чарзе даюць піць сабраныя кропелькі. Але пасля чалавек, які выпіў, засынае. Таму там ёсць цэлы калідор спячых цел. Яны спяць глыбокім-глыбокім сном. А потым адзін анёлак садзіцца ў вялікую машыну з каўшом і скідвае ўсе спячыя целы ўніз...

МАКСІМ. А якую колбачку ты выпіў?

ЁСЯ. А я не выпіў. Я прыкінуўся, што заснуў, і лёг разам з іншымі. Таму я памятаю ўсё. Я нічога не забыў. А астатнія — не памятаюць. Таму ім даводзіцца чытаць розныя кнігі. І спазнаваць усё нанова.

МАКСІМ. Крута! Гэта значыць, я таксама выпіў гэта?

ЁСЯ. Вядома! І на працягу твайго жыцця з цябе выходзіць чарадзейная пара, якая далятае туды і ператвараецца ў кропелькі.

Дакранаецца пальцам да лба Максіма, каштуе на смак.

ЁСЯ. Гарчыць.

Плюецца.

МАКСІМ. І што гэта значыць?

ЁСЯ. Нічога. Проста табе трэба злавацца ўсё жыццё, а потым ты памрэш. Злосны, стары і незадаволены.

МАКСІМ. Ну хоць я буду доўга жыць.

ЁСЯ. Ага, давядзецца.

МАКСІМ. А калі я заб'ю сябе?

ЁСЯ (*каштуе яшчэ раз*). Не, не зможаш.

МАКСІМ. Чаму?

ЁСЯ. Тыя, хто сябе можа забіць... Тыя салодзенькія, як цукровая вата.

Уваходзіць Люся.

ЛЮСЯ. Я не змагла аддзерці скотч з падлогі. Мабыць, патрэбны ацэтон. Вы не маглі б купіць ацэтон?

Люся і Ёся выходзяць. Ёся вяртаецца, бо забыў букет.

МАКСІМ. Хочаш, раскажу табе пра тату?

ЁСЯ. Ну давай.

МАКСІМ. Мы жылі ў хрушчоўцы на чацвёртым паверсе, знізу жыў мой аднакласнік, а зверху — аднакласніца, сцены ў доме былі настолькі тонкімі, што мы нават перагаворваліся. Адзін раз я вырашыў пакарміць рыбак тварагом, не ведаю чаму. Мне здавалася, што яны галодныя. І я засыпаў каліва тварагу ў акварыум, зусім няшмат. Але рыбкі не сталі есці тварог, ён не асядаў, а чамусьці цыркуляваў па ўсім акварыуме. А рыбкі нават не падплывалі да яго. Калі прыйшоў тата, ён убачыў тварог. Спачатку ён моўчкі выліў усё змесціва акварыума ва ўнітаз, разам з рыбкамі, і змыў іх. Потым ён увайшоў у мой пакой. Паглядзеў на мяне. І нічога не зрабіў. Выйшаў. Я ціхенька разаслаў сабе пасцель і лёг спаць. Было не больш за пяць гадзін вечара. Так і праспаў. Больш тата не заходзіў у мой пакой.

Ёся глядзіць на зорачкі Еўрапейскага парламента, быццам учытваецца.

МАКСІМ. Гэй! Што там?

ЁСЯ. Сёння выйшаў новы ўказ. Ад партыі "Еўропа без нацый і свабод". Усім прыезджым. Усім тым прыезджым, якія жывуць у радыусе кіламетра ад Еўрапарламента, трэба пасяліцца ў іншым месцы. Гэта небяспечна. З чатырнаццаці да васямнаццаці прыйдзе інспекцыя.

Выязджай або сыходзь на час у падполле.

Ёся выходзіць.

POWER EXCHANGE[4]

Злучаем запясці за спінай, пальцы павінны быць прамыя, каб яны не дранцвелі. Абвязваем запясці тры разы, прасоўваем вяроўку праз пяцельку. Калі застанецца крыху свабоднай вяроўкі, яна будзе сама зацягвацца, што прыкметна паўплывае на кровазварот. Праверце вяроўку ад запясцяў да пляча, ад пляча да грудзей і да другога пляча. Калі вяроўка закончылася, то да яе трэба прывязаць яшчэ адну вяроўку.

Даўжыня вяроўкі — сем з паловай — восем метраў. Працэс звязвання зойме ад пятнаццаці да трыццаці хвілін.

Максім бярэ алюмініевы скотч.
Уваходзіць чалавек.

Алюмініевым скотчам можна прыматаць ногі да крэсла, рукі загнуць за спіну, запясці злучыць паміж сабою. Запясці таксама абматаць скотчам. У сярэднім на аднаго чалавека спатрэбіцца тры — тры з паловай метры скотча. У шпулі скотча дваццаць пяць метраў.

Прызначэнне: выкарыстоўваецца для герметызацыі злучальных швоў і стыкаў вентыляцыйных каналаў або паветраводаў, карпусоў, труб і вузлоў, ізаляцыі трубак у сістэмах кандыцыяніравання, склейвання параізаляцыйных плёнак паміж сабой, рамонту парэзаў на палатне плёнкі. З дапамогай фальгіраванага скотча ізалююць стыкі разнастайных панелей, надзейна засцерагаюць абсталяванне ад пранікнення ў яго пары, пылу і бруду, праклейваюць швы пры мантажы адбівальнай ізаляцыі з мэтай зніжэння цепластрат.

Скотч заканчваецца, застаецца тры з паловай метры арміраванай клейкай стужкі.

Стужка была выкарыстана на
менеджары,
апаратары кол-цэнтра,
дэпутаце,
супрацоўніку міграцыйнага кабінета,

---

[4] Абмен сэксуальнай уладай (англ.)

праграмісце

і двух супрацоўніках Еўрапарламента, якія не прадставіліся і не былі ідэнтыфікаваны.

Неабходна выйсці з кватэры і купіць яшчэ адну шпулю скотча.

Bruspass сядзіць на канапе спінай да гледача. Максім сядзіць за сталом, глядзіць у адну кропку.

BRUSPASS. Дзіўна, што табе дазволілі пасяліцца тут. Я неяк паўгода таму шукаў аднаму свайму юнаму прыяцелю кватэру, таксама ў гэтым раёне. Немагчыма было знайсці. Або неапраўдана дорага, або проста не хацелі здаваць іншаземцу. Прасілі ліст з месца працы.

Максім маўчыць.

BRUSPASS. Знайшоў яму кватэру за сорак хвілін ад Бруселя, але ён прабыў тут толькі два месяцы. Добры хлопец быў, але што зробіш?..

Чытаеш?

Цікавая рэч.

Вобраз Уленшпігеля — валацугі, хітруна і веселуна — пачаў складвацца ў нямецкім і фламандскім фальклоры ў XIV стагоддзі. Сюжэт быў літаратурна аформлены ў надрукаванай у 1510-м ці 1511-м годзе народнай кнізе Ein kurtzweilig Lesen von Dyl Ulenspiegel, geboren uß dem Land zu Brunßwick, wie er sein leben volbracht hat...

BRUSPASS. Незвычайныя гравюры. У дзяцінстве я чытаў гэтую кнігу, мне падабаўся раздзел, дзе ён паказвае святарам свае га́лы. У маёй кнізе не было гэтай карцінкі. Памятаю, я заплюшчваў вочы і ўяўляў гэтыя га́лы падлетка: сакавітыя і беласнежныя, уяўляў, як я дакранаюся да іх губамі, пакуль ён сядзіць на плоце і разглядае рытуальную працэсію, якая ідзе міма яго дома. Гэта быў мой улюбёны раздзел, я перачытваў яго, засынаў, потым зноў перачытваў, але, шчыра кажучы, я не памятаю, ці дачытаў я да канца гэтую кнігу. Трэба неяк пачытаць.

Адкладае кнігу. Падыходзіць да Максіма, кранае яго. Максім не рэагуе.

BRUSPASS. Мне хацелася, каб Ціль мяне прынізіў, каб ён кпіў з мяне. Бедны-бедны Ціль: яму так не пашанцавала нарадзіцца ў той час.

Максім маўчыць. Bruspass падыходзіць да акна.

BRUSPASS. Добрая кватэра.

МАКСІМ. Так, кватэра нядрэнная, але тут часам прусакі. Прачынаешся ноччу, а ў ракавіне таракан, які ад цябе ўцякае ў вентыляцыю. Вось, бачыш — ляжыць размазаны. Не дабег.

Максім сурвэткай бярэ таракана і выкідае ў сметніцу.

МАКСІМ. Дзіўны стан, калі забіваеш таракана і не адчуваеш злосці. Вось непрыязнасць ці страх — так, ці гідлівасць, ці ўсё разам. Але гэта такія мікраскапічныя пачуцці.

А часам бывае, што размазваеш нешта і атрымліваеш здавальненне. Не разумееш чаму. І ў дзеяннях ёсць канкрэтыка. І злосць тады канкрэтная. Канкрэтна бачыш тое, што хочаш убачыць у вачах таго, каму наносіш пашкоджанні.

Ты сапраўды працуеш там? Ці ты мяне падманваеш?

BRUSPASS. Я не працую, я служу.

МАКСІМ. Што, прабач?

BRUSPASS. Я служу ў партыі ЕСРМ. Партыя Еўрапейскага хрысціянскага палітычнага руху. Вазьмі буклет. Толькі сёння надрукавалі.

Максім разглядае буклет.

МАКСІМ. Ты верыш у Бога?

BRUSPASS. Што?

МАКСІМ. Гэта жарт.

Бог не канкрэтны. Калі б у ім была канкрэтыка, я б у яго верыў.

BRUSPASS. У нас ёсць моладзевы рух. Магу запісаць цябе ў лагер.

МАКСІМ. Баюся, што я не падыходжу па ўзросце.

BRUSPASS. Гэта не мае значэння. У гэтым годзе мы будзем праводзіць лагер на Мальце. Чуў пра мальтыйскіх рыцараў?

МАКСІМ. А тараканы, дарэчы, з сутарэння.

BRUSPASS. Мабыць, там сыра, можна вызваць службу, якая...

МАКСІМ (*перабіваючы*). Там у сутарэнні жывуць эмігранты, і яны вераць у Бога, часта моляцца, я чую іх малітвы. Намаз, здаецца, называецца. І ён у іх вельмі канкрэтны, прыкінь!

Уяўляеш, у адной жанчыны, якая там жыве, французскі манікюр. Бамжыха з французскім манікюрам, хаця, можа, яна не бамжыха, проста ёй няма дзе жыць.

Падыходзіць да яго.

МАКСІМ. Гэта прышпільна, неяк раніцай, калі ранішні стаяк, я вырашыў падрачыць у ваннай. Я чуў, як з вентыляцыі даносілася малітва па-арабску.

BRUSPASS. І ты змог кончыць?

МАКСІМ. Так.

BRUSPASS. Яны там законна знаходзяцца?

МАКСІМ. Ну а што, калі незаконна?

BRUSPASS. Тады трэба паведаміць паліцыі, тым больш там прусакі.

А ты тут законна знаходзішся?

МАКСІМ. Я рабіў усё, каб быць тут законным, але закон робіць так, каб я рабіў беззаконне.

Міла ўсміхаецца, разводзіць рукамі.

МАКСІМ. Чуеш? Здаецца, моляцца.

Даносіцца гук намазу.

МАКСІМ. Стань сюды на калені.

Не, тварам у кут.

Вось так, ага.

Ногі разам пастаў.

Бярэ скотч, пачынае звязваць рукі і ногі. Даносіцца гук намазу.

BRUSPASS. Мяне неяк пярдоліў імігрант з Марока. Здаецца, яго прыстрэліў родны брат. У яго быў добры гык.

МАКСІМ. Я заткну табе рот: ты вельмі шмат гаворыш. Вельмі. Як і ўсе, хто працуе з табой ва ўстанове насупраць.

Максім пачынае хвастаць па спіне кліента. Усё мацней і мацней. Чалавечая спіна чырванее. На чалавечай спіне з'яўляюцца чырвоныя палоскі. Максім дэманструе высокі-высокі ўзровень дыпламаты.

МАКСІМ. Як трэба ветліва сказаць дзякуй?

Максімка, перастань гэта рабіць. Максім, не трэба. Максім, мама нарадзіла не для гэтага. Максім, ты скажэнец? Ты рэвалюцыянер? Ты перформер-пачатковец?

МАКСІМ. Але цябе трэба забіць.

Забіць. Мне ж нічога не зробяць, праўда?

Максім падносіць нож да кліента.

Гасне святло. У цемры.

МАКСІМ. Ты адсюль не выйдзеш.

BRUSPASS. Выпусці мяне!

МАКСІМ. Не.

BRUSPASS. Іціць тваю маць, развяжы і выпусці!

МАКСІМ. Чаму я павінен цябе выпусціць?

BRUSPASS. Я выклічу паліцыю.

Заклейвае яму рот.

МАКСІМ. Не бойся!

Захаванае відэа татавых хаўтур у whatsapp ад карыстальніка "Мама", накшталт:

Відэа, прысланае кантактам "Мама". Відэа, прысланае 176 дзён таму. 4 сакавіка.

МАКСІМ. Гэта дзень татавых хаўтур.

Відэа прагледжана 47 разоў.

МАКСІМ. Я не магу яго выдаліць. Вельмі хачу выдаліць яго.

4 сакавіка было сонечна.

EUEUEUEUEUEUEUEUEUEUEUEUEUEUEU

У Лондане drip drip drip.
У Берліне Tropf Tropf Tropf.
У Варшаве кар кар кар.
У Бруселі goutte-à-goutte goutte-à-goutte goutte-à-goutte.

Сёння на большасці тэрыторыі Еўропы ідзе дожджык.
Чатыры гадзіны ідзе дожджык.
Чацвёрты дзень месяца.
Павінна быць чацвёртая сустрэча.

КЛІЕНТ. Я спазніўся, як заўсёды.
Прынёс табе шакалад — трымай!
Пастаўлю гарбату?
Ну добра, каб табе стала яшчэ больш сумна, я ўключу музыку.
Мая мама любіла яго.
МАКСІМ. Я ўчора ледзь не забіў чалавека. Здаецца, мне патрэбна дапамога.
КЛІЕНТ. Давай зробім так, каб табе не трэба было нікога прыводзіць да сябе. Давай, апамятайся! Выкіні ўсё з галавы!
МАКСІМ. Вось тут, у гэтым куце, я хацеў забіць чалавека.
КЛІЕНТ (*беручы Максіма за руку*). Мы дамаўляліся куды-небудзь з'ездзіць. У мяне будуць выхадныя. Ты дзе-небудзь быў у Бельгіі?
МАКСІМ. Не, я не выходжу з кватэры.
КЛІЕНТ. Можам з'ездзіць на мора.

МАКСІМ. Я не ўмею плаваць.

КЛІЕНТ. Не абавязкова ўмець плаваць, каб пабываць на моры. Я нават больш люблю мора, калі дрэннае надвор'е. Цяпер якраз дрэннае надвор'е, і на моры шторм.

МАКСІМ. Так, давай з'ездзім. Зараз?

КЛІЕНТ. Не, не зараз. У мяне будуць выхадныя на наступным тыдні.

Максім абдымае.

МАКСІМ. Я разумею, што гэта жорсткі піздзец. І паводле правіл я павінен цябе ненавідзець.

КЛІЕНТ. Паводле якіх правіл?

МАКСІМ. Паводле правіл, якія рэгулююць нашу... камунікацыю, блядзь! Адносіны. Паміж табой і мной.

КЛІЕНТ. Цябе штосьці не задавольвае? Штосьці не так?

МАКСІМ. Так, блядзь, так!

КЛІЕНТ. Чаму?

МАКСІМ. Гэта, вядома, усё крута, што ты прыходзіш пасля працы і цябе лупцуе малады шавéль, якому ты вылізваеш красоўкі. І так, у гэтым сапраўды ёсць штосьці ўвішнае, калі я запіхваю табе ў рот свае брудныя шкарпэткі і ўсё такое.

КЛІЕНТ. Я штосьці не так раблю? Ты не атрымліваеш здавальнення? Ты добра спраўляешся.

МАКСІМ. Не. То-бок так. Не, усё так. Проста, калі ты сыходзіш, я застаюся адзін і пачынаю драчыць. Заплюшчваю вочы і ўяўляю цябе. І магу кончыць два ці тры разы, пакуль не засну. Потым магу зноў прачнуцца. Але гэты працяг тваёй прысутнасці ў маёй галаве мне не падабаецца, то-бок падабаецца...

КЛІЕНТ. Ага, і што ты ўяўляеш? Ты хочаш штосьці яшчэ паспрабаваць?

МАКСІМ. Не, я ўяўляю цябе без гвалту. Тое, што я адчуваю, — гэта не пра тое, што цяпер, гэта не пра тое, каб уставіць табе затычку ў рот і хвастаць цябе па спіне. Не пра тое. Можа, я закахаўся?

Блядзь, блядзь, блядзь, я ненавіджу гэтае слова! Дрáнае бязглуздае слова!

Блядзь!

Ты не хочаш куды-небудзь схадзіць, у які-небудзь музей, або з'ездзіць куды-небудзь? Пабыць разам, не тут.

Карацей, я проста вар'яцею у гэтай кватэры і проста хачу адсюль выйсці. Ты не супраць проста прагуляцца, я цябе крышку правяду?

Прабач, што я нагаварыў усё гэта!

П'юць гарбату.

КЛІЕНТ. Прывяжаш мяне да крэсла?

МАКСІМ. Я не хачу.

КЛІЕНТ. Заўтра?

МАКСІМ. Я не хачу цябе прывязваць. Я не хачу цябе біць.

КЛІЕНТ. Шкада!

МАКСІМ. Правяду цябе да машыны?

КЛІЕНТ. Так, добра.

Збіраецца.

МАКСІМ. Я пасяджу.

КЛІЕНТ. Як хочаш.

МАКСІМ. Дзякуй!

КЛІЕНТ. Так. Можа, заўтра ўбачымся?

МАКСІМ. Будзем на сувязі, так.

Чакай!

Мяне клічуць Максім.

КЛІЕНТ. Тэа.

Глядзяць адзін на аднаго. Тэа выходзіць.

З'яўляецца чалавек у латэксным касцюме сабакі.

ЧАКІ. Стук-стук!

Ёсць хто?

Добры дзень!

МАКСІМ. Прывітанне!

ЧАКІ. Як цябе клічуць?

МАКСІМ. А цябе?

ЧАКІ. Чакі! Я твой Чакі! Пагуляеш са мной?

Становіцца на калені.

ЧАКІ. Гаў-гаў!

МАКСІМ. Ты можаш пайсці?

Я хачу есці, я стаміўся.

Ідзі. Пераапраніся ў пад'ездзе або ідзі так, мне ўсё адно.

На, гэта табе! Можаш сам сябе адпярдоліць. Падарунак.

Сонца зноў заходзіць і вось-вось зойдзе. Калі лічыць ад нараджэння Хрыста, сонца заходзіць у 738 030-ы раз, а заўтра зойдзе у 738 031-ы раз. Сярэдняя працягласць жыцця мужчыны нацыянальнасці Максіма — 61,4 года. Максім можа ўбачыць за жыццё 22 411 захадаў сонца, але ёсць магчымасць убачыць на адно світанне больш.

Максім адкаркоўвае яшчэ адну бутэльку піва, садзіцца ў кут. Заходзіць Люся. Максім знешне спакойны.

МАКСІМ. Пабудзь са мной, калі ласка!

Ну не сыходзь!

ЛЮСЯ. Мабыць, мне лепш прыйсці ў іншы час.

МАКСІМ. Я прашу!

ЛЮСЯ. Я забыла, што мне трэба прыбраць іншую кватэру. Я зайду пазней.

МАКСІМ. БЛЯДЗЬ, НУ ТЫ МОЖАШ ПЯЦЬ ХВІЛІН ПАСЯДЗЕЦЬ?!

Люся вяртаецца.

МАКСІМ. Прабач!

Проста пасядзі са мной.

Пяць хвілін пасядзі. Пагавары.

Маўчаць.

МАКСІМ. Мне дрэнна — бачыш?

ЛЮСЯ. Я гэта зразумела.

МАКСІМ. Будзем з табой на ты. Мы ж сябры, так?

ЛЮСЯ. Добра!

МАКСІМ. Ты не сука, ты добрая. Я бачу, што ты добрая.

ЛЮСЯ. Ты таксама добры. І ўсё будзе добра.

МАКСІМ. Я дрэнны.

Сядай, паеш! Ты ясі піцу?

ЛЮСЯ. Я не ем мяса. У мяне ёсць ежа з сабой, я гатую дома. Гародніна на пары.

МАКСІМ. Будзеш?

ЛЮСЯ. Я не галодная.

МАКСІМ. Я прыбяру мяса, вось. Еш піцу.

Люся не есць.
МАКСІМ. Хочаш выпіць?
ЛЮСЯ. Не, я на працы. Мне праўда пара.
МАКСІМ. Стой! Забей на працу! Не трэба. Стоп! Паўза. Усё. Давай!
ЛЮСЯ. Ok! Што ёсць?
МАКСІМ. Піва.
ЛЮСЯ. Я не п'ю піва.
МАКСІМ. У мяне няма больш нічога выпіць, толькі піва.
Пачакай, стой, здаецца, у мяне штосьці ёсць, мне прынеслі вось.
Я не ведаю, што гэта.
Віскі ў нейкім запорханым пакеце.
На пакеце надпіс Nato.
МАКСІМ. Табе патрэбны пакет?
ЛЮСЯ. Давай забяру: добры пакет.
Тут яшчэ ручка, і блакнот, і магніцік.
МАКСІМ. Забірай! А магніцік мне на памяць.
Ёсць кока-кола.
Яна цёплая, забыў на падваконні.
ЛЮСЯ. Зусім вытхнулася.
МАКСІМ. Ты будзеш цёплае віскі з цёплай колай?
ЛЮСЯ. Так!
Максім налівае колу, яна налівае віскі.
МАКСІМ. Я пастаўлю ў лядоўню.
ЛЮСЯ. Супер.
Максім садзіцца за стол.
ЛЮСЯ. Што з табой адбылося?
МАКСІМ. Я не ведаю, што са мной адбылося. І што адбываецца, таксама не ведаю.
ЛЮСЯ. Я цябе разумею.
МАКСІМ. Наўрад ці.
ЛЮСЯ. Ты даўно тут?
МАКСІМ. Недзе два тыдні. А ты?
ЛЮСЯ. Амаль пяць гадоў.
МАКСІМ. І як?

ЛЮСЯ. Я стараюся не задаваць сабе гэтае пытанне.

МАКСІМ. Ведаеш, у тым пакоі я шлыхаю мужыкоў.

ЛЮСЯ. Я здагадалася. Ты шлёндра?

МАКСІМ. Не. Я раблю гэта зусім бясплатна.

ЛЮСЯ. Проста для здавальнення?

МАКСІМ. Не зусім.

ЛЮСЯ. Фетыш?

МАКСІМ. Не думаю.

ЛЮСЯ. А што?

МАКСІМ. Проста так.

ЛЮСЯ. Нічога не бывае проста так. Жанчын ты таксама прыводзіш сюды?

МАКСІМ. Не. Толькі мужчын з будынка насупраць.

ЛЮСЯ. Ты хочаш знайсці сабе мужчыну з Еўрапарламента?

МАКСІМ. Не. Проста хачу распярдоліць Еўрапарламент.

Люся нават у нечым згодная.

Маўчанне.

ЛЮСЯ. І як твае поспехі?

МАКСІМ. Ты ведаеш, яны атрымліваюць ад гэтага задавальненне. Ім падабаецца.

ЛЮСЯ. Цікавая дабрачыннасць

МАКСІМ. Не працуе.

ЛЮСЯ. Што?

МАКСІМ. Нейкі унутраны выключальнік. Не працуе.

Скажы, ты даўно была злой?

ЛЮСЯ. Я стараюся не злавацца, не чытаць навіны, не мець зносін з людзьмі і не займацца сексам.

МАКСІМ. Ты робат. Люся, ты чортаў робат.

ЛЮСЯ. Не. Я люблю прыроду, люблю гармонію. Я займаюся ёгай. Гляджу ролікі на Ютубе.

МАКСІМ. І ў цябе ўсё добра?

ЛЮСЯ. У прынцыпе, так.

МАКСІМ. Чаму ты тут?

ЛЮСЯ. Ты мяне папрасіў застацца.

МАКСІМ. Ды ну, кінь!

Чаму ты пераехала сюды?

Маўчаць.
МАКСІМ. Я налью табе яшчэ.
ЛЮСЯ. Крышачку!
МАКСІМ. Ты стамілася?
ЛЮСЯ. Не.
МАКСІМ. Ты стамілася?
ЛЮСЯ. Не.
МАКСІМ. Ты, каб цябе чорт узяў, стамілася?!
ЛЮСЯ (*голасна*). Так!
Люся сама налівае і выпівае.
ЛЮСЯ. Ведаеш, ты маленькі інфантыльны хлопчык. Не ведаю, можа, ты там тык-токер або яшчэ хтосьці. Не ведаю, адкуль у цябе грошы, каб жыць, лыкаць і шлыхацца ў Бруселі. Але ўсё гэта не мае сэнсу, так. Я, шчыра кажучы, запорхалася драіць гэтую кватэру. Да цябе тут былі дзеці, якія паскудзілі ў кожным куце. І маленькі стары сабака, які засцаў усе дывановыя пакрыцці. Аднойчы сабака памёр, і мне давялося выносіць яго ў пакеце для смецця. Цяпер ты з усімі гэтымі мужыкамі. Усё ліпкае.
МАКСІМ. Люся, усё добра. Гэта твая праца. Ты тут, і ты шчаслівая.
ЛЮСЯ. Ты мяне сюды паклікаў, каб мяне прынізіць, так?
МАКСІМ. А ты засталася, каб мне выказаць, якое я гаўно?
ЛЮСЯ. Тваё клосціва не мае сэнсу.
МАКСІМ. Няхай! Няхай я так праяўляю сваю агрэсію.
ЛЮСЯ. Агрэсію на што? Штосьці зменіцца ад таго, калі ты адпярдоліш усіх членаў парламента, нават калі адпярдоліш усю каралеўскую сям'ю? Што?
МАКСІМ. Унутры мяне зменіцца. Мне насраць на іншых. Мне стане лягчэй.
ЛЮСЯ. Твая агрэсія не мае сэнсу, яна выходзіць з цябе, і табе не стане лягчэй. Гэтае зло нават не ўваходзіць у іншага, яно ператвараецца ў здавальненне, хаця, верагодна, табе здаецца, што ты змог узаконіць яго, перадаць. Не! Смешна! На чым спагнаць гэтую злосць? Не ведаю. Хутчэй за ўсё, яна зжарэ цябе знутры, ператворыцца ў рак, у найлепшым выпадку — у нейкую іншую пухліну. Табе яе пару разоў выражуць, а потым

усміхнуцца і скажуць, што могуць выразаць яе яшчэ адзін раз, але гэта бессэнсоўна. Нават калі ты заб'еш гэтага ялдона ў касцюме, ты не атрымаеш таго, што табе патрэбна. Нават калі ты заб'еш сябе — гэта варыянт, але гэта вялікія праблемы.

МАКСІМ. Хочацца дадому.

ЛЮСЯ. Ты адчуваеш сябе ўшчэмленым ці што?

МАКСІМ. Так.

ЛЮСЯ. Ты проста эгаіст з завышанай самаацэнкай.

МАКСІМ. А хіба гэта дрэнна?

ЛЮСЯ. Эгаізм — гэта не дрэнна, гэта хуёва.

МАКСІМ. Ты сядзіш тут такая святая праведніца, уся ў прыняцці, "так, жыццё — гаўно і ўсё хуёва, і я гэта прыняла", а што, калі я не хачу гэта прымаць?

ЛЮСЯ. Тады з'яздджай адсюль.

МАКСІМ. Я не магу вярнуцца дадому. Пакуль не магу.

ЛЮСЯ. Ты хочаш сказаць, што ў цябе няма грошай на білет? Або ты сядзіш тут, каб назбіраліся дні для атрымання дакументаў?

МАКСІМ. Не, дома мяне арыштуюць.

ЛЮСЯ. Не здзіўлюся, калі ты каго-небудзь забіў.

МАКСІМ. Я змагаўся за дэмакратыю.

ЛЮСЯ. "Змагаўся"! Ты не ведаеш, што такое змаганне. Змагаўся за дэмакратыю, а дэмакратыя адпярдоліла цябе?

МАКСІМ. Не. Мяне адпярдоліла дыктатура, а дэмакратыю пярдолю я.

ЛЮСЯ. А цяпер, атрымліваецца, ты змагаешся супраць бязвыходнасці? Калі ты такой змагар, чаму ты сапраўды не здзейсніш тэракт у метро?

МАКСІМ. Давай уключым музыку!

ЛЮСЯ. Давай! Што?

МАКСІМ. Бля, хочацца чагосьці рускага.

ЛЮСЯ. Сур'ёзна?

Максім уключае штосьці, што іх звязвае з Люсяй. Знаёмая папса з 90-х.

МАКСІМ. Давай гучней?

Трэба адчыніць акно.

ЛЮСЯ. Ты што, звар'яцеў?! Прыйдзе паліцыя.
МАКСІМ. Так, я звар'яцеў — "я сошла с ума!".
Ты думаеш, я не аддзяру мянта́?
Адчыняе акно.
Люся і Максім танцуюць.

SELF-DESTRUCTIVE SANCTIONS[5]

Люся спіць на канапе. За Люсяй прыйшоў бацька. Ён стаіць убаку.
Маўчыць. Глядзіць у бок канапы, але не на Люсю. Мабыць, у яго ка-
таракта.

У дзяцінстве так лёгка, так хораша. Тата, мама, дзядуля, бабу-
ля. Усе жывыя. Бабуля фарбуе валасы пасярод агарода. Тата
смажыць мяса на мангале. У дзяцінстве можна было скакаць
на лужку, абдымаць дрэвы, прасіць у іх здароўя і моцы. Пла-
ваць у рацэ. Збіраць у лесе грыбы і ягады. А на лясных звалках
знаходзіць старыя сервізы, хрустальную цукарніцу, дыван,
разбіты тэлевізар, каб усё гэта занесці ў будан на дрэве.

МАКСІМ. Я глядзеў у яго вочы
усяго два разы

---

[5] Санкцыі самазнішчэння (англ.)

яго вочы былі поўныя даравання
у яго паглядзе была нейкая паўза
той момант
дзеля якога я ўчыняў
дзеянні
прапісаныя законам толькі паміж намі

можа
гэта было пакаяннае
потым на секунду яны закочваліся
а потым зноў глядзелі на мяне з жалем
з просьбай дараваць
і працягвалі патрабаваць даравання
пакуль не настане фінал

ён не прыйшоў
я чакаў яго
ён жа заўсёды спазняецца
на пятнаццаць хвілін
на дваццаць
на сорак
на гадзіну
на паўтары гадзіны
на паведамленні ён не адказваў
хаця я не быў заблакіраваны
і я мог праглядаць яго прафайл
гэта быў прафайл без фотаздымкаў
толькі эможджы сцяга Еўрапейскага саюза
і ўзрост
43
ніякага хэштэга
усё адбывалася ў пакоі
на бруднай прасціне
на старым матрацы
прамочаным
потам даравання

Максім выдаляе дадатак. Устае. На экране праекцыя Музея Каралеўскага інстытута прыродазнаўчых навук, па якім можна вандраваць з дапамогаю Google Maps. Зала з эмбрыёнамі.

Я думаў, якой нацыянальнасці гэтыя эмбрыёны. Няўжо гэта фламандцы або ненароджаныя французы? Ці гэтыя мёртвыя цельцы купілі недзе за мяжой? А можа, проста выкідак, і сама маці вырашыла падпісаць дакумент, каб змясціць мёртванароджанае дзіця ў шкляную колбу ў сталіцы Еўрапейскага саюза. І, магчыма, у дзень нараджэння і дзень смерці гэтага безыменнага чалавечка яна прыходзіць сюды і глядзіць на яго. Глядзіць, а дзясяткі турыстаў фатаграфуюць яго і загружаюць у свае сторыз. А яна глядзіць на яго адчужаны твар, што патануў у фармаліне. На кончыку чэлеса аднаго з эмбрыёнаў пачаў расці мох. Колькі магло быць гадоў гэтаму хлопцу? У яго маглі быць дзеці, ці ён мог скончыць жыццё самагубствам у шаснаццаць гадоў. Не ведаю. Мёртвы малюсенькі атам.

Люся мые падлогу.
ЛЮСЯ. Прайшоў панядзелак, прайшоў аўторак, прайшла серада. Я прыходжу па чацвяргах.
МАКСІМ. Люся, гэта ты?
ЛЮСЯ. Ты сказаў, што ад'язджаеш.
МАКСІМ. Так, але вось так выйшла, што я застаўся.
ЛЮСЯ. Я не перашкоджу?
МАКСІМ. Як ты можаш перашкодзіць? Ты такая добрая.
Люся, як маешся?
Люся, ты павінна маўчаць!
На табе, Люся!
Максім дае грошы.
МАКСІМ. Як маешся, Люся?
Люся маўчыць.
МАКСІМ. Малайчына!
Малайчына, Люся.
Як твой сын?
Не, Люся, ты павінна маўчаць!
Ты нічога не разумееш, Люся…

Люся надзявае навушнікі. Гучыць музыка ў навушніках Люсі. Люся мые падлогу.

жаданне адпіздзіць паліцэйскага
адпіздзіць банкаўскага службоўцу
страхоўшчыка
жанчыну на касе
чувака з міграцыйнай службы
і яшчэ раз паліцэйскага
і малога на дзіцячай пляцоўцы
а раптам ён стане паліцэйскім

Ува мне жыве зло.
Я не магу яго кантраляваць.
Яно мяне перанасычае.
Яно ліецца з мяне чорнай спермай.
Чорнай слінай.
Чорным лайном.
Я размазваю яго па паркеце.
Маё зло на паркеце.
Люся прыходзіць і прыбірае пакой.
Ануча за анучай.

Яна нават сказала, што патрэбна больш ануч, што яна траціць свае грошы на анучы.

Сука, Люся! Я плачу ёй больш, а ў яе ўсё роўна ў галаве сраны калькулятар, які падлічвае анучы і "Містар Пропер".

Люся выходзіць.

Максім падыходзіць да вентыляцыі ў сцяне, крычыць у вентыляцыю.

Мяне трэба ізаляваць! Калі ласка! Я не разумею, дзе праўда, дзе я маю рацыю, дзе я магу штосьці сказаць. Але я не павінен нічога казаць. Мне трэба заткнуць рот. Мне трэба стрэліць у галаву. Проста звязаць рукі і прывязаць да ложка. Я не буду есці. Вось грошы. Проста заплаціць лекарам. Яны могуць мяне забраць? Я разумею, што ў мяне сіні пашпарт. Сіні — значыць чужы. Я не ведаю, яны змогуць прыехаць, калі мне пагана?

Мне пагана. Я не хлушу. Мне пагана. У мяне няма страхоўкі. Няма! Няма дакументаў. Яны могуць нешта ўкалоць? Вось сюды. Шпрыцам. Штосьці, каб стала крышку ясна, як быць. Каб крышачку зразумела стала. Ты можаш патэлефанаваць?

Я не ведаю, куды тэлефанаваць. Я не ведаю, што ім сказаць. Я баюся, што яны адвядуць ад мяне вочы. Я баюся, што яны не прыедуць. Пашпарт не той. Сіні.

Мінск, 2022

Пераклад з рускай Алеся Астроўскага-Гіры

АХВЯРАДАЎЦЫ

Кніга выйшла дзякуючы ахвярнай працы ейнага ўкладальніка
і супрацоўнікаў выдавецтва, добрай волі і крэатыўнасьці аўтараў і
аўтарак, і шчодрасьці дабрадзеяў:

Вячаслаў Бортнік

Каця Андрушкевіч

Ганна Комар

Кацярына Гаспадарык

Яўгенія Міронава

Ціхан Чарнякевіч

Artur Kamaroŭski

Bortnik Fund For Belarus

Christina Powers

David Halpern

Dzina Barysovic

Ed Shea

Jakob Wunderwald

Janna Czernicki

Jens Jorgensen

Kellie Jones

Paula Merchant

Ray Scwartz

The Estate of Dr. Vitaut Kipel

і многіх іншых ахвярадаўцаў, якія
пажадалі застацца неназванымі.